Qué vas a hacer con el resto de tu vida

Laura Ferrero

Qué vas a hacer con el resto de tu vida

ALFAGUARA

Primera edición: noviembre de 2017
Tercera reimpresión: marzo de 2018

© 2017, Laura Ferrero Carballo
© 2017, Penguin Random House Grupo Editorial, S. A. U.
Travessera de Gràcia, 47-49. 08021 Barcelona

© Diseño: Penguin Random House Grupo Editorial, inspirado en un diseño original de Enric Satué

Printed in Spain – Impreso en España

ISBN: 978-84-204-1960-2
Depósito legal: B-17116-2017

Compuesto en MT Color & Diseño, S. L.
Impreso en EGEDSA, Sabadell (Barcelona)

AL19602

Penguin
Random House
Grupo Editorial

A los que buscan

¿Puede ser que, accidentalmente,
tirara lo más importante?

RENATA ADLER

Tratamos a quien llega nuevo como si llegara tarde.
«Haber llegado antes.»
No entendemos que en la vida la gente llega cuando
tiene que llegar.

CHARLES SIMIC

1

Hay un hombre aquí, fuera de esta casa que da a la playa de La Xanga. Mira el mar. Yo juraría que no es el mismo que he visto antes de acostarme todas las noches de mi infancia. No porque el agua haya adquirido otra tonalidad ni porque el rumor de las olas sea más fuerte. Todo permanece intacto. Sin embargo, ya no refleja a la niña que se detenía al final del espigón. Ni tampoco a mi hermano, el niño que siempre tenía miedo. Miedo a nadar, a las medusas, al frío del agua y a los monstruos que podían aparecer de improviso en las profundidades.

El mar es el mismo, pero nosotros hemos cambiado.

El hombre vigila a un niño que no tiene miedo y que lanza piedras y guijarros pequeños que ha ido recolectando en la playa. Cuando las piedras se hunden en el agua grita contento: *¡Mira, papá!*

La casa que tengo a mis espaldas ya no es nuestra. Desde donde estoy escucho a dos niñas que hablan en un idioma que no comprendo. Son danesas, y juegan en el mismo jardín en el que lo hicimos nosotros. Pero nosotros nos hemos ido de esta casa, de la playa, de la isla. Estamos cada uno en otro sitio. Vendimos la casa y los nuevos dueños volvieron a pintar de blanco las paredes y le cambiaron el nombre. Ahora se llama como un viento: Mistral.

Hace un rato, el niño que no tiene miedo ha querido ver una torre abandonada. Ha preguntado si ahí vivían piratas y le he dicho que ya no. *¿Y antes de que naciera yo? Sí, antes de que nacieras tú sí. ¿Y antes de que naciera mi abuelo? Sí, antes de que naciera tu abuelo también.*

Me resulta extraño, ahora, pensar en esta casa y en esta isla. Pensar en la cajita roja que llevo en el bolso. En su cierre de rosca. En lo que cabe dentro.

Recorro el pequeño espigón y me detengo al final. Abro la caja, vuelco el contenido, la vuelvo a guardar en el bolso.

Me quedo unos instantes ahí, de pie. Sin saber muy bien dónde empieza el horizonte y dónde termina el mar.

Regreso a la orilla, y el hombre que mira el mar vuelve la mirada hacia mí y me adivina.

—Está bien. Es hora de irse.

El niño que no tiene miedo me pregunta si creo que quedan restos de alguna espada enterrados en la playa y me da la mano.

2

Mi padre creía que Groenlandia no era una isla.

A lo largo de su vida como geólogo había sostenido algunas teorías extravagantes con respecto a las islas. La mayoría están en el mítico *Todo es una isla,* un libro que continúa siendo una referencia para el Consejo Científico Internacional para el Desarrollo de las Islas. Su tesis principal ponía en tela de juicio la certeza de que Australia, por ser el continente de Oceanía y el sustento de todos esos atolones de islas minúsculas, no fuera una isla, y que, sin embargo, el vasto territorio de Groenlandia sí lo fuera. Sus detractores argumentaron que de darle semejante estatuto a Groenlandia se abrirían cientos de debates. ¿Por qué no Madagascar? ¿Y la Antártida?

¿Dónde estaban los límites, y cuáles eran?

La disputa acerca de lo que era o no una isla duró muchos años y hoy sigue siendo un debate irresuelto. Sospecho que, aunque el tiempo le quitara la razón, mi padre nunca dejó de creer que el mundo se equivocaba. Y que tras esa discusión, a mi juicio inútil e infructuosa, había otra cuestión un poco más compleja. Algo sobre lo que mi padre nunca escribió pero que definió su vida: la materialidad de los límites. La línea que marca la diferencia entre lo que es y lo que no. Entre una isla y un continente. El horizonte y el mar. Lo que era una familia y lo que dejaba de serlo.

Nosotros éramos una familia compuesta por cuatro islas encerrada dentro de otra isla: Ibiza.

Aunque algunos dicen que Ibiza es una isla y otros, un invento, un acto de la imaginación.

—Ebesos, Ibosim, Ebusus, Yebisah, Eivissa, Ibiza —nos hacía repetir mi padre cuando éramos pequeños, con la ingenua ilusión de que nombrar es poseer. Aunque eso es algo que no aprendimos de niños sino más tarde, cuando entendimos que mi padre hubiera querido haber llegado a Ibiza en los años treinta, en el mismo barco que Walter Benjamin. Sin embargo, llegó con cincuenta años de retraso y lo hizo como veraneante. Como turista.

«Haber llegado antes», le repetía mi madre. Ninguno de los dos entendía que, en la vida, la gente y las cosas llegan cuando tienen que llegar.

Mi padre se estableció en Ibiza en 1982, el año que se casó con mi madre. Inevitablemente, mientras escribo estas líneas, me viene esa frase a la cabeza: «Haber llegado antes». Y se marchó en mayo de 2015, un año después de que ocurriera todo aquello.

«Laura, no digas todo aquello», me advirtieron. No sirve para nada.

Durante aquellas tres décadas, su isla, su pequeña porción de tierra, había cambiado ensanchándose hacia otros horizontes. Había invertido los mejores años de su vida en amar profundamente, hasta las últimas consecuencias, dos cosas: su isla, Ibiza, y a su mujer, mi madre. Uno puede argumentar que es absurdo amar algo que, dada su naturaleza, es incapaz de devolver el amor. Pero eso solo serviría para Ibiza.

Después estaba mi madre, alguien que se le parecía: era de carne y hueso, respiraba, escuchaba a la francesa Barbara cantar aquel *Le mal de vivre*, y le gustaba andar descalza por la casa. También tenía un corazón.

Él las perdió a las dos. Aunque uno solo pierde aquello que ha sido suyo.

Nos habíamos ido marchando todos de Ibiza y el último año solo quedábamos él, yo y aquella casa que vaciamos en una semana. Queríamos irnos. De repente, los dos teníamos prisa por hacerlo. En el salón solo quedaron cajas y muebles viejos que no habíamos vendido ni tirado a la basura. Muebles que significaban. También había dos objetos que habían sobrevivido a la quema de los años, incluso a la de las cajas. Uno era una fotografía en blanco y negro con un marco de cristal. Era de Francesc Català-Roca, de 1950, y en ella veíamos a un niño pequeño, de tres o cuatro años, sentado dentro de una vieja casa payesa. El niño estaba en el centro de un amplio *porxo* con columnas y arcos. La luz se filtraba en el interior, iluminándolo. Era verano en la fotografía y había quietud, cierta sensación de soledad. De una de las vigas colgaba una jaula con un pájaro y yo, de niña, me quedaba hipnotizada mirándolo, como si en algún momento alguien pudiera abrir la jaula y liberarlo.

El otro superviviente era ese mapamundi inmenso y desactualizado que había estado durante los años de nuestra infancia en su despacho, pero que luego, cuando mi padre descolgó los cuadros pintados por mi madre —«no sirven para nada, solo ocupan espacio»—, había sido destinado a cubrir espacios blancos. Una tirita, un apósito, eso era aquel mapa. En él, el gigante de la URSS se mantendría en pie por los siglos de los siglos y Alemania tendría eternamente una capital compuesta: Berlín-Bonn.

Porque mi padre era también un amante de los mapas, sobre todo de esas líneas misteriosamente aleatorias que separan un país de otro. Gracias al mapamundi, nos convertimos en viajeros sin movernos del sillón. Un mapa es un tesoro inagotable de nombres, formas y lugares. De promesas. Nosotros nos sentábamos frente a él y, como aquellos viajeros que volvían siempre a los mismos sitios para observar una misma puesta de sol y captar un nuevo detalle inadvertido en anteriores ocasiones, buscábamos nuevos detalles en aquella superficie gigantesca. Calculábamos distancias, imaginábamos qué cabría en las extensiones vacías de la Antártida o en el interior de Australia. «¿Cuántas Ibizas caben dentro de China, papá?» Marcábamos puntos casi imperceptibles a lápiz —lo único que estaba con boli eran las equis de mi padre—. Como si fuéramos exploradores, Pablo y yo dibujábamos nuestro itinerario particular de lugares a los que queríamos ir. Lugares inexplorados. Como la *terra nullius,* una minúscula porción de desierto en forma trapezoidal llamada Bir Tawil, en la frontera entre Egipto y Sudán, que, debido a un tratado internacional, no podía ser reclamada por ningún país. Aquel pedacito de tierra era uno de los últimos territorios del mundo que no pertenecían a nadie. Tierra de nadie: el territorio donde mi padre, cuando se enfadaba con nosotros, amenazaba con mandarnos. «Y os aseguro que ahí nadie va a ir a por vosotros.»

Aquel último día que estuvimos juntos, mi padre lo observaba de pie, en medio del salón, desorientado. Su cabeza enmarcada en el hueco inmenso del océano Atlántico Sur, a su izquierda Brasil, a su derecha Angola y Namibia. Miraba el mapa. Avanzó de perfil y vi cómo su nariz, ligeramente aguileña, se adentraba en la República Centroafricana. «¿Capital?» «Bangui, papá.» Se giró hacia mí, pero tuve la sensación de que no me veía. Tenía la mirada perdida en alguna de las marcas de la pared.

—Estas paredes están mucho más sucias de lo que pensaba.

Lo miré extrañada.

—Tampoco creo que sea el momento para ponerse a limpiar, ¿no te parece?

—¿Tú ya lo tienes todo?

Asentí con la cabeza y observé las maletas.

—¿No vas a quitar el mapa de la pared? ¿Se lo vas a dejar a los nuevos propietarios? Está viejo y gastado. Lo van a tirar...

—Que lo hagan. Yo no voy a arrancarlo. No creo que el pobre soporte otra mudanza. Apenas sobrevivió cuando lo quitamos de la pared del despacho, ¿te acuerdas? ¿Cómo soportaría otra pared, otra casa? —lo dijo con una sonrisa triste y se quedó callado. Como si quisiera decir algo más.

En realidad no estaba hablando de esa reliquia amarillenta alrededor de la cual, como si fuera una hoguera, nos arremolinábamos para que nos diera calor. Porque en esa casa siempre hacía frío. Humedad.

Mi padre había cumplido cincuenta y ocho años hacía dos semanas, pero aparentaba muchos más. Estaba cansado. Le decía que tenía que parar, que dejara de trabajar, que se jubilara, e invariablemente me respondía que de lo único que se iba a jubilar era de la vida y que lo haría sin avisar. Tenía eso: la ironía. El sarcasmo. Eso le protegía de todo lo que no formaba parte de su profesión. De la vida.

Se dedicaba, como él solía decir, a contar islas. Y aunque aquello resultara una definición infantil e insuficiente, básicamente era cierta.

Durante años había trabajado como experto y consultor para la Unesco y la Comisión Europea, coordinando varios proyectos europeos sobre las regiones insulares, la innovación, la gestión de recursos y el turismo. En 1985 la Unesco estimó necesaria la creación de una organización que salvaguardara el olvidado universo insular, y de ahí nació el Consejo Científico Internacional para el Desarrollo de las Islas. Ese mismo año, mi padre empezó a trabajar en un proyecto faraónico que se enmarcaba en el Programa de Naciones Unidas para el Medio Ambiente, en Ginebra, y que definiría su vida: el establecimiento del atlas global de las islas. Pasó los mejores años de su vida coordinando ese proyecto, pero hoy el atlas sigue incompleto. Hay más de cien mil islas, pero esa cifra no se ha logrado concretar, ni siquiera con la ayuda de Google o de los satélites. El problema no son ni Google ni los satélites, sino la falta de definición: se sigue sin saber qué es una isla.

—Una isla no es solo un territorio rodeado de agua —explicaba mi padre—. También lo es por su cultura, distinta a la continental, y por lo que los habitantes se consideran a sí mismos... ¿Reino Unido es una isla? Sí, ¿verdad?

En el colegio nos habían enseñado una definición más simple: una isla es una porción de tierra completamente rodeada por agua. Habíamos visto islas de todo tipo y nos habíamos fijado en las que quedaban más despegadas de la tierra, tan lejanas que estaban desterradas a las esquinas del mapa sin ningún tipo de información sobre su ubicación real.

Observando un globo terráqueo, mi hermano Pablo y yo comprendimos que, al fin y al cabo, todo era una isla.

Por eso mi padre insistía en que había que fijar unos límites. Pero ahí estaba el problema. ¿Quién determinaba lo que era un bosque? ¿O un camino? ¿Qué arroyo es riachuelo y qué riachuelo es río? El problema de las mediciones era que nunca se sustentaban en criterios lo suficientemente consistentes. Porque los límites eran y son arbitrarios, una mera invención del ser humano para definir y comprender. Sin límites no podríamos hablar de nada. No existirían los lugares. *Todo es una isla,* el libro que le hizo famoso, habla de los lugares y las identidades. De todos los criterios arbitrarios que no significan nada.

En aquel mapamundi completamente desfasado, mi padre había ido marcando con una cruz los territorios que eran islas. Nosotros habíamos nacido en uno de ellos: Ibiza. Vivíamos dentro de una x. Mucho antes de que nadie me hablara de ecuaciones o de complejas operaciones matemáticas, yo relacionaba ese signo con lo conocido. Con lo que uno sabe y puede definir: con las certezas y los nombres.

Mi padre, sin embargo, siempre había tenido problemas con las palabras: era incapaz de ir al grano, se perdía. Hacía esfuerzos por dar rodeos, por llegar a los sitios evitando el camino recto, porque creía que aquello enriquecía el mensaje. Y claro, los demás teníamos que entenderlo, tratar de adivinar cuál era la parte del discurso que tenía importancia.

Debía de tener nueve o diez años cuando, en clase, mi tutor me preguntó por la profesión de mi padre. Estaba rellenando un formulario informativo de cada alumno y, después de decirle que mi madre era «pintora de cuadros», un dato que me gustaba remarcar para que no creyeran que era pintora de brocha gorda (como me había enseñado a decir ella, que se definía como artista), me quedé en silencio cuando me preguntó por mi padre.

—Es un contador de islas —dije finalmente.

—¿Cómo dices?

—Tiene una oficina en Ginebra y se reúne con hombres que también cuentan islas.

Recuerdo la mirada del profesor, las cejas arqueadas. Apuntó «contador de islas», y por mucho que luego mi padre rectificara aquella información —«geólogo», corrigió— él se convirtió para mí en el contador de islas. En mi imaginación, cuando se ausentaba por trabajo, mi padre se convertía en una especie de Saint-Exupéry —«pero con pelo, Laura», matizaba él— que sobrevolaba territorios vírgenes aún por descubrir. Iba en busca de islas, pedazos de tierra completamente rodeados de agua que pudiera después marcar con una x en su mapa de las seguridades.

Gracias a esa imagen, a la de un hombre en busca de cosas que no existen o que no se sabe bien qué son, empecé a escribir. Mi primer relato se llamó «El contador de islas». Se trataba en realidad de una especie de cómic que combinaba palabras y dibujos, y narraba las peripecias de un hombre que viajaba en una avioneta —la tuvo que dibujar mi madre— y se enfrentaba a distintos contratiempos: tormentas, malvados científicos que querían inmiscuirse en su proyecto. El protagonista tenía una hija que le ayudaba en sus viajes. La hija era yo y se llamaba incluso como yo: Laura.

A mi padre le gustaban aquellos cómics. A mí me gustaba que le gustaran. Hacía que me sintiera orgullosa.

Con el tiempo escribí más aventuras, e incluso fui depurando mi técnica hasta que logré dibujar yo misma las avionetas con hélices. Aquellas aventuras tenían dos fases. En la primera, él se marchaba en avioneta con su hija y emprendían largos viajes por tierras lejanas y exóticas. En la segunda, viajaba solo y hablaba por *walkie-talkie* con Laura. Todos los episodios transcurrían a lo largo de un día, porque por la noche volvía a su isla, a Ibiza, donde su hija cuidaba de ella misma y de su hermano, porque vivían en una casa sin madre. Su hijo era mi hermano. Y mi madre, claro, mi madre se había ido.

Mi padre, en cambio, nunca había querido irse de Ibiza, pero al final desistió. El último año en la isla había sido malo. Muy malo. Y un viernes de octubre me llamó para decirme que ya estaba harto, que no podía más.

Yo estaba saliendo de la editorial en la que trabajaba entonces, y en Barcelona llovía. Cuando vi su nombre en la pantalla, Román —insistía en que era infantil aquello de guardar su número de teléfono como *papá*—, intuí que llamaba para decirme algo importante. Hacía meses que cuando hablaba con él sentía que, al otro lado de la línea, alguien estaba perdido y no sabía por dónde tirar. No sé si era él o era yo quien se sentía así.

—Tiro la toalla.

Esa fue la frase que escuché frente a esa panadería, El Fornet, en Travessera de Gràcia, casi en Vía Augusta. Hay frases que pertenecen a lugares. Me detuve frente a las puertas correderas de cristal, obstaculizando la salida a los clientes. Estaba tan concentrada en lo que mi padre decía atropelladamente que no me di cuenta de los malabarismos que hacían los demás para esquivarme. Alguien me tocó en el hombro, «¿le importaría apartarse?», y lo hice. Entonces fue cuando le respondí, casi como un acto reflejo, que yo también tiraba la toalla. A través del cristal miraba embelesada el mostrador, como si las palmeras de chocolate, las ensaimadas rellenas de crema, las flautas de jamón y queso o aquel niño que trataba de convencer a su madre para que le comprara uno de esos huevos gigantes de chocolate, pudieran serme de alguna utilidad o decirme qué más tenía que añadir.

Después corté y seguí andando hacia mi casa, la casa en la que había vivido los últimos doce años, en la calle Encarnació, muy cerca de la Plaça de la Virreina.

Al entrar entendí que yo tampoco podía quedarme ahí.

«Tiro la toalla», me repetí a mí misma.

Mi manera de hacerlo, de renunciar, se concretó días más tarde, cuando respondí un email y acepté un trabajo lo suficientemente lejos de Ibiza, de Barcelona y de *todo aquello*. Tenía esa necesidad, la de irme.

Nueva York: eso me bastaba, un nombre que no significaba nada para mí. Podía haber sido cualquier otra ciudad. Así que dejé mi casa, y durante los meses que me quedaban en Barcelona me mudé al piso de mi amiga Inés.

Cerré mi casa, la llené de cajas, cubrí los sofás con sábanas, vendí gran parte de mis libros y los de mi hermano, y le devolví al hombre con el que salía, el hombre al que quería, Diego, su cepillo de dientes, la ropa que tenía en mis armarios, los juguetes de su hijo Lucas, el niño al que yo también quería, sus libros llenos de sonidos y de llamativos colores, y le dije que no podía ni quería verlo más. Incluso le devolví, por equivocación, dos vinilos y un libro de fotografía de Francesca Woodman que me había regalado por mi aniversario el primer año que pasamos juntos.

Eso no hacía falta, me escribió luego en un mensaje.

¿Sabía yo, acaso, lo que hacía falta o no?

3

Para mi padre, su manera de tirar la toalla fue poner en venta nuestra casa y abandonar su isla.

La casa se vendió en pocos meses. O mejor dicho, se malvendió. Pero mi padre tenía prisa. Como si decir adiós a la casa significara también decir adiós, por fin, a todo lo demás.

No sé si sabías que hay gente que dice que mudarse es lo más estresante que puede pasar, sin contar con la muerte de algún miembro de la familia —me escribió en un email—. *El baremo más conocido para medir este tipo de asuntos es la Escala de Reajuste Social o de Estrés de Holmes y Rahe (SRRS), desarrollada en 1967 por los psiquiatras Thomas Holmes y Richard Rahe, quienes preguntaron a la gente cuán estresantes les parecían cuarenta y tres sucesos diferentes. Así hicieron una lista que mide el impacto de esos eventos. Por ejemplo, se le dan cien puntos a la muerte de un cónyuge y once a un robo.*

Yo estoy pensando que las mudanzas están en el top cinco. Top tres incluso: muerte, divorcio, mudanza.

Por eso, cuando apenas quedaban dos semanas para marcharme a Nueva York, me fui a Ibiza a ayudar a mi padre. Fuimos recogiendo y clasificando los restos que mi padre, mi madre, Pablo y yo habíamos ido acumulando en los últimos treinta y tres años. Hicimos cajas que cerramos y marcamos con rotulador permanente: *cubiertos antiguos, libros de la tesis,* Todo es una isla *recortes, ropa de invierno, notas del colegio Pablo* eran algunos de los títulos con los que las bautizamos, y después alquilamos un trastero en el puerto de Ibiza para guardarlas. Pero, sobre todo, lo que hicimos fue llenar contenedores enteros de basura hasta que el 30 de mayo, el último día, apenas quedaba en nuestra casa ninguno de los objetos a los que comúnmente llamamos pasado. Había cosas que no sabíamos dónde poner. En realidad, el lugar para pantalones viejos, láminas sin marco o libros polvorientos estaba claro, pero existían aquellas pequeñas cosas —notas, artículos, un mechero de recuerdo, un abanico o las peladillas de un bautizo— que no sabíamos dónde iban o qué tipo de caja podían inaugurar: ¿una en la que se leyera VARIOS? La vida está llena de aquellos «varios»: objetos inclasificables que no sobrevivirían a las mudanzas, porque no veríamos la manera de conectarlos con el futuro.

Había llegado el momento de irse y era difícil no reparar en aquel sentimiento de orfandad, el de no tener ya un lugar o el de que aquel lugar tan nuestro ahora estuviera vacío y lleno de ecos.

El último día mi padre se pasó un buen rato cambiando las cosas de lugar, moviendo los pocos objetos que quedaban. Entraba y salía de su despacho, atravesaba el salón o se dirigía hasta la cocina arrastrando los pies, diciendo cosas como: «¿Te puedes creer que he encontrado moho en el queso?», o «¿Crees que la leche aún aguantará un par de días más?».

Eran preguntas sin respuesta. Hacía un inventario de lo que quedaba y del estado de las cosas. Llevaba sus viejos pantalones de pana gris y un jersey de lanilla negra, a pesar de que fuera mayo.

Sus ojos volvían a las marcas de la pared. Esas señales contaban una historia, como una antigua cicatriz. Aún podía distinguirse, sobre la cómoda, el lugar exacto que había ocupado el espejo donde aprendí a pintarme los labios sin salirme de la raya. Como si las comisuras de los labios fueran un dibujo de colegio.

Se acercó con una foto.

—Mira, ¿qué te parece?

La chica de la fotografía era yo. En un marco de madera, adornado con conchas de playa que fui pegando con mi hermano, mi pelo castaño, enmarañado, ondeaba al viento. Estaba de espaldas, apoyada en una barandilla que daba a un mar en calma. En la imagen parecía verano, pero en realidad era invierno.

—La encontré hace poco entre tus libros. Se cayó cuando los metía en una caja. ¿Quién te la hizo? Es bonita.

La había hecho Pablo. Observé ese marco viejo; muchas de las conchas se habían caído y quedaban agujeros.

—Mejor esta, ¿no? —la que sostenía con la otra mano estaba ya amarillenta, y era Pablo sentado en un trineo rojo en Groenlandia—. Tu hermano está siempre tan serio...

Abrió un cajón de la cómoda, en el que solía dejar las facturas y la propaganda, las cosas que no sabía dónde guardar, y dejó ahí la foto.

—Al final nunca te lo pregunté... ¿Pudiste cambiar aquellos billetes de Groenlandia el verano pasado?

—Sí, claro —mentí.

Me quedé observando a la chica de la fotografía que miraba a un mar que no aparecía en la imagen. Llevaba un jersey de color malva, y no noté que alguien me estaba retratando. El sol brillaba en lo alto pero hacía viento. Tenía frío.

—La pongo allí, ¿te parece? —dijo sin esperar mi respuesta y la dejó en la mesa de roble del salón.

—Papá, si nos estamos yendo de aquí.

No me escuchó y siguió con sus preguntas.

—¿Y qué hago con este calendario? ¿Lo tiro? ¿Lo quieres? —dijo de repente.

—Son tus cosas... Haz lo que quieras.

—No. Es un calendario de hace años. Tu madre hizo algunos dibujos. ¿Lo quieres o no?

Lo cogí: era un calendario de mesa. Había días dentro de un círculo, anotaciones al margen con la letra redonda de mi madre. Dibujos de un mar en calma, el sol poniéndose en el horizonte. Notas: *Comprar huevos. Falta jamón. Den-*

tista. Su nombre, subrayado. Tres líneas rectas y paralelas debajo de *Adriana.* Como si tuviera que apuntalarlo para que no se cayera.

Mi madre nunca tuvo firma. Contaba que siempre esperó a ser mayor para inventarse una bonita, original, pero que nunca encontró el momento. Así, terminó firmando los documentos y las cartas únicamente con su nombre acompañado de una, dos o incluso tres rayas, dependiendo del día.

También dejó escrito en su diario, diario que mi padre tiró, que los primeros treinta años de su vida habían sido una larga espera sin color, sin sonido incluso. Monotonía, un grito silencioso.

Nunca llegué a saber qué fue lo que estuvo esperando en esos años en los que nacimos Pablo y yo, y tampoco lo que llegó con los cuarenta, o si los años que vivió entonces, ya lejos de mi padre y de lo que quedaba de nuestra familia, tuvieron color por fin.

—Laura, ¿nos marchamos? Antes de dejarte en el aeropuerto quiero desviarme para pasar por la ciudad.

La ciudad era Ibiza. Era así como la llamaba mi padre.

Me ayudó a meter las maletas en el coche y no dijimos nada. Cerré la puerta con llave, consciente de que era la última vez que lo hacía. Miré la fachada. Can S'Aleria, el nombre que había contemplado tantas veces. Un nombre cojo, porque cuando se compró la casa se llamaba Can S'Alegria. La Alegría, con mayúsculas.

Treinta y tres años antes, mi padre le había comprado la casa a un turista alemán que decidió marcharse a Mykonos. Era una casa payesa rehabilitada con el peculiar nombre de Can S'Alegria: un nombre que había tratado de cambiar en varias ocasiones. Algunas tardes de sobremesa, con un par de whiskies que lo inspiraban, pensaba en nombres de islas, pero nunca se decidió por ninguno.

Llamar Madagascar, Papúa o Ítaca a una casa payesa era algo absurdo y ridículo. Pero fue debido a la indecisión crónica de mi padre que la casa se quedó con su nombre originario: Can S'Alegria, y siempre pensé que aquel nombre, escrita cada una de sus letras en un azulejo distinto, era casi una burla contra una familia coja y maltrecha.

Días antes de que mi madre se marchara, el azulejo de la ge apareció una mañana pintado con espray negro. Mi padre se echó las manos a la cabeza y culpó a esas hordas de turistas que estaban de paso en La Xanga en dirección a sus apartamentos de Platja d'en Bossa. Pero fue mi madre: había utilizado ese mismo espray en alguno de sus cuadros de la serie *La foscor*. Yo lo sabía. Mi padre trató en vano de borrar el espray y acabó arrancando el azulejo. Desde aquel día empezamos a vivir en una casa con un nombre que no significaba nada: S'Aleria.

Mi padre condujo en silencio hasta la ciudad. Concentrado en la carretera, porque había sido siempre un pésimo conductor e intentaba que los demás no nos diéramos cuenta de ello. Como si fuera fácil obviar esas dobles continuas en las que no se fijaba o hacer caso omiso a los cláxones o a los insultos de los conductores de otros coches que no consideraban oportuno que fuera tan pegado a la línea del carril contrario.

Aparcó en Vara de Rey. Bajó y lo seguí. Sabía adónde me estaba llevando: a la terraza del hotel Montesol. Sin embargo, cuando llegamos estaba cerrada; de hecho, llevaba cinco meses así. Se lo había advertido el día anterior, pero él tenía que verlo con sus propios ojos.

Allí, delante de esa terraza que ya no existiría nunca más, esa terraza en la que nos habíamos pasado tantos domingos, se quedó quieto.

—Llevaba más de ochenta años aquí... Cuesta creerlo.

El Montesol era un emblema para nosotros. Para Pablo, para mí, porque nos encantaban las ensaimadas que preparaban. Pero sobre todo para mi padre, porque simbolizaba lo poco que quedaba de la Ibiza a la que él había llegado por primera vez o esa Ibiza soñada, la de los años treinta, que él solo conocía por documentos y fotografías. Le hubiera gustado ser uno de aquellos primeros intelectuales que llegaron a crear el mito cultural de la isla. Le hubiera gustado establecerse en el Montesol cuando se llamaba Grand Hotel, o incluso un poco más tarde, ya en los cincuenta, cuando pasó a llamarse hotel Ibiza.

Walter Benjamin llegó a Ibiza el 19 de abril de 1932, tenía cuarenta años. Mi padre tenía en su despacho una foto del escritor berlinés. Cuando era niña y veía aquella instantánea en blanco y negro, con sus gafas redondas, pensaba que se trataba de su abuelo.

—A tu hermano y a ti os encantaban las ensaimadas. Podemos ir a Los Andenes entonces.

Compramos un par de ensaimadas rellenas de cabello de ángel y nos sentamos en uno de los bancos del paseo frente al mar.

Habíamos pasado incontables días ahí, en el puerto, observando cómo atracaban los barcos y la gente surgía del interior de esos enormes ferris, como ballenas panzudas. La estampa tenía algo mágico. La espera. Papá, mamá. La ilusión de descubrir si nos habrían traído algún regalo de sus viajes.

Muchas veces fuimos a buscar a mi madre cuando llegaba de Formentera. Nos conocíamos de memoria los nombres de los barcos: La joven Dolores, Tanit, San Francisco. O a mi padre, de Barcelona, en el Ciudad de Ibiza, el Ciudad de Barcelona, todos de la Transmediterránea. Porque si podía evitaba coger el avión. Le daba miedo volar, aunque él no utilizaba la palabra «miedo» sino «respeto». Para un vuelo de media hora se tomaba un whisky y un diazepam.

—Me quedaré un par de meses en Barcelona. Al final sí que daré ese curso en la universidad. Después me iré.

—¿Adónde?

—No lo sé. Hay una isla en Yemen... Se llama Socotra.

—¿Socotra?

—Sí. Socotra.

—Pero... A ver, papá, llevo aquí dos semanas. ¿Por qué me lo cuentas ahora de repente y no cualquiera de estos días?

—No lo sé. Es que tampoco he decidido seguro que vaya a ir.

—Pero ¿qué se te ha perdido ahí?

—En realidad nada, pero tampoco aquí. La isla está a trescientos kilómetros de Yemen, y hay unas setecientas especies de flora únicas en el mundo. Es Patrimonio de la Humanidad, uno de los lugares más aislados de la tierra, no hay electricidad, ni agua corriente o carreteras. Hace tiempo que le doy vueltas a la idea de irme a otro lugar. Socotra es como volver cien años atrás. Mira esto.

Sacó su teléfono móvil y me mostró unas imágenes que parecían de otro planeta. Un árbol con forma de paraguas que tenía la savia roja, el árbol de sangre de dragón lo llamaban, parecido al drago canario. Una planta, la higuera de Socotra capaz de almacenar litros de agua. Parecía un árbol pintado por Botero.

—Es la isla de Simbad el marino, Laura —añadió.

—Pero ¿por qué?

Se encogió de hombros.

—No lo sé. Me he peleado demasiado con esta isla, y en realidad con todos vosotros. Estoy cansado. Y ahora encima sin casa —lo dijo como si se la hubieran robado.

Cuando lo miraba, se me hacía difícil asumir lo mucho que había envejecido aquel último año. No era muy mayor, pero tampoco tan joven como a veces le gustaba aparentar. Debajo del jersey negro llevaba una camiseta de punto, vieja, dada de sí, por la que asomaban unos brazos que ya no eran fuertes. Su piel era más blanda —«chiclosa», decía él, riéndose— y poco quedaba del pelo castaño y espeso, ahora grisáceo. Seguía utilizando las mismas gafas de carey grandes, cuadradas, y sus ojos pequeños de color ámbar observaban el mundo protegidos por esos cristales.

Cuando estaba en silencio su mirada parecía concentrada en algún lugar, como si estuviera tratando de resolver algo. Nunca estaba tranquilo, ni siquiera allí, en ese banco, con la ensaimada a medias en la mano. Su cabeza jamás se encontraba en el mismo sitio que su cuerpo.

Bajó la mirada al bolsillo de la parca, doblada sobre sus rodillas, y sacó un libro viejo que reconocí al instante, por el tamaño, por las páginas amarillentas y, sobre todo, por el miedo que siempre me había inspirado la mera visión de su cubierta.

—Ten. Me gustaría que lo tuvieras tú. Yo lo iba a tirar estos días.

Quise decirle que no lo quería ni lo necesitaba: no iba a saber qué hacer con él; esa primera edición, que siempre había estado en la estantería de su despacho observándonos desde las alturas. *Todo es una isla*.

La portada era una fotografía que mi padre tomó desde nuestra habitación. El sol se estaba poniendo y había una luz muy bonita. Al fondo se veía la isla pequeña que había a pocos metros de nuestra playa: Sa Sal Rossa. La isla dentro de la isla. Mi madre siempre repetía que lo teníamos todo porque vivíamos en una casa con jardín, playa e isla. «Todo» era una palabra extraña, en ella cabían muchas veces las cosas incorrectas.

Durante un tiempo tuvimos esa fotografía enmarcada en el salón, con las demás imágenes de la familia; después esa puesta de sol se convirtió en parte de su libro. Por eso, *Todo es una isla* me recordaba a mirar por la ventana, me hacía pensar en las últimas luces del día.

Publicó el libro cuando yo tenía once años. En casa solo quedaba ese viejo ejemplar con la dedicatoria de mi padre a mi madre. Con su caligrafía apretada e ilegible había escrito una frase, una sola pregunta: *¿Qué vas a hacer con el resto de tu vida?* La frase pertenecía a un poema de Adrienne Rich que a mi madre le gustaba, y eso fue todo lo que él tuvo que decirle en su obra magna, en esa obra que a los ojos de la crítica lo encumbró como un genio excéntrico que vivía encerrado en una isla. Mi madre, al ver la dedicatoria, solo dijo: «Al menos podrías haberlo citado bien, el poema dice *qué piensas hacer con el resto de tu vida*».

Mi madre nunca se llevó el libro dedicado por mi padre.

La noche que se fue, Pablo mojó la cama. Sin embargo, al día siguiente nadie le regañó. Cambiamos las sábanas e hicimos como si no pasara nada.

Era un lunes de septiembre y no fuimos al colegio. Ese día, mi padre le compró un helado a Pablo: un cucurucho de doble bola, chocolate y limón, de esos que solo tomábamos los domingos. Compensaciones. Así era como él veía las cosas: premios por portarse bien, por sacar buenas notas. Por hacer como que no habíamos entendido nada acerca de la conversación del día anterior. Una conversación de la que al menos yo lo había entendido todo.

—Papá, la llamaste puta.

Él me miró, flanqueado por su mapamundi, y resopló.

—Lo que pase entre tu madre y yo es cosa nuestra.

Me fui llorando a nuestra pequeña playa, La Xanga, que empezaba donde terminaba el jardín de casa, y me senté en la arena, apoyando la espalda contra una barca blanca de pescadores que permaneció ahí toda nuestra infancia. Al rato, mi padre, que sabía que aquel era mi rincón, mi escondite, me fue a buscar.

—¿Te gustaría ir a Groenlandia? ¿Quieres que nos vayamos Pablo, tú y yo unos días? Hay un lugar bonito donde pueden verse ballenas.

—Pero... ¿y el colegio?

—¡Al diablo el colegio!

Al cabo de dos semanas llegamos a Nuuk.

Sentados en el banco, mi padre y yo permanecimos un rato en silencio viendo pasar a la gente sin saber qué decirnos. Tenía prisa por irme y por terminarme esa ensaimada que no me apetecía pero que me veía forzada a comer. Como si aún fuera una niña, para que él estuviera contento.

—¿Cuántas horas de diferencia son?

—Seis.

—¿Vas a coger un taxi cuando llegues? ¿Tienes dinero?

—Sí, papá. Ya te lo he dicho.

—¿Seguro que no necesitas nada?

—Papá.

—Vale, vale.

—Creo que tendríamos que ir yendo. Se va a hacer tarde.

De camino al aeropuerto de Ibiza, saqué el folleto de la Universidad de Columbia, *Literatura y exilio. Los desterrados,* para ver de nuevo ese nombre subrayado. Como si fuera la respuesta a un acertijo.

Gael Arteaga. PhD in Comparative Literature. School of Languages, Literature and Cultures.

—¿Qué miras?

—Nada. Un folleto de la Universidad de Columbia, me he apuntado a hacer un curso.

—Pero ¿no vas a trabajar?

—Sí. Pero esto es solo los jueves por la tarde. Un curso de literatura.

—¿Un curso sobre qué? —dijo extrañado.

—Literatura y exilio.

—¿Qué es esa gilipollez? ¿Por qué siempre te apuntas a lo más inútil? —se rio—. Es una suerte que nunca haya esperado hacerme rico gracias a mis hijos. En ese caso tendría que haber esperado sentado, madre de Dios...

—¿Por qué no pones la radio?

—¿Qué quieres escuchar?

—Algo, no sé.

—¿Elton John? Tengo el CD en la guantera, cógelo.

—No, papá, por favor. La radio, sin más.

—No entiendo qué vas a hacer en Nueva York. Has estudiado dos carreras, un máster, ¿ahora te vas a poner otra vez a estudiar? No me habías dicho lo del curso.

—Tú tampoco lo de tu isla nueva. Solo son tres meses, papá. En realidad, es una manera de conocer algo nuevo sobre las respuestas que la literatura ha dado al exilio. Además, tendré mucho tiempo libre al principio, no conozco a nadie.

—Pero a ver, ¿vas a centrarte en algo alguna vez? ¿Por qué no haces algo de provecho con tu tiempo, como escribir, en lugar de ir por ahí apuntándote a cursos ridículos?

—¿Me lo estás diciendo tú, que te vas a la isla de Alí Babá a estudiar plantas?

—No es lo mismo, y lo sabes —me espetó—. Yo ya tengo una edad.

Subió el volumen y recorrimos los últimos minutos del trayecto escuchando un partido de baloncesto. Ese zumbido de palabras y de ruidos nos bastaba para descansar de la obligación de tener que decir algo.

Cuando llegamos al aeropuerto me bajé del coche, cogí la maleta y, aunque estaba molesta con mi padre, pensé en darle un abrazo. No lo hice. Me hubiera gustado que me dijera algo como «me da pena que te vayas», o «pensaré en ti». Solo eso. Pero me dio dos besos y me agarró del antebrazo. Como si no me dejara ir. Como si tratara de decirme algo.

—Seis horas, ¿verdad?

—De diferencia, sí. Pero te llamaré cuando llegue.

—Vale. Buen viaje.

—Gracias.

Me giré y, justo cuando estaba a punto de pasar por las puertas giratorias, me llamó.

—¡Laura! No me voy a comer la ensaimada. ¿La quieres para el avión?

—No tengo más hambre —sonreí—, pero gracias.

Entonces me metí en la puerta giratoria sin volver la vista atrás. Preferí imaginármelo ahí de pie, junto a su Land Rover blanco desvencijado, de otra época, con la ensaimada en la mano, y sin embargo ese era el mismo hombre que poblaba mis historias de infancia de avionetas y lugares exóticos.

A través de unos cristales gruesos observaba cómo los aviones aterrizaban sin descanso. De dónde vienen, adónde van. Me preguntaba también adónde iba yo. Qué iba a hacer con el resto de mi vida, como me recordaba el librito enterrado al final de mi bolso. En realidad, me hubiera conformado con saber qué iba a ser de mí durante aquellos meses que tenía por delante. Qué iba a ser de mi padre en Socotra, esa isla de la que había sabido por primera vez apenas unas horas antes y cuyo nombre repetía como si fuera una palabra con significado oculto.

So-co-tra.

Era imposible ver una isla y no pensar en mi padre, en su deseo de querer atrapar un horizonte en constante movimiento; las islas no se movían, pero la ilusión de encontrarlas a todas, de ponerles un número, un nombre, sí.

Su oficio era una pasión desmedida, como la que había profesado a su mujer. Mi madre. Los mapas no muestran la realidad, sino una interpretación de ella. Como las historias que nos contamos. Como la mía, la que yo empecé a contarme en ese avión. La historia de cómo se pudre una familia.

4

Nos han hablado tantas veces de Nueva York que ya no sabemos lo que es. Si es una ciudad, una isla o un decorado que se usa en postales y en películas. Un atrezo de rascacielos, luces y neones que anuncian *take away* o lecturas de tarot las veinticuatro horas.

Y, sin embargo, un día Nueva York había sido un sueño. El sueño americano. Era de nuevo esa vieja obsesión de poner nombres y adueñarse de algo. Un objeto o un sentimiento.

Nueva York es sinónimo de luces. Que no de luz.

Las luces, esas luces de Nueva York, se colaban a través del estor en la penumbra de la habitación de hotel aquella primera noche en la ciudad. Era un Four Seasons que había conocido tiempos mejores, con moqueta sucia y gotelé en la pared. Entré a la habitación y fui quitándome la ropa y dejándola por el suelo. Me dije que la recogería más tarde, pero pronto empezó a ser tarde y no lo había hecho. A mi derecha, detrás de la ventana, estaban las luces de esa ciudad gigantesca. Los cristales me aislaban del ruido de la calle. Del exterior.

Había dos albornoces y unas zapatillas por estrenar, un plato de fruta de bienvenida —un plátano magullado— y un sobre con una tarjeta en la que se leía «Le deseamos una feliz estancia».

No me comí el plátano. Tampoco saqué del plástico las zapatillas de hotel blancas con ese bordado en hilo azul que me recordaban que no estaba en casa —qué casa ya—, sino en un hotel. Encendí la televisión y dejé hablar a una mujer con un escote inverosímil que anunciaba tormenta el día siguiente en Phoenix y una bajada drástica de las temperaturas en Kalamazoo, Michigan. La mujer siguió hablando hasta que su voz se convirtió en un zumbido completamente ajeno. Como si alguien me estuviera hablando bajo el agua de una piscina.

Cerré los ojos y me quedé tumbada. No quería escuchar, pero aquel extraño murmullo me hacía sentir menos sola.

Qué haces aquí, Laura.

Escuché varias veces una misma pregunta: «¿Por qué has venido a Nueva York?». Tenía preparada mi respuesta, la había escuchado en las películas. Algo parecido a «siempre soñé con vivir aquí» o «vine aquí porque quería cumplir mi sueño de convertirme en (espacio en blanco)». En ese espacio cabía de todo: actriz, cantante, pintora, escritora o astronauta. Qué más daba. Uno venía a Nueva York para convertirse en otra cosa distinta de la que era.

Nueva York, como Ibiza, era un invento.

Iba a trabajar en una pequeña editorial que publicaba sobre todo clásicos traducidos. Voices. Ellen, su directora, me hizo también la pregunta nada más llegar. Sonreí, que era lo que hacía cuando no sabía cómo seguir.

—Qué bien tenerte aquí. Pero dejar Barcelona por Nueva York... ¿Por qué?

Éramos ocho en la oficina. Teo, el vicepresidente y director editorial junto con Ellen, era otro editor al que admiraba. Tenía dos hijos pequeños, Tom y Mathew, cuyas fotografías empapelaban las paredes de su despacho. Hablaba de ellos continuamente, como si fueran una única persona —Tomanmaziu—, y se habían convertido en un personaje más de la oficina.

Tuve suerte al conseguir trabajo en Voices. Hacía ya seis años que trabajaba como editora en Barcelona, pero llevaba unos meses malos. Aquel último año empezó a faltarme aire. No solo en lo personal, también en lo profesional. Vivía en un desánimo constante. Al principio me dije que se trataba de algo normal: dadas las circunstancias, «después de todo lo que te ha pasado». La gente era buena conmigo. Pero en el trabajo ya no estaban tan contentos con mis resultados y fingían no darse cuenta. Yo sí lo hacía.

Dejé que transcurrieran los meses y empezó a pasarme lo que nunca pensé que podría ocurrirme: no tenía ganas de ir a trabajar. No es que fuera una adicta al trabajo, pero me gustaba lo que hacía. Disfrutaba de leer, escribir, editar o contratar a nuevos autores, y de pronto no tenía ganas de hacer nada. Por eso, la oportunidad de marcharme a Nueva York había llegado en el momento adecuado, en septiembre, cuando ni siquiera habían pasado cinco meses después de *todo aquello,* y lo interpreté como el inicio de la mejoría lenta y progresiva de la que hablaban los psicólogos.

Como cada año, había ido a la Feria del Libro de Gotemburgo. De repente me vi en una de esas cenas largas y soporíferas, rodeada de gente que trataba de cerrar los contratos de edición que no había conseguido cerrar a lo largo del día. Por casualidad, me senté al lado de un hombre llamado Teo. De él sabía que era el editor de una poeta a la que yo admiraba mucho: Marianne Moore.

Cuando la cena estaba a punto de terminar, le hablé de lo mucho que me gustaba Moore y de la de veces que había leído algunos de sus poemas.

—«Mi padre solía decir / la gente superior no hace visitas largas» —citó él.

—Eso es algo que podría haber dicho perfectamente mi padre —dije—. Ese es uno de mis favoritos.

—Justo ahora estamos haciendo una antología con sus mejores poemas.

Me quedé en silencio y de repente, sin pensarlo, lo dije:

—Me encantaría trabajar en Nueva York.

—¿Lo dices en serio?

Como si llevara toda la vida deseándolo, asentí. Entonces, en una de esas pequeñas loterías de la vida, resultó que una de las editoras estaba embarazada y en pocos meses tendría que cubrirse la baja.

—No puedo asegurarte nada, pero si me mandas el currículum haré lo posible para que se lo miren con cariño.

Al día siguiente, antes de salir hacia el aeropuerto, de vuelta ya a Barcelona, me fui a Liseberg, el parque de atracciones que hay justo enfrente de las Gothia Towers que acogían la Feria del Libro. Quería ver qué había ahí, porque desde fuera solo se escuchaban los gritos de la nueva atracción, AtmosFear, uno de esos absurdos aparatos que te suben hasta no sé cuántos metros de altura y luego te dejan caer. Caída libre.

Me subí sola, rodeada de adolescentes nerviosos con aparatos en los dientes. Cuando llegamos arriba, a ciento dieciséis metros, observé la ciudad. Fue un momento extraño: el momento antes de caer.

Grité mientras caíamos. Todos gritamos.

Bajé con las piernas temblando y una sensación peculiar. Una angustia muy conocida. Llevaba mucho tiempo sintiéndome en lo alto de una atracción: era consciente de que estaba a punto de caer, pero sin saber qué iba a ocurrir después de la caída. Al salir de Liseberg, le escribí un email a Teo: *Definitivamente, me encantaría ir a Nueva York. Aquí tienes mi CV.*

5

Me enamoré de la literatura porque se parecía mucho a la realidad, tanto que podía confundirse con ella. Pero la literatura me proporcionaba más respuestas que la vida. En ella, los círculos se cerraban, todo encajaba, uno llegaba al final y suspiraba: *ah, era esto.*

Siempre tuve predilección por el género de las memorias, por la capacidad de hacer que todo cuadrara. Porque al mirar atrás todos tendíamos a hacer lo mismo: a encadenar un suceso con otro. Sin embargo, esa concatenación solo existe en la mente del que lo cuenta.

En los libros habitan historias cerradas, y existen unos porqués que permiten entender las acciones de los personajes. Nada está puesto por azar, y los elementos de la narración están perfectamente calibrados. Quiero decir que si en determinado momento se cuela un mechero amarillo en la historia es porque probablemente ese mechero jugará un rol importante más tarde. Ya lo decía Chéjov: si aparece una pistola en el relato es porque alguien va a dispararla. Eso me reconforta. Porque luego, lo cierto es que la vida real está llena de pistolas sin disparar, de mecheros no solo amarillos sino de todos los colores, y nadie sabe qué hacer con ellos. Se quedan desparejados en la narración, sin sentido, sin nadie que los recoja del suelo.

Empecé a trabajar como editora por casualidad. Me ofrecieron unas prácticas en el departamento de prensa de una editorial y de ahí pasé pronto a ser asistente de un editor que en menos de un mes se fue a la competencia. Así que por azar terminé quedándome con un puesto que me venía un poco grande pero que me hacía feliz y me ilusionaba.

Pronto me di cuenta de que era buena en eso: ayudando a los demás a construir ficciones. Hubiera podido ser crítica literaria o escritora, pero el protagonismo no era lo mío, estaba mucho más tranquila en segunda fila. Al fin y al cabo, el editor era esa figura que daba paso al otro, al que había escrito, y eso me tranquilizaba, sobre todo cuando escuchaba esas preguntas que los periodistas hacían a mis autores: «Si esto es autobiográfico, qué hay de real ahí, cuándo supiste que tenías que escribir esta novela». Hubiera sido completamente incapaz de responder a esas preguntas.

Empecé a leer en la cama enorme de un hotel de Nuuk llamado Hans Egede. Aún escucho, si cierro los ojos, las preguntas insistentes de Pablo con respecto a los almohadones rellenos de plumas y los patos: ¿qué había pasado con ellos ahora que se habían quedado sin ellas?

El libro era *Cien años de soledad*. Recuerdo la vieja edición de Austral, la cubierta beige con unos puntitos azules. Tuvo gracia que el primer libro de adultos que leí fuera aquel. Lo rescaté de la mesita de noche de mi madre antes de marcharnos hacia Nuuk, antes de que mi padre lo requisara y lo tirara a la basura, como hizo con otras de sus pertenencias. Lo escogí por el título. Porque cien años de soledad me parecían algo imposible de vivir.

Aquella primera noche tan extraña, en ese hotel que llevaba el nombre de un misionero de Groenlandia, empecé a leerlo como si se tratara de una premonición: *Muchos años después, frente al pelotón de fusilamiento, el coronel Aureliano Buendía había de recordar aquella tarde remota en que su padre lo llevó a conocer el hielo.*

Un padre. Un paredón de fusilamiento, y el hielo.

Más tarde supe que aquel era uno de los inicios más conocidos de la historia de la literatura, pero en ese momento solo pensé que García Márquez había escrito aquel libro pensando en nosotros. En el niño enroscado en mis piernas en la cama blanca del hotel, preocupado por el frío que pasaban los patos sin las plumas de los almohadones, en el padre que nos llevaba a conocer el hielo, en la soledad. En el mar que veíamos a través de las ventanas de la habitación, que estaba lejos del nuestro pero era igualmente azul e insondable.

No terminé jamás aquel libro. No quise indagar demasiado acerca de las estirpes condenadas a cien años de soledad. Como si la soledad fuera una enfermedad infecciosa que había que mantener en cuarentena.

En Groenlandia vimos ballenas, glaciares. Acompañamos a mi padre a un congreso y estuvimos presentes en una ponencia que hizo en la University of Greenland sobre *Todo es una isla*. Al día siguiente compramos los periódicos, pero estaban escritos en un idioma que no entendíamos. Los guardamos, y sé que mi padre tenía una frase en la punta de la lengua pero no la dijo: *Para que los vea tu madre.*

Nos instruyó sobre las proyecciones de los mapas: Mercator y Gall-Peters, la preferida y la despreciada por Groenlandia respectivamente. La pregunta de mi hermano: *¿Y cuál es la verdadera, entonces?* Mi padre, taciturno, de mal humor: *No hay ninguna verdadera, Pablo, son diferentes maneras de ver el mundo. Todo es una representación.* Y mi hermano, después, en la habitación: *Y entonces, Laura, ¿Groenlandia es grande o pequeña? ¿Es más grande que Ibiza?*

El último de aquellos días, mi padre nos llevó a ver algo insólito: la aurora boreal.

Ni Pablo ni yo habíamos oído hablar de ese fenómeno. Era algo tan extraño y tan exótico que no podíamos hacer otra cosa que mirar el cielo expectantes y preguntarnos de dónde venían aquellas luces verdes. ¿Había también en nuestra isla? ¿Por qué no las habíamos visto?

—¿Sabéis lo que es el rayo verde, niños?

Negamos con la cabeza.

—¿Se puede saber qué diablos os enseñan en el colegio?

Era un efecto óptico que ocurría después de la puesta del sol. Durante uno o dos segundos se podía observar en el horizonte un rayo verde que salía desde donde se había puesto el sol.

—Pues es del mismo tono de verde que el que ahora veis en el cielo.

Pensé en mamá, en que nunca había pintado en sus cuadros ninguno de esos rayos verdes. Los había pintado rojos. Quizá tampoco ella los había visto, de manera que no sabía lo que eran.

Cuando se marchó, después de que mi padre la llamara puta, mi madre nos dejó una nota a Pablo y a mí escrita en un post-it amarillo sobre la mesa del salón: «Os llamaré pronto». Se marchó de su propia casa y llamó, sí, eso lo cumplió. Pero al cabo de un mes, cuando ya sabíamos lo que eran las auroras boreales y el rayo verde. Incluso habíamos visto aquella película de Éric Rohmer que se llama *Le rayon vert* sin entenderla, sobre todo Pablo, que se quedó dormido. Pero la habíamos visto.

Se lo contamos por teléfono; Pablo habló del frío, de las plumas y los patos, de que Groenlandia unas veces era grande y otras pequeña, que dependía del mapa. Le preguntó si la siguiente vez iba a venir con nosotros. Estábamos los dos pegados al auricular, hablábamos a la vez.

Dijo: «Sí, la próxima vez iré con vosotros».

Parecía tan lejana. Fue la abuela, aquella mujer fría que no se había recuperado aún de la muerte de mi abuelo y a la que tan poco le gustaban los niños, la que se encargó de contarnos que mamá estaba reposando y que no se encontraba muy bien. Había estado débil y tenía la muñeca fastidiada.

«Muy fastidiada», repitió.

Cuando mi madre se marchó, la abuela empezaba a padecer cierta demencia senil que hizo que al poco tiempo la internaran en una residencia.

41

La fuimos a ver en varias ocasiones. Vivía en un edificio majestuoso pero decadente, en una de las calles perpendiculares a la avenida Tibidabo. El edificio, que había sido una antigua vivienda, estaba rodeado de jardines y estanques llenos de musgo.

Nunca vi a mi abuela en el jardín. Eso sí, desde su habitación, que estaba en el segundo piso, pasaba tiempo observando todo lo que ahí ocurría a través de los ventanales. Recuerdo pocos detalles, pero sí la colonia de bebé en la mesita de noche o esa cama que se reclinaba con un mando pequeño que Pablo siempre quería manipular.

La primera vez que fuimos a verla, mi padre nos dejó en la puerta de la residencia. No quiso entrar y nos dijo que nos recogería al cabo de una hora y media.

—No la agobiéis con preguntas. Está enferma.

Cuando entramos en su habitación, sonrió.

—Niños, habéis venido —se detuvo y miró hacia la puerta—. ¿Y mamá? ¿Ha venido también?

—Pero abuela —le dije—, mamá no está.

—Sí que está. La he visto esta mañana.

—¿Dónde? —inquirí.

—Me ha venido a peinar y me ha traído esto —y señaló una revista de sopas de letras.

Nos quedamos callados.

—Ahora vuelvo. Quédate aquí, Pablo.

Bajé a recepción tan rápido como pude. Ni siquiera esperé al ascensor. Pregunté si alguien había visitado a mi abuela aquella mañana.

—Adriana, se llama Adriana. Es mi madre.

La enfermera me miró apenada y me respondió que no.

—Ninguna Adriana —dijo mirando el registro.

—Me lo ha dicho mi abuela…

—Cariño, tu abuela no está bien.

De vuelta a la habitación, me la encontré sentada en el sillón de piel sintética. Con la mirada perdida mientras Pablo jugaba a subir y bajar el respaldo de la cama después de haberse comido la gelatina de color fluorescente que la abuela no quería tomarse para la merienda.

—Abuela, mamá no ha venido a peinarte.

Pero ella no dijo nada más. Murmuraba cosas que no entendíamos. Hacia las siete, la dejamos para que la enfermera le diera la cena.

Cuando mi padre nos recogió nos preguntó qué tal había ido.

—Bien —respondí.

—¿Qué quieres decir con bien?

Se me llenaron los ojos de lágrimas y mi padre paró un taxi.

—Creo que sé dónde os voy a llevar. A un restaurante etíope que hay en la calle Torrent de l'Olla.

—¿Y qué hay ahí para cenar, papá? —preguntó Pablo.

Dentro del taxi, se volvió para cerciorarse de que no había lloros a la vista y continuó.

—Podéis probar la injera, que es una especie de pan plano muy fino, como un crepe, con el que acompañan todas las comidas. Y a ver, listillo, ¿a que no sabes cómo se llamaba antes Etiopía?

Pablo negó con la cabeza.

—¿Y tú, Laura?

—Papá…

—¡Se llamaba Abisinia!

Fuimos más veces a ver a la abuela y yo nunca perdí la esperanza de que un día volviera en sí y pudiera decirme algo sobre mamá. Al menos dónde estaba.

Pero mi abuela parecía habitar otra dimensión, estaba más en contacto con los que se habían ido que con nosotros. Pablo no quiso acompañarme demasiadas veces. Aquello le deprimía, decía. Y lo disculpaba porque era más pequeño, pero en el fondo tenía ganas de decirle: «qué te crees, ¿que a mí me divierte?». Pero la abuela era el último vínculo que me quedaba con mi madre.

Lo más cerca que estuve de tener alguna interacción real con la abuela fue cuando, en una ocasión, mi padre decidió entrar conmigo en la habitación y ella no le dirigió la mirada ni un solo instante.

—Qué bien que hayas venido —dijo mirándome fijamente. Y creo que lo hizo solo para hacerle entender al otro que no lo veía. Que para ella no existía.

Poco antes de que muriera, llegué a su habitación y me miró de arriba abajo, como si fuera un fantasma, y exclamó:

—¡Adriana, vamos a llegar tarde!

Murió sola. En la residencia. Y entonces, en el entierro, yo esperé verla a ella, a mi madre. Que volviera del sitio de donde se había escondido y que apareciera entre la gente. La imaginaba vestida de negro.

Estaba convencida de que vendría. Me había prometido a mí misma que no le reprocharía nada.

Pero tampoco estaba.

6

Leí mucho las primeras semanas en Nueva York. *Formas de volver a casa*, de Zambra, que no me había gustado demasiado; *Oscuridad total*, de Renata Adler; *El desierto y su semilla*, de Baron Biza, pero todo me dejaba extrañamente indiferente. De Adler me quedé con una frase: «¿Puede ser que, accidentalmente, tirara lo más importante?». Aquella pregunta, como la que seguía encerrada en la dedicatoria del librito de páginas amarillentas, me asustaba.

Leía sin descanso, pero me veía incapaz de escribir. Mi padre siempre me animó a hacerlo y era algo que había hecho de niña, con las aventuras de sus islas, y que había seguido haciendo eventualmente. Incluso había ganado un premio con un relato, hacía un año. Pero aquel relato me producía cierta vergüenza.

Mi padre me escribía a menudo, aunque no lo hacía para que le respondiera. Era, supongo, una manera de no estar solo.

Laura,

Ayer entró en el salón una polilla de esas gigantes que aterrorizaban a tu madre. Bueno, no era gigante, estoy exagerando, pero ya me entiendes. La iba a matar pero luego logré cazarla cuando se posó sobre la pared y, ayudado por un folleto que tenías por ahí, la encerré en un vasito y la eché fuera. Qué fea era, por Dios.

A propósito, tuve que revolver en una de tus cajas, en la que ponía COSAS DESPACHO, *buscaba folios para la impresora (que, por cierto, tampoco tenía tinta, gracias por avisarme). En la caja apareció una revista del corazón (¿desde cuándo lees esas cosas?) y de dentro, misteriosamente, cayó un relato impreso de Grace Paley con tus subrayados de siempre, en boli, hija, qué mala costumbre esa que tienes de marcarlo todo. El relato se llamaba «Deseos». Tenías un par de frases resaltadas con rotulador amarillo: «No discuto nada cuando hay verdadera discrepancia» y «Ando escasa de deseos y de necesidades absolutas». ¿Es eso lo que te pasa a ti también?*

Había muchas fotos en la caja, algunas antiguas. Me sorprendió una de Pablo y tu madre. ¿La hiciste tú? Tu madre tiene mala cara, algo le habría pasado. Seguro que la habría dejado alguno de esos amantes que tiene.

A veces le contestaba, otras no. Le contaba lo que hacía en la ciudad; tenía mucho tiempo libre y no sabía bien en qué invertirlo. No conocía a nadie, así que me pasaba los días encerrada en aquella pequeña editorial con su balcón sobre el Hudson.

Salía a menudo a mirar el río. Sobre todo lo hacía cuando se me juntaban las letras, como decía mi padre cuando estaba cansado de tanto leer.

Pese a que el trabajo era variado, a veces se hacía monótono. Revisaba las ediciones bilingües de poesía y ayudaba en la contratación de nuevos libros de autores latinoamericanos o españoles. Compartía despacho con un chico llamado Ethan, un pelirrojo alto y muy simpático que fue uno de los pocos amigos que hice en Nueva York. Él y su novia Amy vivían en una zona de Harlem muy cerca de Columbia.

Algunas veces, cuando él ya se había marchado, me quedaba sola en el despacho y me dedicaba a fisgar entre los ficheros, los contratos de libros de Borges, César Aira o Patti Smith, o trataba de dar con la dirección de Joan Didion.

Disfrutaba entre papeles y libros viejos, y aquella editorial pequeña y tan bien mantenida que parecía haberse quedado congelada en los años ochenta era el lugar ideal. Los documentos se seguían imprimiendo, nadie tenía iPad o

46

Kindle: se seguían llevando a casa los manuscritos atados con gomas elásticas. Nadie colgaba *selfies* en Instagram con sus hijos y parejas los fines de semana ni tuiteaba frases sobre los libros que publicaban. Eran de lo más auténtico que había conocido: un oasis en ese mundo de *likes* y *followers,* tan falso e irreal. En las paredes de la entrada colgaban fotos de sus autores: William Carlos Williams, Ezra Pound, Djuna Barnes.

Durante los primeros días, cuando salía de la oficina, paseaba a menudo hasta el Hudson, cruzaba el Meatpacking por la parte trasera del Chelsea Market, sorteando los camiones cargados de comida y los contenedores de basura, y me detenía a orillas del río. Allí me sentía un poco más cerca de casa. Quizá fuera por el agua. Al otro lado estaba Hoboken, con su estación de tren, y más a la izquierda New Jersey.

El primer día que encontré por casualidad aquel rinconcito pensé en las escenas iniciales de *Paris, Texas.* Había sido una asociación extraña: allí, frente al Hudson, visualicé a aquel hombre perdido en el desierto de Arizona, a Travis.

Pablo y yo la habíamos visto por primera vez con mi padre, hacía algunos años. Recordé cómo Pablo, impaciente, se había quejado de que siempre me gustaban las «películas lentas».

—Laura, llevamos diez minutos y el tipo aún no ha hecho nada más que estar perdido.

Sin embargo, después se enamoró de la película, de ese hombre que se ausentaba durante unos años del mundo, de ese hijo llamado Hunter y de aquella mujer bonita que llevaba el jersey de angora de color rosa fucsia. A mi padre, por el contrario, no le había gustado.

—Es completamente inverosímil —zanjó.

Lo miramos expectantes.

—Que un tipo se vuelva así de loco por amor, que deje al hijo, que se pierda en un desierto... Venga, hombre, si es que Wim Wenders es un fantasioso. Y vosotros dos unos ingenuos, está claro que habéis salido a vuestra madre.

Pero ¿acaso no era justo lo que habíamos vivido nosotros? Cada uno con sus desiertos, sus inverosimilitudes.

Desde aquella atalaya frente al Hudson, podía entender a Travis, yo también me sentía en un desierto. Cuando estaba ahí, frente al río, quería cruzarlo.

Había alquilado un apartamento en la Sexta Avenida con la calle 16. Tardé unos días en acondicionar el piso y en tirar trastos viejos a los que no logré sacar ninguna utilidad. El anterior arrendatario debía de sufrir algo parecido al síndrome de Diógenes, no solo por la mugre sino también por la cantidad de objetos absurdos que tenía. Un cazamariposas. Una escafandra. Un guante de boxeo desparejado. Una pecera llena de *tuppers* viejos.

Algunos objetos se los regalé a Hannah, la mujer que dormía debajo de los andamios, justo en la calle 16, a la salida del metro.

Un día me pidió un cigarro, le dije que no tenía pero le di los dos dólares que llevaba sueltos en el monedero. Entonces me dijo que se llamaba Hannah. Sus pertenencias consistían en una silla de ruedas en la que dejaba una mochila, unos cartones que apoyaba en la pared del edificio y una lata de frijoles vacía que le servía como florero. Dentro guardaba una rosa seca.

Le pregunté si quería alguna de todas aquellas cosas que estaba sacando de casa y se quedó con todas. Incluso con el guante de boxeo.

Yo me quedé con la pecera.

La dejé ahí, vacía, sobre la mesa del salón, junto al folleto de Columbia ya arrugado, que era un recordatorio constante de que tenía que escribir un email antes de que llegara el 18 de junio. También estaba esa cajita roja que llevaba como si fuera un amuleto.

Me gustan las peceras, me conectan con mi otra vida. Porque Manhattan también es una isla, como Ibiza.

Por las noches, cuando me ponía a leer en el salón, encendía una vela al lado de la pecera. Le daba una luz extraña pero bonita. Aunque estaba vacía, me hacía pensar en Pablo, de niño, dejando el dedo en la superficie del agua hasta que Tiger subía hacia él, confundía su dedo con comida y le daba un beso.

Tiger fue nuestra primera mascota. Después compramos más peces, pero ya no les pusimos nombre. Ni siquiera nos encariñamos lo suficiente como para recordarlos a todos; eran demasiados.

Tiger era un nombre absurdo para un pez diminuto. Pero aquella semana en que mi madre nos lo regaló, Pablo estaba estudiando los nombres de los animales de la selva en clase de inglés. *Snake, monkey, lion, crocodile, toucan.* Como el pez era naranja, con una motita negra cerca de la cola, Pablo decidió que lo llamaría Tiger.

Al llegar del colegio íbamos corriendo al salón para verlo y darle la merienda, una especie de sales de colores que dejábamos caer sobre la superficie del agua.

Tiger fue, entre otras cosas, un pez sobrealimentado. Si los peces engordaran con la misma facilidad que los humanos, estoy segura de que hubiera sido obeso. Era un pez vulgar. Sin embargo, a nosotros nos parecía de una belleza y agilidad excepcionales.

—¡Laura, Tiger ha hecho una voltereta en el agua!

—Laura, ¡Tiger me ha mordido! ¡Tiene dientes, mira!

La primera vez que mi madre le cambió el agua, Pablo y yo estábamos expectantes. El pobre Tiger se le escurrió y acabó en el fregadero. Mi hermano se puso a llorar. Ahí, fuera de su ámbito, dando saltitos, parecía muy frágil.

Fueron tan solo unos segundos, hasta que mi madre lo rescató para volverlo a meter en un vaso en el que lo dejó provisionalmente hasta que acabamos de limpiar el agua.

Mi padre entró a coger hielo para su whisky y se quedó observando el espectáculo.

—Lo del pez ya te dije que no era buena idea, Adriana.

Al llegar a Nueva York me había sentido como Tiger. Andaba tranquilamente por la calle y observaba a la gente que corría por los parques, a las madres que iban de la mano con sus hijas, chicos que hacían cola para llevarse un café. Veía que la gente sonreía e incluso yo lo hacía. Pero tenía la sensación de que vivía aislada por un finísimo cristal dentro de una pecera.

Todas las noches, al llegar al apartamento, encendía la televisión, bajaba el volumen y cenaba mientras vigilaba aquel recipiente vacío. Pensé en llenarlo de arena y plantar algo. Pero en realidad no era amante de las plantas. Solo quería hacer algo con la pecera. Llenarla, aunque no fuera de agua.

Encontré también una pecera en un bar llamado The Rusty Knot. Estaba llena.

Aquel lugar —un tugurio oscuro y decadente— tenía algo genuino. Estaba muy concurrido al atardecer, y allí nos dirigimos un día todos los compañeros de la editorial para celebrar que Ethan se casaba. Lo había anunciado por la mañana, después de la reunión semanal de los martes. Ellen sacó una botella de champán caliente y llenó unos vasos de plástico. Aprovechó para citar a Chesterton: el amor era un atasco —un atasco de la razón—, pero le alegraba ver que había gente que seguía atascándose.

Por la tarde volvimos a brindar:

—Por los atascos —dijeron.

Entonces Ellen contó que hacía diez años que se había divorciado y que se le habían acabado las ganas de estar con un hombre.

—Estoy mejor así. Más tranquila. El amor está lleno de promesas al principio, pero luego… luego es difícil. Es importante acertar, y esto os lo digo yo que os llevo veinte años a los dos. Acertar es complicado y querer, quererse bien, aún lo es más —hizo una pausa, dio un sorbo y siguió—. Me gusta contar una anécdota relacionada con todo esto del matrimonio. Cuando me casé, una amiga mía leyó un discurso en la ceremonia. Era bonito, pero sin ser cursi, como lo son la mayoría de discursos de boda. Contaba una historia de Otto von Bismarck que nunca he sabido si era del todo cierta, pero eso es lo de menos. Resulta que cuando Bismarck se casó, pasaba largas temporadas separado de su esposa. Se comunicaban por carta, pero muchas ni siquiera llegaban. En una de ellas, su esposa le escribía «Tengo miedo de que me olvides», a lo que él le respondió una frase que nunca me canso de repetir: «No me casé porque te quisiera, me casé para quererte».

Se hizo un silencio largo.

—Supongo que eso es justamente acertar, ¿no? —dijo Ethan—. Ese «para quererte».

—Eso creo, sí —se quedó pensativa.

—Es una historia bonita, pero lo que sería interesante es que hubiera una manera de asegurarse en esto de acertar —volvió Ethan—. Algo así como una fórmula…

—Claro, todos estaríamos un poco más tranquilos —se rio Ellen—. Aunque a mí a veces me ocurre algo parecido con los libros. Y no es que esté comparando una cosa con la otra, pero siendo editora, a veces lees un buen libro y dices «ok, está bien». Después está esa clase de libros que te remueven, te sacuden. Te cambian. Entonces no tienes ninguna duda acerca de si publicarlos o no. Simplemente sabes que tienes que hacerlo. Que lo harás.

—¿Quieres decir que es como una intuición? —dije.

—Algo así.

—Me parece arriesgado basarlo todo en una intuición —respondí.

—Y tienes razón. Pero a veces las menospreciamos.

Estaba empezando a anochecer y pedimos una botella de vino blanco.

—Mi madre decía lo mismo —le dije de repente.

—¿Le fue bien?

—Bueno, creo que podría haberle ido mejor.

No lo dije irónicamente.

—Y a ti, ¿te ha ido bien? —me preguntó Ethan.

—Creo que también podría haberme ido mejor —sonreí. Ellos esperaban que siguiera—. Antes estaba con alguien. No funcionó.

No me preguntaron nada más. A pesar de que apenas llevaba unas semanas trabajando con ellos, empezaban a conocerme. La reserva, la distancia. Mis intentos por sonreír y por hacer ver que todo estaba bien.

—Eres joven. Aunque bueno, supongo que esa es la típica frase que has escuchado mil veces.

—Sí, pero trataré de acordarme de ti y de Bismarck —me reí. Y al cabo de un rato me sorprendí pensando de nuevo en aquella frase, en aquel «para quererse».

Estuvimos aún un rato más, y cuando salíamos, me detuve unos segundos frente a la pecera. Iba encontrándolas a mi paso, como aquellas embarazadas que juran que desde que están en estado no hacen más que ver a otras mujeres como ellas. Yo solo veía peceras. En aquella había un pez en el fondo que apenas se movía. Quizá estuviera durmiendo. Ojalá. Tuve miedo de que estuviera muerto.

7

Desde que había llegado a Nueva York hacía cosas desenfrenadamente. Iba al trabajo, al gimnasio, leía, paseaba. Pero cuando menos me lo esperaba mi cabeza se marchaba lejos de aquella ciudad con río y volvía a Barcelona, a Ibiza. Repasaba los meses, los años. Me observaba a mí misma con la precisión con que lo haría un científico ante una muestra en un laboratorio. Lentes de aumento, concentración. Por mi cabeza desfilaban imágenes, polaroids. Trataba de averiguar dónde había empezado a torcerse todo. ¿Había existido un error inicial, ese error —mínimo tal vez— a partir del cual infinitos errores se desatan? ¿Cuál había sido el paso en falso?

Dicen que los duelos duran un año; los del corazón, los de la vida. Pero podían durar más. Alargarse hasta esa palabra que me atenazaba: siempre. Un dolor agudo que se convertía en crónico. Las pérdidas eran manchas persistentes. Vino tinto sobre una complicada alfombra persa. El tejido podía lavarse muchas veces, tantas que, al final, la tela se desteñía. Y quedaba una sombra donde un día estuvo la mancha. Pero después... ¿Después qué? ¿Qué ocurría con las alfombras manchadas?

Un día, un domingo, malditos domingos, llegué a casa cansada. Un mensaje de mi padre me esperaba en la bandeja de entrada del correo:

ASUNTO: *Todas las islas se definen como el ombligo del mundo*
Te voy a poner un ejemplo: en el parque nacional Rapa Nui, en la isla de Pascua, el monumento más importante no

son los moáis, como la gente piensa, sino una piedra de forma ovoide de ochenta centímetros de diámetro que hay en una playa. A la piedra, redonda, magnética, la llaman el ombligo del mundo, Te pito o Te Henua, y este es otro nombre con el que también se conoce a la isla de Pascua. Se dice que esta roca, casi esférica y lisa, concentra una energía magnética y sobrenatural llamada mana.

Ser el ombligo del mundo es el sentimiento que caracteriza a todas las islas. Quizá algo de eso se quede en los isleños, ¿no?

Me voy a dormir, que aquí es tarde. Y tú deberías estar haciendo algo de provecho, como escribir.

Había un chico —empecé a escribir—. El chico se llamaba Diego.

El chico, que en realidad ya era un hombre, tenía un hijo llamado Lucas. Cuando sonreían —Diego, Lucas— los ojos se les achinaban, se les hacían pequeños. Lucas había heredado los ojos de su madre, a la que yo no había conocido pero sí había visto en fotos. Eran de un color marrón muy claro y con motas de color verde.

—Como los de las panteras —dije yo.

—Será el niño pantera entonces —añadió Diego.

Lo vi por primera vez cuando tenía once meses. Le había salido un diente, el incisivo, y lloraba. Le gustaba tener un juguete blando en la boca.

Lucas y Pablo tenían algo —no sé bien qué era— que los hacía increíblemente similares. Quizá era su manera de estar en la vida.

Yo no era la madre de Lucas, nunca había pretendido asumir papeles que no me correspondían. Lo único que intenté transmitirle fue una idea:

—No tengas miedo, Lucas. El miedo no existe.

Entonces me miraba atento con sus ojos de pantera y buscaba mi mano con sus dedos regordetes.

Porque a veces, no podía evitarlo, volvía la vista atrás y veía a ese otro niño, a Pablo, detenido en la orilla de nuestra playa, incapaz de poner un pie en el agua. Había que llevarlo siempre de la mano.

Conversábamos mucho, el chico y yo. Diego. Conversábamos también con Pablo. Los tres. Y estaba siempre Lucas. Los cuatro. Éramos como una familia.

En una de nuestras primeras charlas, Diego me contó una historia que después había definido un poco nuestra relación. Siendo joven había conocido a un mentalista e hipnotizador argentino llamado Leonardo Tusam. Era un auténtico fenómeno que antes de realizar cualquiera de sus números de prestidigitación, en el momento de máxima atención, interrumpiéndolo todo decía: «Ojo, que puede fallar».

Nunca salía mal. Sin embargo, aquel «puede fallar» era una marca indistinguible de su trabajo. Una advertencia que recordaba que, como en la vida, todo podía irse al traste en el último momento.

—Puede fallar, Laura. Solo que casi siempre sale. Y esto —dijo Diego refiriéndose a nosotros— va a salir.

Me lo repetía a menudo en situaciones variadas. *Puede fallar, pero algo me dice que llegaremos a tiempo para coger el tren. Puede fallar, pero esto me huele a que aquí hay alguien que se ha enfadado.* Nunca se equivocaba. Solo que en nuestro caso..., bueno, falló.

Entonces dejé de escribir, releí lo escrito y quise borrarlo porque, en realidad, lo estaba haciendo para recobrar esas conversaciones, para volver a vivir lo que ya no estaba. Para que no fallara.

Para estar viéndolos. Lucas subido en los hombros de Pablo. Lucas robándole el teléfono a Diego. Diego castigándolo sin ver *La Patrulla Canina*. Entonces, Pablo, a escondidas, en la habitación de Lucas, poniéndole *La Patrulla Canina* en el teléfono.

Casi podía tocarlos con mis manos. Sentir el cuerpo de Diego junto al mío una mañana cualquiera. Mi familia. Escribir era infundir vida a un trozo de arcilla.

No lo borré.

Antes de apagar la luz recordé esa frase que había subrayado días atrás en el librito de Renata Adler: «¿Puede ser que, accidentalmente, tirara lo más importante?».

8

En la primera clase, el jueves 18 de junio de 2015, me senté al final del aula. Calculé que seríamos treinta alumnos. Hacía frío. El aire acondicionado estaba demasiado alto, y yo no tenía chaqueta. Cuando entró el profesor, la gente siguió hablando y él, inmutable, sin decir nada, se quedó mirando a la audiencia un instante hasta que se hizo el silencio.

—Hola, buenas tardes —dijo.

Tenía una mirada reflexiva. O triste, no lo sé. La boca, grande. Los ojos, de un gris oscuro, los mismos que recordaba. La voz, profunda, no contradecía a su físico. Apoyado en una mesa de madera sobre el estrado, se presentó.

—Me llamo Gael Arteaga.

En inglés sonaba extraño, *Guy-elle*. Aclaró que no era italiano, sino argentino. Había nacido en Buenos Aires, y a los doce años se había tenido que exiliar con su padre. Se marcharon a Ibiza y de ahí a Formentera. Había vivido muchos años en el faro de Formentera.

Una alumna le preguntó por el significado de su nombre.

—Unos dicen que Gael es un nombre de origen bretón, otros, hebreo. No se aclaran. Dicen también que quiere decir «generoso», y hace poco leí que Gael es «el que viene de las islas».

Se puso de pie y empezó a caminar de una punta a otra del estrado.

—En esta primera clase haremos una breve presentación del curso. No sé los motivos que os han llevado a matricularos aquí, y por eso me gustaría que después me escribierais un correo para presentaros, remarcándome, si lo hubiera, algún tema que os interese especialmente. Hay unos seminarios optativos en los que podemos adaptar la temática. Mi fijación con el exilio empezó, como veis, por razones puramente autobiográficas, pero imagino que no será el caso de todos vosotros.

Pese a que habían pasado casi veinte años, Gael no había cambiado mucho. O al menos no de la manera en que lo había hecho mi padre. No quedaba rastro de aquella media melena rubia que nos había fascinado a Pablo y a mí. Los mechones entre los ojos. Ahora tenía el pelo corto y enmarañado, de un tono castaño. Conservaba aquellos ojos. Aquella sonrisa: era ese chico que sonreiría para mí, eternamente, desde la pared del estudio de mi madre en una vieja polaroid.

—Supongo que, en mayor o menor medida, lo que estudiamos, aquello a lo que dedicamos la vida tiene que ver con lo que somos, con lo que nos define —hizo una pausa, como si dudara de cuál era el mejor camino para seguir—. Pero a todos y cada uno de nosotros nos define también lo que dejamos atrás; y es eso lo que tratamos de entender.

Nos pasó unas fotocopias: *El desafío evidente y provocador de la literatura procedente del exilio o escrita como respuesta a él. Alrededor del término «exilio» y de sus múltiples significados, una serie de escritores e intelectuales llevan a cabo una reflexión sobre las fronteras, las espaciales, temporales, mentales, ideológicas, sobre las fronteras reales o imaginarias, sobre lo que une y separa.*

—Desde la expulsión de Adán y Eva del paraíso, el exilio es una experiencia cotidiana en la historia de la humanidad —añadió—. La vida está llena de manzanas y serpientes.

Entonces se volvió hacia la pizarra y apuntó con rotulador verde el título de dos libros: *Purgatorio,* de Tomás Eloy Martínez, y *Antes que anochezca,* de Reinaldo Arenas. Citó de memoria: «Esos milagros, esas mentiras, esas tribus errantes, / esa cruz / esa leyenda, ese amor, esos mitos y esas verdades / que nos enaltecen justifican y proyectan / no existirían / si voces empecinadas no se hubiesen dado a la tarea / de cantar en la sombra».

—La experiencia del exilio tiene que ver sobre todo con eso que Arenas describe tan bien: cantar en la sombra. En este curso me gustaría que todos pudiéramos situarnos ahí: En la sombra. Y desde ahí leer, entender, para después escribir.

La parte práctica del curso consistía justamente en la elaboración de un ensayo cuya temática versara sobre habitar Nueva York desde la perspectiva de la sombra, desde el no-lugar.

Yo hacía esfuerzos por seguir la clase, pero era incapaz de centrarme en lo que estaba diciendo. Escuchaba fragmentos aislados. En la libreta apunté: «El primer tratado consagrado al tema del exilio en Occidente fue obra de Aristipo de Cirene, nacido hacia el 425 y muerto en 355 a. C.».

Como mi padre y las islas y sus límites, mi madre y los cuadros en los que se pintaba a ella misma, cuando hablaba del exilio Gael no se refería a un país: hablaba de lo que le ocurría a él en la vida, en el mundo.

Los recuerdos que guardaba de Gael coincidían con los días más felices de mi infancia. Justo antes de que mi madre se fuera de Ibiza.

Se marchó de casa el domingo de una semana extraña, que había arrancado el lunes con un pez muerto que flotaba. Tiger estaba inerte, los ojos abiertos, arrinconado en una esquina de la pecera, golpeándose contra el cristal. Pablo fue el primero en verlo; se quedó blanco, sin reaccionar. No fue capaz de desayunar. No podía decir nada.

Cuando mi padre nos llevó en coche al colegio traté en vano de hacer que hablara, que se riera, pero estaba ido, con esa expresión que fue haciéndose cada vez más común a lo largo de los años. Me asustó esa falta de vida que reflejaban sus ojos. Ese día empecé a preocuparme por mi hermano. Y ya nunca dejé de hacerlo.

—Era un pez, niños. No hagáis drama, por favor —dijo mi padre desde el asiento delantero.

—Papá, pero se ha muerto. Era nuestro pez —me quejé.

—Estaba flotando. Como si el agua lo expulsara —dijo de repente Pablo.

—¿Qué quieres decir, hijo? —soltó mi padre impaciente desde delante.

—Tenía los ojos abiertos, pero estaba muerto.

Poco después de llegar al colegio, Pablo se desmayó. Yo estaba en mi clase de matemáticas y no me enteré, pero luego me contaron que a lo largo de una hora Pablo sufrió dos síncopes. Así lo llamaron después los médicos en el hospital.

Se lo llevaron en ambulancia. A mí me avisaron más tarde y fui a verlo a la hora de comer. ¿Había desayunado? ¿Dormía bien? ¿Tenía la tensión baja? ¿Estaban separándose nuestros padres? Estuvo una noche ingresado. Prefirieron dejarlo en observación porque, pese a que se había recuperado por completo y volvía a tener color en la cara, los médicos querían estar atentos a su evolución. Le hicieron pruebas, análisis. Preguntaron si sufría estrés, angustia. ¿Le había ocurrido algo aquellos días? ¿Iban bien las cosas en casa?

—Se ha muerto Tiger —le dijo a modo de explicación a una enfermera que trataba de averiguar lo ocurrido.

—¿Tiger es tu perrito?

—Es un pez —zanjó Pablo—. Bueno, ya no es.

Salió el martes del hospital, pero no volvió al colegio aquella semana. Cuando llegaron los resultados de los análisis, mi madre me contó algo sobre falta de hierro. También acerca de una personalidad demasiado sensible a la que todo le afectaba mucho más.

—Siempre tendremos que cuidarlo mucho, Laura, porque no es como tú o como tu padre. Está menos preparado para... —y se quedó callada unos instantes tratando de encontrar las palabras adecuadas—, para la vida. Pablo sufre más.

El miércoles, mi padre se marchó a primera hora de la mañana. Si le produjo alivio el hecho de saber que su hijo estaba perfectamente sano, no lo demostró. Dijo que tenía un curso en la Universidad de Barcelona, pero no era cierto; mi padre y yo nunca supimos mentir. Se le caló el coche cuando salíamos de casa, antes de llegar al desvío de Es Cavallet. También le dio un golpe al retrovisor de un coche que venía en dirección contraria. Estaba alterado. Cuando me dejó frente al colegio me volvió a repetir que nos veríamos el domingo, que tenía que marcharse rápidamente a un curso en Barcelona.

—¿Te puedes creer? Lo había olvidado por completo.

Pero no, no lo podía creer porque mi padre no olvidaba nada. Quizá si hubiera pensado una excusa mejor le habría creído, pero él era un hombre que, para nuestra desesperación, solía dar todos y cada uno de los detalles, los necesarios sin ahorrarse los accesorios. Esa actitud escueta me hizo entender que había ocurrido algo.

Mi madre no me llevó al colegio el jueves. Nos comunicó a Pablo y a mí que nos íbamos a Formentera y llamó al colegio para disculparnos. Había surgido un viaje familiar inesperado, adujo.

Nos había hablado mucho de Formentera, esa isla que había visitado por primera vez con sus padres, siendo una niña, y a la que volvía tan a menudo como podía: una tierra casi mítica que amaba por encima de todos los lugares del mundo. A mi padre, sin embargo, aquella isla no le gustaba. De hecho, se había negado a ir siempre que mi madre lo había propuesto.

Antes de que *Lucía y el sexo* lo hiciera famoso con esa imagen de Paz Vega yendo en bicicleta por un camino estrecho, el Cap de Barbaria era un paisaje desconocido,

61

desértico, casi lunar. Lo recorrimos con una *scooter*. Pablo delante, en la punta, mi madre en el medio, y yo agarrada a su cintura. A partir de entonces asocié Formentera a la *scooter*, al pelo largo de mi madre haciéndome cosquillas en los ojos. También al faro del Cap de Barbaria y al hombre que había vivido en aquel faro, que se llamaba Gael.

Conservo entre mis diarios todas las fotos que nos hicimos esos días. Las fui a revelar sola, cuando mi madre ya se había ido, y guardé aquellas imágenes como una prueba fehaciente de que había ocurrido. De que habíamos sido felices. De que también nosotros podíamos serlo.

El viernes nos llevó a ver el faro, y una vez allí nos sentamos en las rocas, admirando la belleza de los acantilados, la línea del horizonte, hasta que el sol se puso.

—¿Sabéis cómo se dice farero en inglés?

—¡Fareeeeeer! —contestó Pablo, que siempre trataba de adivinar nuevas palabras por asimilación al castellano.

Mi madre rio.

—Farero se dice *lightkeeper*. Y significa: el que guarda la luz.

—¿Por qué guardan la luz?

—Para que los barcos no se pierdan cuando es de noche.

Los dos nos callamos, y entonces mi madre nos habló de un pintor llamado Edward Hopper. Hopper pintaba la soledad, y lo hacía con personas ausentes y faros cuya luz no lograba iluminar. En su estudio tenía colgadas dos reproducciones de sus cuadros: *Rooms by the sea* y *The Lighthouse at Two lights*. Y nos amenazaba a menudo, sobre todo cuando la poníamos nerviosa, con que si seguíamos así se iría a vivir a un faro: era su particular versión del ultimátum de la *terra nullius* de mi padre. Solo que ella se hubiera exiliado sola, y mi padre amenazaba con exiliarnos también a nosotros. Pero la amenaza de mi madre no nos daba miedo; en realidad nos hacía reír.

—La pena es que el mundo está cambiando tan deprisa que hay oficios que pronto desaparecerán. Un día ya no se necesitarán fareros, todo podrá controlarse desde un ordenador. Nos quedaremos sin ellos.

—Como los dinosaurios —sentenció Pablo.

—Exacto.

Nos hablaba como si fuéramos adultos, como si pudiéramos entenderla.

—¿Os gustaría conocer a un farero?

Los dos, entusiasmados, contestamos que sí.

—Bueno, en realidad es el hijo de un farero —se corrigió—. Pero ha vivido en un faro.

Fue la noche siguiente cuando nos presentó a Gael, el chico de la polaroid de su estudio. El hombre que se parecía tanto a aquel otro hombre que, hacía años, yo había visto en una exposición de mi madre en la galería Van der Voort. Pero no dije nada. No dije: *Yo te vi antes.*

Cenamos en el pueblo donde nos hospedábamos, en Sant Francesc Xavier, en un restaurante que creo que hoy sigue abierto y se llama Fonda Platé. Gael, un hombre rubio y alto, moreno por el sol, nos abrazó y dijo que mamá le había hablado mucho de nosotros. Tenía algo que me resultaba familiar, unos ademanes suaves, amables. Durante la cena nos estuvo contando historias del faro en el que su padre había trabajado muchos años. En un momento dado, mi madre se levantó para ir a la cabina de teléfono a llamar a papá y nos dejó con él.

—¿Vives en un faro ahora? —le preguntó Pablo.

—Ya me gustaría. Ahora vivo en Nueva York. ¿Conocéis la ciudad?

Los dos negamos con la cabeza.

—¿Y hay un faro ahí?

—Sí, aunque no hay ninguno tan bonito como este que habéis visto hoy. Pero yo soy profesor, es mi padre el que vivía en un faro.

Cuando mi madre volvió a entrar dijo que le había dejado a papá un mensaje en el contestador para decirle que estábamos bien. Entonces, Gael sacó dos regalos: a mí me había hecho un collar y a Pablo le dio una caracola de mar.

—La encontré aquí, en una playa que se llama Es Caló. Si escuchas atentamente, puedes oír el mar.

Tenía razón. Aquella caracola era un trozo de Formentera. Pablo la guardó, y muchos años más tarde la pusimos en nuestro apartamento de Barcelona, presidiendo una mesita baja de cristal del salón. Era una especie de hilo que nos guiaba a través del laberinto. Aquel objeto me conectaba no solo con el pasado, sino con esos cuatro días de felicidad antes de que mi madre se fuera. Y también con aquel hombre que, sin que nadie nos lo dijera en ese momento, sabíamos que había jugado un papel importante en nuestras vidas.

Dicen que algunos animales son capaces de predecir un terremoto u otra catástrofe de dimensiones similares debido a los cambios químicos que se producen en la corteza de la tierra. Debe de pasar algo similar entre las personas. No sé qué ocurre antes de que las placas tectónicas empiecen a moverse, ¿hay un movimiento inicial, ínfimo, solo captado por unos pocos privilegiados? Durante aquella cena hubo algo extraño, algo que nunca me pude explicar: todo estaba en orden, pero era como si nos estuviéramos desplazando hacia otro lugar.

Al terminar, Gael nos acompañó al apartamento que mi madre había alquilado frente al bar La Estrella y nos abrazó, uno por uno, a los tres. Yo me mantuve rígida, sin saber qué hacer, porque no estaba acostumbrada a aquellas muestras de cariño. Pablo no, se le enganchó al cuello y nos reímos todos. Gael lo levantó en brazos y después lo bajó al suelo. Se quedó mirando fijamente a mi madre: le acarició la mejilla, después el pelo.

—Hasta pronto, Adri.

Ella puso su mano sobre la de él, que había dejado caer sobre su hombro. La apretó, pero no dijo nada.

—Suerte, chicos —dijo él.

Y desapareció calle abajo. Mi madre nos contó que Gael había nacido en Buenos Aires, esa ciudad que tenía las casitas de colores, como habíamos visto en una postal. Y ya en el salón de aquel apartamento pequeño, lleno de telas hippies, que colgaban de las paredes, Pablo empezó una de sus rondas de preguntas.

—¿Y por qué se fue? —le preguntó Pablo.

—Fue una decisión de su padre, porque la familia corría peligro —Pablo empequeñeció los ojos, tratando de entender—. Gael se fue a Ibiza con su padre —añadió mi madre.

—¿Y su mamá?

—Se quedó allí.

—¿Por qué?

—Bueno, a veces... —se detuvo—. A veces no es tan fácil hacer las cosas bien.

—¿Se olvidó de él?

—Una madre nunca se olvida de los hijos, eso es imposible.

—¿Por qué?

—Pues porque forman parte de ella.

Cuando estábamos ya a punto de dormir en la habitación que compartíamos, mi hermano me pidió que dejara la luz del pasillo encendida porque tenía miedo. Me levanté y así lo hice; después me metí en la cama, y entonces me dijo si me podía hacer una pregunta. Me sorprendió que me pidiera permiso, él que nunca tenía remilgos en hacerlo.

—¿Tú crees que papá se irá?

—¿Papá? ¿por qué tendría que irse?

—A veces se enfada mucho. Se enfadó conmigo por lo de Tiger. Dice que lo ponemos nervioso y le grita a mamá.

—Ya, pero eso no tiene nada que ver. Nadie se irá, Pablo.

—¿Cómo lo sabes?

—Porque tengo doce años y sé más cosas que tú.

—Vale. No apagues la luz.

Se quedó dormido, pero yo no podía, estaba intranquila. Sentía las placas moverse bajo nuestros pies, la tierra que empezaba a abrirse.

Esa noche soñé con aquel hombre que se llamaba Gael, que vivía en el faro. Que guardaba la luz, o al menos eso decía mi madre.

El domingo desayunamos de nuevo en Fonda Platé. A Pablo le encantaban las ensaimadas rellenas de cabello de ángel. Era una mañana cálida del mes de septiembre y todo estaba en calma. Pese a que había tenido pesadillas y se había levantado varias veces a lo largo de la noche, Pablo había amanecido risueño. El clima solo se vio ensombrecido por un funeral que tuvo lugar en la iglesia, porque las campanas tocaban a muerte y Pablo vio el cortejo de personas vestidas de negro y se angustió.

En ocasiones, lo que ocurría a su alrededor hacía que se quedara pensativo, que se encerrara en sí mismo. Había empezado a preguntar por la muerte, como había ocurrido esa mañana. No la entendía y, cuando se quedaba callado, yo sabía que su cabeza seguía atormentándolo.

Regresamos a Ibiza por la tarde, y ya en el ferri intuí que iba a ocurrir algo malo. Mi madre nos dejó sentados en aquellos asientos de plástico duro y se fue a la barra.

—Tengo sed, Laura. Vigila a tu hermano.

Me dediqué a vigilarla a ella durante la hora que duró el trayecto hasta Ibiza: se tomó dos whiskies, aunque aún no fueran las seis de la tarde, la hora que marcaba el inicio del tiempo en el que podía beber. Quise acercarme a ella en el bar, pero tenía la mirada perdida. Quería preguntarle por aquel hombre que estaba en tantos sitios y en ninguno. ¿Quién era, en realidad?

Llegamos a casa y continuó bebiendo, y cuando mi padre apareció, sobre las ocho de la tarde, se desató la tormenta. Se encerraron en el despacho y, a pesar de que era casi de noche, me llevé a Pablo a la playa. Era lo que solíamos hacer cuando se gritaban. Pero pronto tuvimos que volver porque empezó a lloviznar y esa maldita humedad nos empezó a calar los huesos. Cuando volvimos a casa seguían en el despacho, pero ya no hablaban. Nos fuimos a la habitación, y al poco volvieron los gritos. Mi madre salió a la cocina, mi padre fue tras ella.

—Estoy cansada, Román.

—¿Cansada de qué?

—De todo. No puedo más. De esta isla, de todo este montaje —y se calló—. De tus putas islas.

—Aquí la única puta que hay eres tú.

Habíamos sido testigos, en infinidad de ocasiones, de gritos, de reproches y rencores que no sabíamos de dónde procedían. Pero mi padre nunca la había insultado de aquella manera. Con esa frialdad.

Escuchamos cómo mi madre salía al jardín y bajamos al salón.

Mi padre estaba aparentemente tranquilo, sentado en su sillón, como si no estuviera ocurriendo nada. Pablo le pidió un helado. Mi padre se lo negó. Era domingo, era tarde. Pero Pablo estaba, en realidad, calibrando lo ocurrido.

—Vete a la cama. Estarás cansado —le dijo mi padre.

—¿Y la cena, papá? —me quejé yo.

—Hoy nadie va a cenar —y nos miró a los dos, sus ojos rojos. El cansancio.

Metí a Pablo en la cama, aunque solo fueran las diez. No sabía qué hacer ni a quién pedirle ayuda, así que me senté con él mientras le acariciaba la cabeza. Milagrosamente se quedó dormido, y deseé —años después lo seguí deseando— que no escuchara cómo mi madre volvía a los pocos minutos ni tampoco esos gritos, mucho más hirientes ya, desgarrados. El ruido de los cristales rotos y la silla que se estrelló contra la vitrina de las copas y los premios de papá.

Después llegó el grito de dolor. El ruido del motor, del coche que se ponía en marcha.

Me escondí en el baño, asustada, como si ese lugar pudiera resguardarme de algo.

Mi madre no hizo ni siquiera las maletas y pensé que quizá pasaría la noche en su estudio, como hacía tantas veces, y que al día siguiente estaría de vuelta. No fue así.

No sé si la vida puede cambiar en un instante. Hay gente que cree que sí. Lo que sí sé es que mi infancia terminó con aquellos gritos, con el golpe. A los doce años me convertí en la persona que soy. En madre y hermana de Pablo. Mi infancia se esfumó con el portazo final y el ruido del coche que arrancaba y se perdía en la oscuridad.

«Os llamaré pronto», fue la nota que dejó mi madre.

Pasaron cinco años antes de que volviéramos a verla. Cuando regresó, con los ojos apagados y esas ojeras que ensombrecían su mirada, se había convertido en una mujer mayor. Fue directa al hospital de Can Misses, donde su hijo estaba aún sedado, después del lavado de estómago. Se pondría bien. Entró en la habitación donde también estábamos mi padre y yo, vio a Pablo, que ya tenía doce años, con el semblante hundido y aquella extrema delgadez, y se echó a llorar. Después vino hacia mí y me abrazó. Pero yo ya era más alta que ella y me había olvidado de quién era aquella mujer, del olor de su pelo, de su voz. Me había olvidado de que tenía una madre: había dejado de esperarla.

9

Gael inició un turno de preguntas. Una chica asiática que levantaba la mano continuamente tomó la palabra: «¿Por qué se ha dedicado tantos años al estudio del exilio?». Él se quedó pensativo, dejó que sus ojos vagaran entre los que estábamos en la clase y entonces me miró. Fue una mirada rápida, accidental. Sin embargo, a los pocos segundos volvió los ojos hacia mí otra vez. Pareció confundido un instante. Después respondió:

—Hay, como dije antes, una motivación personal: viví el exilio, y después traté de comprender lo que me había ocurrido. Quise entender cómo gente de distintos lugares del mundo había vivido esa misma realidad y le había dado forma a través de la literatura. Pero también lo hice por toda la gente que se quedó atrás, en mi país —y se calló, de repente—. Lo dijo mejor que yo Ariel Dorfman en un libro que os recomiendo, titulado *Rumbo al sur, deseando el norte:* «Si estoy contando esta historia, si la puedo contar, es porque alguien, muchos años atrás en Santiago de Chile, murió en mi lugar».

—¿Quiere decir, entonces, que el exilio está marcado por la culpa de no estar en el otro lugar? —insistió la chica asiática.

—Exacto. En el exilio hay culpa, pero sobre todo silencio.

Entonces habría querido alzar la mano. Decirle que era yo, Laura. Que sentía mucho no haberlo saludado tampoco la última vez que lo había visto, aunque quizá él ya no se acordara del tanatorio ni de mi mirada de incredulidad. De eso hacía más de un año, y en realidad aquel no había sido un día para saludar a nadie.

En ese momento, otro profesor entró en el aula y Gael se giró sobresaltado. Le sonrió, se saludaron y dijo que nos dejaba en buenas manos. Pero antes mencionó la Butler Library, la biblioteca donde solía estar investigando los martes y los miércoles por la tarde: podríamos buscarlo ahí. Lo apunté.

El vagón de metro avanzaba rápido, chirriaba, nos cruzábamos con otros trenes que iban a una velocidad similar en dirección contraria. Apenas había un haz de luz y un ruido fuerte. Luces, colores, ratas. Era imposible fijarse en la gente de otros vagones de los trenes con los que nos cruzábamos. Caras, expresiones. Manos que se agarraban a la barra tratando de no tocarse. Qué poco acostumbrados estábamos a tocarnos. Había otra Nueva York, y era la de los túneles oscuros que perforaban la tierra. Me bajé en Union Square, y en el andén un hombre tocaba la harmónica. El metro se perdió rápido en la oscuridad del túnel. Frente a mí, un anuncio con Michelle Obama rezaba: *Know the signs. Do you know the signs? Change direction.* Me quedé mirando el cartel sin entender a qué se refería y salí fuera, a la calle.

Señales de tráfico, direcciones. El camino adecuado. Coches que pasaban deprisa a mi lado.

No quería ir a casa, aún era pronto, de manera que me fui hacia el Cinema Village para ver si había alguna película interesante. Me gustaba el título de una, *Infinitely polar bear,* pero al leer el argumento —un padre bipolar que debía hacerse cargo de sus hijos cuando su mujer se marchaba unos meses a la universidad— la desestimé. No quiero dramas, me dije. En la ficha de la película leí que era una comedia: tampoco estaba en el momento de reírme de las peripecias de un padre bipolar al que le pasan cosas divertidas y ocurrentes. ¿En qué momento estaba?

Seguí andando hasta la librería Strand y me mezclé entre la gente que asistía a la presentación de un libro que trataba de aplicar los principios de la física cuántica a la realidad. Una mujer me alcanzó un folleto.

—Supongamos que observamos una copa de cristal que cae de una mesa y al llegar al suelo se rompe en mil pedazos que se esparcen por varios metros cuadrados. Nuestra experiencia indica que la «copa entera» pertenece al pasado, y que la dirección en que fluye el tiempo es la que contiene en su futuro una copa hecha añicos —decía el moderador.

La irreversibilidad del tiempo impedía «avanzar» en el sentido contrario al indicado. Yo trataba de prestar atención, pero entre mi inglés y la complejidad del tema me costaba seguir el hilo.

Al rato me di por vencida y me fui, enfilando Broadway, hacia Union Square. Antes de tirar el folleto a la basura, leí: «Las realidades parecen flotar en un mar de posibilidades más ancho que aquel de donde fueron escogidas, y en algún lugar, esas posibilidades existen y forman una parte de la verdad. Los universos paralelos se crean cada vez que tomamos una decisión. Son un grupo de infinitos universos que coexisten al mismo tiempo que nosotros pero en planos diferentes».

Qué absurdo, pero qué reconfortante al mismo tiempo, pensé. Había otras Lauras en algún lugar que estaban haciendo esas otras cosas que no había hecho la que era yo. Otras Lauras que no se dirigían al supermercado de la Sexta Avenida. Quizá incluso hubiera una Laura que saludaba a Gael, «Hola, soy yo. Quiero hablar contigo». Que podía coger un teléfono y decir «Hola, Diego». La Laura que podía no haberle apagado la luz a su hermano el día de su veinticinco cumpleaños.

Quizá todas esas Lauras existían en algún lugar. Desde luego, no estaban ahí, en Nueva York.

Abrí la puerta de casa. Dónde estás, me pregunté.

La flecha del tiempo seguía avanzando. Y yo seguía quieta, esperando que el milagro ocurriera, que se abrieran ya no miles sino un solo universo paralelo en el que *todo aquello* no hubiera ocurrido.

Pero en aquel pequeño apartamento solo había restos. Una pecera, una caja roja que había estado llena de arena. Un librito que contenía una pregunta que no quería leer: el regalo de mi padre, y su pregunta: *¿Qué vas a hacer con el resto de tu vida?* Me senté en el sofá, abrí el portátil y entré en el correo para escribir a Gael. No lo hice. En realidad, todas las noches me metía en el correo solo para ver si había algún mensaje de Diego o un punto verde al lado de su nombre de contacto, que quería decir que estaba ahí, conectado. Pero siempre estaba rojo. Quizá era por la diferencia horaria; en Barcelona eran seis horas más.

A veces, cuando veía que estaba en verde, me daba un vuelco el corazón: seguía vivo. Pero de inmediato me daba vergüenza pensar que estaba aferrándome a una luz verde. Que aquello, buscar una luz en una pantalla, era todo cuanto hacía por él.

10

Después de que pasara *todo aquello,* Diego me convenció para ir a una psiquiatra, pero solo asistí a tres sesiones. La psiquiatra, que se llamaba Teresa y tenía manchas rojas en la cara y unas manos pequeñas que movía con rapidez, mencionaba términos que me resultaban difíciles de aplicar a mí misma. Decía cosas como estrés postraumático, bloqueo, negación de la realidad... y yo asentía con la cabeza, como si entendiera. Como si aquellas palabras me sirvieran para algo.

En la primera sesión, me pidió que dejara de decir «todo aquello», esas dos palabras.

—Las cosas tienen nombres; evitarlos no mejora la realidad. Únicamente la esconde.

Sin embargo, yo seguí haciéndolo.

Después me dijo que yo sola no podría con todo aquello. Me hizo abrir una caja de zapatos que estaba llena de pequeños muñecos; algunos eran de madera y otros de tela, también había algunos de plástico.

—Escoge a los que te representen a ti y a tu familia. Puedes ponerlos de la manera que quieras: de pie, tumbados, mirando a la pared. Pero una vez que los hayas puesto no puedes tocarlos ni cambiarlos de posición. Tú tienes que estar en el centro.

Luego dividió la mesa de su estudio en tres zonas: pasado, presente y futuro.

—No puedo darte más pistas porque no quiero influirte. El resultado tiene que ser espontáneo.

Me puse a mí en el centro de la mesa. De pie, mirando hacia delante. A mi lado, mirando también hacia delante, estaba Pablo. Mi padre, sentado en el suelo, nos imitaba.

Mi madre, un poco rezagada, miraba hacia atrás. La muñeca que la representaba no se sujetaba bien. Perdió el equilibrio y se cayó, de manera que quedó tumbada en la mesa, de lado, mirando hacia un lado de la pared de la consulta. Cuando fui a ponerla de pie, la psiquiatra me recordó:

—No puedes moverla.

Así que mi madre se quedó tumbada mirando hacia ningún lugar.

—¿Qué crees que puede haberle pasado a la muñeca para que se quede así, Laura?

—¿Que está muerta?

Anotó algo en su cuaderno y me dijo que volviera una semana después.

11

Sus dedos delgados y largos.

Su forma de sentarse, siempre en el borde de la silla. Ese baile de pies continuo.

La manera en que doblaba la esquina superior de las páginas de los libros, a modo de punto de lectura. En inglés lo llaman *dog-eared*. Como las orejas caídas de los perros.

Verla andar hacia el restaurante Es Cubells para pedir un cortado descafeinado de máquina y que saludara diciendo *Ya estoy aquí otra vez*.

Su manía de no terminarse los platos, de dejarse la mejor parte del *flaó*, la corteza.

Su parecido con Michelle Pfeiffer y cómo la gente siempre reparaba en ello. Y cómo a ella le encantaba que se lo recordaran.

Los peces barbudos y ciegos. Los abismos marinos. Cielos rojos en los que parecía que la lluvia tenía que ser sangre, al menos eso decía ella.

Su risa.

Un número: 1.825. Los días de su ausencia.

Adriana. Le pusieron Adriana porque su madre, mi abuela, también se llamaba así. Y a mi abuela porque la suya, mi bisabuela, tenía ese mismo nombre. Así casi hasta el principio. Todas las Adrianas rubias y de ojos verdes. Cuando yo nací, morena, ojos marrones, cambiaron de pauta. Me pusieron Laura. A mi madre le gustaba el nombre. Eso fue todo.

La última vez que vi a mi madre, con la mirada perdida, casi drogada bajo los efectos de todos aquellos calmantes, me dijo que se alegraba de no haberme puesto su mismo nombre.

—Tal vez así tengas más suerte que nosotras.

Después me dio las gracias por haber guardado el secreto todos aquellos años. Pero yo no había guardado ninguno. O al menos, no de manera consciente.

12

—«El abismo Challenger es el punto más profundo de los océanos. Alcanza casi los once kilómetros de profundidad, por lo que ahí dentro, en esa cicatriz inhóspita, cabría el monte Everest» —leyó mi madre en la enciclopedia.

Pablo la miró incrédulo.

—Pero las montañas son hacia arriba, ¿no?

—Sí, pero en el fondo del mar hay montañas de miles de años que se fueron cubriendo de agua.

—¿Porque llovió mucho y se inundó la tierra?

—No, por el movimiento de las placas terrestres.

Pablo la miró boquiabierto. Tenía la pregunta en la punta de la lengua, yo lo sabía. Iba a preguntar otra vez por los dinosaurios.

—Pero ¿ahí viven aún los dinosaurios?

Mi madre sonrió y le contó que no, que los dinosaurios que habíamos visto en *Jurassic Park* ya no existían en ningún lugar de la tierra porque se habían extinguido.

Pablo se calló, inquieto. En su mente debió de aparecer de nuevo esa escena de la película en que una gelatina verde se contoneaba sobre una cucharilla de postre. Esa escena que nos obligó a marcharnos del cine a raíz de sus gritos. *¡Son ellos, mamá! ¡Se van a comer a los niños!*

Preocupado por los dinosaurios, Pablo se olvidó de ese nombre que, sin embargo, yo siempre recordé: el abismo Challenger, el punto más profundo de la fosa de las Marianas, un territorio prácticamente inhabitado que dormía en las profundidades del Pacífico. Mi madre le había dedicado muchas horas de estudio. Lo había leído todo y, por supuesto, había visto el escaso material gráfico que existía.

Sentía fascinación por ese submundo y esas montañas envueltas por una densa oscuridad y por temperaturas más que glaciales. Esa fascinación la llevó a pintar fosas en muchos de sus cuadros, profundos abismos de oscuridad.

Sus series de pinturas más famosas fueron *Eivissa vermella* y *La foscor*. Esta última constaba de diez cuadros en los que el negro era el color predominante. Todos estaban dedicados a la fosa de las Marianas, pero nunca fue fiel a las representaciones que había visto de ellas. En realidad pintó lo que imaginaba que habría a lo largo de esos veintidós kilómetros que van desde la isla de Guam a las islas Marianas, aunque se olvidara de sus misteriosos habitantes.

En sus cuadros no había vida de ningún tipo: solo un agreste relieve y fondos negros con motas de luz en la superficie, como si fuera polvo. Nunca había dibujado los peces de largos bigotes y dentaduras descomunales que habían sobrevivido a la vida en esas condiciones.

Pero Pablo solía preguntarle por ellos.

—¿Tienen bigotes? ¿Muerden, mamá?

—No, solo comen plancton. Son alguitas pequeñas que están en el agua. Los peces abren la boca y se lo comen.

—Pero ¿por qué son ciegos?

—Porque ahí no hay luz.

—¿Y no les gustaría subir un poco más arriba y vivir con los otros peces?

Ya desde niño intentaba buscar soluciones para todo. Era conciliador. No era justo que hubiera peces que vivieran tan solos ahí abajo. Ambos habíamos visto las fotos y sus dientes nos daban miedo: pensábamos que podían subir a la superficie y tal vez desplazarse hasta nuestra playa.

Aunque estudió Biología, mi madre nunca ejerció. Sus padres se habían negado a que estudiara Bellas Artes porque aquello de la pintura y los artistas, según mi abuelo, era una profesión para holgazanes que se pasaban el día fumando porros. Deseaban que estudiara Medicina, que ganara el dinero que ellos no habían tenido nunca, pero mi madre no pasó las pruebas de acceso y terminó haciendo Biología porque era lo que quedaba. Aunque luego le gustó: era de aquellas personas que lograban apasionarse por todo lo que hacían. «No hay mal que por bien no venga», nos repetía. Y de su carrera le venía el amor por los animales y por los fenómenos extraños de la naturaleza. Le interesaban especialmente los seres que vivían en condiciones extremas y feroces pero se adaptaban al medio. Sus predilectos eran los animales que habían desarrollado las capacidades más increíbles de adaptación.

Fue en sus años de universidad cuando empezó a interesarse por la fosa de las Marianas. Fue también entonces, en la Universidad de Barcelona, en una clase de tercero de carrera, cuando conoció a mi padre, que por aquel entonces no era más que un joven insolente recién licenciado en Ciencias Geológicas de la Tierra con una extravagante teoría acerca de las islas.

Ella resumía su historia de amor así: solo era un chico listo que la invitó a un café.

No sé —ni nunca he sabido— cómo de ese café surgió la relación que años después desembocó en una familia coja, a medias, sumida —lo pensaba a menudo mirando los cuadros de mi madre— en un abismo profundo. Aislada.

El trabajo de mis padres se relacionaba íntimamente con lo que éramos y, sobre todo, con aquello en lo que lentamente nos convertimos. Mi padre y sus islas, y mi madre, que pintaba motitas de luz en los márgenes de lienzos gigantescos. Me pregunto ahora si Pablo y yo no seríamos esos puntos de liberación de la oscuridad. O si también éramos parte indisoluble de su propia penumbra.

Cuando Pablo cumplió cuatro años, mi madre le hizo un retrato. Se lo quería regalar, pero no pudo hacerlo. De hecho, escondió el cuadro porque no había podido captar su sonrisa. Le había quedado una mueca antinatural y forzada que me hizo pensar en aquellos peces de aspecto terrible que habitaban las profundidades marinas. Por eso lo escondió. Años más tarde, cuando se fue, lo encontramos bajo un montón de telas viejas a medio pintar en su estudio.

Mi madre pintó solo una vez a la familia. En el cuadro estábamos mi padre, mi hermano y yo, tres figuras frente al mar. Pablo y yo en bañador, jugando con las olas al atardecer, y mi padre, vigilante y atento, nos observa un poco alejado, sentado sobre una barca, con su gorra gris en la mano.

Pero nunca llegó a colgar el cuadro en casa. Según ella, no encontró el lugar adecuado. Según mi padre, era un cuadro demasiado naíf que desentonaba con la decoración.

Mis padres nunca discutían en público. Iban a las funciones del colegio y aplaudían mucho, se daban la mano al salir. Se sentían orgullosos e invitaban a los padres de nuestros compañeros a casa. Era un ritual que daba la bienvenida al territorio de las familias felices. Pasen y vean: el genio, la pintora y los niños bonitos. Esas noches eran parecidas a una representación teatral, hasta que se iban los padres de nuestros compañeros y volvíamos a un silencio casi sepulcral. Platos vacíos y restos de comida en el salón hasta el día siguiente. Y aun así, nunca perdí la esperanza de que una de esas veladas fuera de verdad. O de que, simplemente, un día la mentira se convirtiera en realidad.

Recuerdo una película que vimos en el cine Serra, *El show de Truman*. ¿Y si vivíamos dentro de un decorado? El cartel me produjo escalofríos durante años.

La primera mentira que recuerdo es mi propia familia. Comprender que tu familia no es exactamente eso, una familia, es difícil. Hay gente que tarda toda la vida y años de psicoanálisis para llegar a la conclusión de que le dieron gato por liebre. Yo también tardé en entenderlo. Heredamos las mentiras de la misma manera que se heredan el color de los ojos o las fobias.

A veces, basta una sola palabra para despertar lo que duerme en nosotros, lo que vive dentro de los álbumes de fotos o en los cuadros que acumulan polvo en un estudio. El miedo tiene distintos nombres: Gael era uno de ellos.

Recuerdo una infancia llena de grietas por las que, a pesar de que Leonard Cohen dijera lo contrario, no entraba ninguna luz. Nuestras grietas no eran sinónimo de luz, como tampoco lo era nuestra isla de aquella palabra tan grandilocuente y manoseada: libertad.

Lo dijo mi madre con unas cuantas copas encima después de una de esas cenas con amigos del colegio.

—Siempre con esa cantinela de la libertad de las islas, Román, y a veces me parece que es justamente lo contrario. No son más que una cárcel, como Ibiza.

Mi padre empezó a reírse de ella.

—¿Ya está? ¿Eso era todo lo que tenías que decir? ¿Aquí termina tu contribución?

Escuché cómo mi madre empezaba a andar hacia su habitación, se detenía en medio del pasillo y se volvía hacia él:

—Tu vida tiene que estar muy vacía para haberla dedicado por entero a estudiar pedazos de tierra aislados.

Esa fue la infancia que recuerdo, llena de silencios, peleas, reproches y alcohol.

Una madre que se olvidaba a su hijo en la bañera mientras tomaba copas en el salón. Un padre que llegaba a casa y corría al baño a rescatar al niño, arrugado como una pasa, tiritando.

Con el paso del tiempo, volví muchas veces atrás tratando de recordar los buenos momentos entre mis padres. «Seguro que los hubo, Laura», me decía Diego. Pero si los hubo, los olvidé. Sí recuerdo cordialidad, darse las gracias por pequeños favores. Mi madre alabando alguna ponencia de mi padre, o él diciéndole que uno de sus cuadros «no estaba tan mal». Pero jamás les vi darse un beso. Un gesto de cariño.

No sé dónde leí que nunca es tarde para tener una infancia feliz, que la segunda vez solo depende de ti. Bueno, pues eso es mentira. A menudo, ya de mayores, Pablo y yo sacábamos a la luz escenas que recordábamos y a los dos se nos hacía un nudo en el estómago. Pablo miraba hacia otro lado, con esa tendencia innata suya a perdonar, a justificar a los demás. Un rasgo que sin duda heredó de mi madre. Porque mi padre siempre estaba dispuesto a tirar la primera piedra, y mi madre a recibirla.

Pablo perdonaba. Yo solo observaba, para tratar de dilucidar cuál era el fallo, dónde estaba la grieta por la que se había escurrido la luz, y escribía. Lo hacía en mi libreta de la verdad. Mi madre me regaló una libreta de color azul a la que bautizó con este nombre, «la libreta de la verdad». Me aconsejó que hiciera el esfuerzo de poner ahí lo que verdaderamente pensaba, y así lo hice. En esa libreta, con mi letra apretujada y tan ilegible como la de mi padre, aprendí a decir las cosas. No era más que un diario pero a mí me gustaba pensar en esas páginas como si fueran un escondite. Una habitación oscura donde cobraban realidad aquellas cosas que no me atrevía a decir. Recuerdo que había una página entera: *Odio a papá. Odio a papá. Odio a papá...* Otra, en blanco, en la que había solo una anotación: *Voy a hacer un experimento.*

Tenía siete años. Fui hasta la nevera y saqué la bolsa que mi madre acababa de traer del mercado. Desenvolví uno de los paquetes y me fijé en la superficie brillante de todos aquellos peces; boquerones que mi madre solía preparar en vinagre. Los llevé al lavabo. Llené la bañera de agua fría, eché sal. Dejé el perejil en el lavamanos y fui tirando cada uno de los peces a la bañera llena de agua. Pensé que si lo hacía volverían a vivir. Y aunque moví desesperadamente el agua tratando de infundirles movimiento, el suelo de la bañera acabó repleto de boquerones muertos.

Luego quité el tapón, y los pescaditos se fueron arremolinando en torno al desagüe.

No sé si una imagen construye una vida, pero esa es una de las primeras cosas que podría contar de mí. A los siete años comprendí que había cosas que no tenían marcha atrás y que los peces muertos no volvían a nadar. Tiré los peces por el retrete y vi cómo desaparecían uno por uno. Volvían al mar, pero muertos.

Más tarde me encerré en mi habitación y estuve llorando mucho rato. Le tuve que contar a mi madre lo de los pescaditos porque encontró un boquerón flotando en el retrete. Le dije que pensaba que podían vivir otra vez, que incluso había puesto sal en la bañera.

Ella permaneció en silencio. Ni siquiera me castigó. Me miró con tristeza, y yo le prometí que no lo volvería a hacer.

En efecto, nunca más intenté devolverle la vida a nadie ni a nada.

Conforme fui haciéndome mayor, pensaba a menudo que si algún día era madre me gustaría que mis hijos tuvieran una infancia sobre la que no hubiera que escribir. Porque la nuestra fue una infancia llena de abismos y oscuridad. La única luz era Pablo. Una luz débil que siempre parecía a punto de apagarse, pero que nos salvaba. La luz que me devolvió Diego, antes de apagarse él también.

13

Archipiélago. m. Conjunto de islas, islotes y otras masas de tierra menores cercanas entre sí.

Indonesia es el archipiélago más grande del mundo, con un total de 17.508 islas según la Oficina Hidro-Oceanográfica Naval indonesia. Situado entre dos océanos, el Pacífico y el Índico, es también el puente entre dos continentes: Asia y Oceanía. A primera vista, el asunto no tiene más misterio: solo es cuestión de contar bien todas las islas. Sin embargo, como era de esperar, esta hipótesis fue rechazada por expertos que argumentaban que las mediciones eran incorrectas; era Oceanía el que ostentaba un mayor número de islas, y era a este continente al que le pertenecía el primer puesto en cuanto al mayor archipiélago.

Frente a este tipo de discusiones, mi padre sostenía que el problema era dar por válidos criterios inconsistentes. Si no se sabía con exactitud qué se estaba midiendo, el hecho mismo de medir se convertía en algo problemático. Si no entendíamos ni habíamos definido bien lo que era una isla, ¿cómo íbamos a poder contarlas?

Nunca hubiera pensado que desde aquella azotea, en una planta cincuenta y cuatro en la zona noroeste de Manhattan, la ciudad me parecería un archipiélago. Delante de mí había una piscina rectangular. Era pequeña. Desde esa altura observaba los tejados de los demás edificios. Parecían una maqueta. En la mayoría de ellos también había piscinas; pequeños cuadrados azules que rompían la monotonía del cemento. Distinguía barandillas de metal, salvavidas de un color naranja chillón, niños alborotados y padres que los rodeaban. O tal vez no fueran padres. Porque en eso, los padres, como las familias, no eran como las islas: no se podían distinguir de lejos. Me sorprendía que David Hockney no hubiera pintado este particular archipiélago de piscinas.

Una niña corría hacia mí con los manguitos verdes y un bañador azul con volantes. Los niños alrededor de las piscinas nunca me habían dado mucha seguridad. Tenía la sensación de que podían caerse en cualquier momento, de manera que observaba a la niña con atención. Cada vez que daba un paso en falso, un reflejo me hacía ponerme de pie. Quería ser madre. Lo pensaba a menudo. Sobre todo desde que había ocurrido *todo aquello*. Lo pensaba con insistencia desde que había pisado Nueva York. Casualmente, días atrás me había sentado en los escalones de entrada a mi edificio y se me había acercado Hannah, la mujer que dormía en los cartones. Unas veces me acompañaba silenciosa, otras me contaba historias, anécdotas de su pasado que me costaba entender porque arrastraba la voz y cambiaba de un tema a otro con facilidad. Aquel día, sin embargo, se había sentado a mi lado, con su lata de cerveza en la mano, de la que apenas bebía, y había empezado a hablar.

—Una vez perdí un avión. Eso fue hace años, y lo hice queriendo. ¿Sabes? Antes tenía dinero, sí, dinero para coger aviones. Trabajaba en una agencia de publicidad que desapareció en 2000, estaba aquí, a la vuelta de la calle 16. El vuelo era a las seis y media de la tarde, iba a Charlotte, a la despedida de soltera de una amiga. Pero no fui. ¿Alguna vez has perdido un avión a propósito? Fui dejando pasar las horas. A las tres, cuando aún era demasiado pronto para salir hacia el aeropuerto, me decía: «Aún estás a tiempo, piénsatelo». Luego fueron las cuatro y media, y ya hubiera tenido que salir. Las cinco, y ya no hubiera llegado. Las seis, embarcando. A las seis y media, cuando despegaba el vuelo, descansé. Lo había perdido por fin. Fue una sensación extraña, aquella de ser consciente de que estaba perdiendo el avión y de que a medida que se acercaban las seis y media todo se volvía irreversible. Me acordé de aquel episodio cuando tomé la decisión de no tener hijos. Era algo meditado, pero me sentí como esa tarde de hacía tantos años; miraba constantemente el reloj, y me costó aceptar que tampoco en esta ocasión iría al aeropuerto.

La historia de Hannah me impidió dormir esa noche. Yo era joven y aún no tenía que tomar ninguna decisión, pero de un tiempo a esa parte pensaba en ser madre y, sin embargo, aquel era un deseo extraño. Solo se relacionaba conmigo, no con otra persona, ni siquiera con un padre. Quizá deseaba tener un hijo para suplir una ausencia. Para llenarla con algo, como les sucede a tantos, como si un hijo llegara al mundo para solucionar un conflicto; aburrimiento vital, proyecciones, expectativas que los padres no han cumplido. A mi alrededor, todos habían empezado a tener hijos. Amigos, exparejas, compañeros de trabajo. Y yo me fijaba en ellos y trataba de entender cómo lo habían hecho. Cómo lo habían logrado: la familia. El amor. La pareja. Todas esas cosas se me escapaban. Quería mantenerlas conmigo, o al menos lo había querido, pero era como tratar de aguantar agua con las manos. Por mucho que intentes superponer ambas manos para que no queden resquicios, el agua acaba escurriéndose.

En Nueva York era fácil sentirse solo. No por el lugar en sí —los lugares no juegan un papel determinante a la hora de sentirse solo—, sino porque siempre había mucha gente. Esa gente tenía una dirección; andaba hacia algún lado. Yo solía detenerme en una esquina por unos instantes para preguntarme hacia dónde iba todo ese tumulto y por qué yo no tenía prisa ni dirección.

Desde las alturas, desde aquel paisaje a lo David Hockney, pensaba en el email de Gael que había recibido esa mañana.

86

Aunque era sábado, me había levantado temprano y, al actualizar el correo (lo primero que hacía todas las mañanas, casi antes de abrir un ojo), llegó su email a la bandeja de entrada. El solo hecho de ver su nombre me sobresaltó. Era un correo formal en el que nos daba de nuevo la bienvenida al curso y nos decía que le gustaría que, como nos había pedido ya en clase, expusiéramos brevemente, en cuatro líneas, razones de la elección de aquel curso. De esta manera, de cara a escoger la temática del ensayo transversal que tendríamos que entregar al final, podría tratar de adaptarse mejor a los intereses de todos.

Ahí estaba otra vez la pregunta: *Laura, ¿por qué estás aquí? ¿En Nueva York, en este curso? ¿En la vida?*

Gael nos pedía también que, a modo de preámbulo e introducción al curso, escribiéramos unas breves líneas sobre lo que era el concepto de exilio para nosotros.

A continuación había otro email de mi padre que releí en la piscina:

Hola, hija. Aquí estoy en tu Barcelona querida. Trabajando en la cafetería de un hotel, al lado de tu casa, porque tu casa está llena de cajas y es imposible concentrarse ahí. ¿Tienes pensado alguna vez quitar todos esos trastos del despacho? Me puse en el estudio de Pablo. ¿Dónde está la caja de Rawaki? Cómo la llamas tú... ¿la caja roja? ¿No la tenía él? Me hacía gracia volver a verla. ¡Es una auténtica antigualla! Debe de estar oxidada, podrida ya. Habría que tirarla por la ventana.

Cuento los días para irme de esta ciudad: la odio. Del uno al cinco, cinco con cinco. Casi tanto como Formentera. ¿Y tú? ¿Qué tal va el trabajo? Me quedé dándole vueltas a ese curso en el que te has apuntado. ¿Por qué te interesa el exilio de repente? Al menos espero que te sirva para volver a escribir algo. Desde aquel cuento fantasioso con el que tuviste tanta suerte no has escrito nada.

Por cierto, ¿cómo no me dijiste que el aire acondicionado no te funciona en el salón? Es de locos, hija. De locos. Me encerré en el búnker de tu hermano y puse el aire a tope porque no hay quien trabaje si no. En realidad, me encerré no a trabajar sino a llamar sin parar a la Embajada de Yemen. ¿Te puedes creer que llamo para pedir cita para el visado y el tipo me dice: «Huy, está complicado»? Se queda tan pancho, y me suelta que la situación del país no es muy halagüeña. Qué sabrán ellos. Así que tuve que decirles quién era yo y, claro, al tipo se le bajaron los humos. Pero vamos, qué pocas ganas de facilitar las cosas. A mí nadie tiene que decirme dónde puedo o no puedo ir.

¿Te he contado ya que dicen que Socotra es la isla perdida de Simbad? Los habitantes siguen hablando la lengua de la reina de Saba. Aquel era el lugar donde crecían los árboles del incienso y de la mirra, indispensables en las momificaciones de los antiguos egipcios. ¿Y sabes? He descubierto que también ahí se encontraba el áloe sucotrino con el que los griegos curaban las heridas de guerra. Según la leyenda, Alejandro Magno, alentado por Aristóteles, invadió la isla para procurárselo. Como dice el refrán, se non è vero è ben trovato. Pero bueno, a lo que iba, es una lástima no haber investigado antes sobre Socotra. En ese caso hubieras podido hablar de ella en las historias que escribías de niña. «El contador de islas se va a Socotra» (al lado, mi padre quiso añadir un emoticono pero le había quedado un cuadradito seguido de un paréntesis). Qué lejos me queda Ibiza. Tanto que espero no volver en mucho tiempo. Hay unos daneses en nuestra casa y me contaron que le han cambiado el nombre. ¿No te parece extraño? ¿Le habrán puesto algo en danés?

Te llamaré pronto. Acuérdate de tu madre, de decirle que me marcho.

Román

P. S. Me siento particularmente bien estos días. Como si fuera más joven, tendrá que ver con algo que leí hace poco de Rita Levi-Montalcini. Las neuronas van muriendo conforme nos vamos haciendo mayores. Sin embargo, Montalcini descu-

*brió que entre las que se van quedando, inmunes a la edad, se
refuerzan las sinapsis que las comunican y se hacen más fuertes. ¿Lo sabías, Laura? Una cosa se sustituye por la otra. Así
que tu padre está hecho un chaval.*

Leer todas aquellas líneas deslavazadas, casi sin orden,
me hizo sonreír. Era mi padre en estado puro, su inconti-
nencia verbal convertida en email. No sabía qué resultaría
de aquel capricho suyo con Socotra, pero me recordó un
episodio anterior relacionado con una pequeña isla de la
Antártida, en las Shetland del Sur. Una foto satélite de la isla,
que tenía forma de anillo, colgó durante un tiempo en su
despacho: *Deception Island: 62°57'S, 60°38'W,* decía la leyenda. Fantaseó durante largos meses con viajar ahí, a esa
isla que es un volcán en activo y el único lugar de la Antártida que no se congela nunca.

Pese a que eran España, Gran Bretaña y Chile los paí-
ses que tenían base ahí, el auténtico especialista mundial
en la isla de la Decepción era España, dada la cantidad de
publicaciones y tesis que se habían escrito sobre aquel re-
cóndito lugar.

Pasó muchos meses organizándolo todo para marcharse un mes en verano. Nos había enseñado fotografías de pin-
güineras y antiguas fotos de cazadores de ballenas en la
bahía.

Pero nunca llegó a ir. Tuvo que posponer un año el viaje, y para cuando podía haber ido mi madre ya no estaba.
«No los puedo dejar solos», escuché que decía por teléfono. Y no lo hizo. De manera que terminó descolgando de
la pared aquella fotografía de la isla de la Decepción, cuyo
nombre en castellano era una mala traducción del inglés.
En este idioma, *Deception* quiere decir «engaño».

Antes de cerrar el ordenador, vi en la mensajería instantánea de Gmail la lucecita verde al lado del nombre de

89

Diego. Me pregunté si estaría con Lucas. Si habría rehecho su vida. Si pensaría, aunque fuera alguna vez, en mí. Porque yo lo hacía constantemente. Todas las mañanas. Las noches. Miraba al otro lado de la cama, estiraba el brazo y no había nadie. Su hueco. No estaba. Pero trataba de disipar la melancolía recriminándome: *Esto es lo que tú querías, Laura.*

Los fines de semana en Nueva York eran difíciles. Las semanas pasaban rápido, y tampoco tenía demasiado tiempo para pararme a pensar. Pero llegaba el viernes y ante mí se extendían dos días enteros como una amenaza. No sabía qué hacer con el sábado y el domingo, porque ni tenía demasiados amigos —los del trabajo únicamente—, ni estaba acostumbrada a estar tan sola. En Barcelona estaban mis amigos, Inés en especial, siempre cerca. Los amigos de la editorial, los de la universidad. Los de Diego. O incluso cuando quería estar sola y necesitaba excusarme, me llevaba a casa trabajo de la editorial, aun cuando no fuera necesario ni urgente. Antes de Nueva York pensaba en la cantidad de cosas que podría hacer cuando estuviera ahí: teatro alternativo en algún antro del Soho, exposiciones en las galerías de Chelsea, jazz en Harlem, cine de verano en Bryant Park. La vida vista de lejos siempre era mucho más estimulante que de cerca. Porque lo cierto es que al llegar todas aquellas oportunidades dejaron de interesarme. Perdieron el brillo de lo inaccesible. Estaban tan a la mano que siempre podía postergarlas para cualquier otro día.

Sin embargo, aquel sábado me obligué a ir al MoMA. Anunciaban una exposición llamada «One-Way Ticket: Jacob Lawrence's Migration Series and Other Visions of the Great Movement North». Lawrence era un pintor que representaba una parte esencial de la cultura afroamericana; el museo pretendía conmemorar el centenario de la llamada Gran Migración Negra, que se inició en 1915, y mostraba no solo la colección de pinturas de Lawrence sino también material documental. El «One-Way Ticket» hacía referencia al poema de Langston Hughes: *Cojo mi vida / y la llevo lejos / En un billete de ida / Me voy hacia el norte / Me voy hacia el oeste / ¡Me voy!*

También había documentos históricos sobre la Gran Migración y fotografías como aquella de Dorothea Lange, *La madre migrante:* la mujer preocupada que mira hacia un sitio que no se ve en la fotografía. Quizá hacia el futuro, con los dos niños escondidos tras ella que no quieren ver.

Una vez, Diego me dijo que yo le recordaba a aquella mujer.

—Cuando piensas en Pablo se te pone cara de Florence —que era como se llamaba la mujer de la fotografía.

Desde aquel día se nos quedó aquella expresión. La de «poner cara de Florence».

—Pero ella tenía un problema de verdad —dijo Diego—. Imagínate la mayor crisis económica del siglo XX, una madre de familia que se desplaza para buscar más trabajo. Por si fuera poco, el coche los deja tirados en medio de la autopista y se tiene que quedar con sus hijos en un campamento provisional. No sabían qué iba a ocurrir, Laura. Ella puede tener esa mirada ceñuda, perdida. Tú no. No puedes estar pensando en todo lo malo que puede ocurrir. ¿Y lo bueno? ¿Vas a perderte tu vida? Tu hermano está bien. Va a estar bien. Pero tienes que dejarlo respirar.

Ahí, entre las paredes del MoMA, parecía escucharlo aún.

Me detuve delante de la imagen de Florence e instintivamente le hice una fotografía con el teléfono para mandársela. Hubiera querido ponerle algo ingenioso.

No lo hice, claro.

Como aquella anécdota que leí de Patti Smith: seis años después de la muerte de su marido, encontró una camisa perfecta para él, una camisa que le hubiera encantado. La cogió, y solo cuando la estaba pagando se dio cuenta de lo que estaba haciendo; así y todo, la compró.

No sé qué hizo Patti Smith con la camisa, pero yo a veces me sentía como ella: comprando camisas al pasado.

Volvió a mí esa idea de que todo estaba contenido en todo. Estaba ahí, en Nueva York, frente a esa fotografía, pensando en Dorothea Lange y en Patti Smith, y lo estaba viendo a él, a Diego, cogiéndome de los hombros y llevándome a través de los pasillos de un hospital de Ibiza. Estaba viendo también, en esa sala llena de pinturas, el exilio del que hablaba Gael. Y mi madre, ¿sabía Gael dónde estaba mi madre?

¿Le importaba, acaso?

Apunté en la libreta: *One-Way Ticket*. Pensé que justamente aquellas palabras eran las que mejor resumían lo que era el exilio: un billete de ida. Entonces recordé que tenía que escribirle a Gael.

14

En el contestador había un mensaje de Ethan para decirme que estaba con Amy y unas amigas en un bar de St Marks Place llamado Please, Don't Tell.

No me apetecía especialmente, pero me repetía a mí misma: *Es sábado por la noche, Laura.* De la misma forma que el día anterior me había dicho *Es viernes por la noche* y me había quedado leyendo en casa. Tenía que salir, o al menos eso era lo que me decía. Me daba la sensación de que, aunque no me lo hubiera dicho nunca, Ethan pensaba que me ocurría algo y hacía esfuerzos continuos por proponerme planes.

El Please, Don't Tell era uno de esos bares que se habían puesto de moda en Manhattan: un bar secreto, un *speakeasy* que imitaba la clandestinidad de las épocas de la ley seca. Al entrar parecía un restaurante de comida rápida, pero a través de una puerta se accedía a un espacio anexo en el que el ambiente era completamente distinto. Uno casi podía imaginarse allí a los integrantes de la mesa redonda del Algonquin: Dorothy Parker o Harpo Marx.

Me dio un poco de vergüenza pensar que quizá debí haberme arreglado un poco más y me sentí, como en otras ocasiones, un poco fuera de lugar entre toda aquella gente.

Conocí a Amy, que me saludó sonriente y le di la enhorabuena. Me pidieron un cóctel llamado *whiskey business* antes de que tuviera tiempo de decir que odiaba el whisky.

Estuve un rato hablando con ellos hasta que llegaron unas amigas de Amy, una de ellas curiosamente trabajaba en la librería de la Universidad de Columbia e intenté sonsacarle alguna información de Gael.

—Es un tipo extraño —me dijo—. Siempre está solo.

Titubeé. Traté de seguir con la conversación, pero la chica cambió rápido de tema y empezó a hablar de que ya habían terminado de organizar las vacaciones. Se iban a Canadá.

—Y ¿tú qué harás?

Me encogí de hombros, sonreí.

—Creo que nada.

Dejé de atender la conversación y entonces me fijé en ellos. Estaban en la barra, muy cerca de nosotros. Estuve unos instantes observándolos, toda mi atención puesta en sus gestos. Había mucho ruido dentro del bar pero aún así yo trataba de distinguir lo que se decían. Él hablaba, parecía estar contándole una anécdota y gesticulaba de forma cómica haciendo aspavientos con las manos. Estaban sentados en taburetes altos y ella apoyaba el codo en la barra. Le miraba a él con atención, a la expectativa. Y de repente rompía a reír. Reía. No podía parar. Me fijaba en cómo él la observaba, como si ella fuera la única persona dentro del bar. Como si ninguno de nosotros existiéramos y no hubiera bar, ni copas ni música. Nada más que ella. Riéndose aún, ella se pasaba las manos por los ojos, como si se le hubieran saltado las lágrimas. No lograba adivinar si eran pareja o muy buenos amigos. O si se gustaban. Si era una primera cita. Aunque descarté pronto esa hipótesis porque había cierta familiaridad entre ellos, cierto vínculo impreciso. Formaban una extraña pareja: él era algo mayor, corpulento, y ella, pequeña y muy delgada, increíblemente delicada. Al cabo de poco, él le pasó la mano por el pelo, la atrajo hacia sí y ella apoyó la cabeza sobre su hombro. Hasta que él dijo algo que tampoco escuché y ella rompió a reír de nuevo.

Aquella pareja era todo lo que yo quería ver aquella noche.

—¿Laura? —me llamó Ethan—. ¿Estás aquí? ¿Qué estás mirando?

Reí y me disculpé. Volví a darle un sorbo a esa copa que me sabía a madera rancia y giré la cabeza hacia Amy, que me hablaba.

—Por cierto, me ha dicho Ethan que vienes de una familia de artistas —dijo.

—Sí. Mi madre y mi hermano pintan. Cada uno tiene un estilo muy particular pero los dos hacen cosas increíbles.

Me fijé en que Amy le hacía un gesto de extrañeza a Ethan y se hizo un silencio. Quizá sabían —pero cómo podían saberlo— que ninguno de los dos pintaba ya.

Pasó el rato y el Please, Don't Tell se fue llenando. El ambiente empezó a ser claustrofóbico. Había gente bailando, y en la barra, colas de gente esperaban para pedir.

Me excusé diciendo que estaba cansada y me despedí. Detenida en la puerta del bar, miré por última vez hacia la barra, a la extraña pareja. Pero desde ahí solo atinaba a ver cómo ella echaba la cabeza hacia atrás, cómo a través de su melena rojiza, ahora recogida en una cola, asomaban los pendientes, aros de oro que brillaban en la oscuridad.

Al salir traté de coger un taxi. Pero al final me metí en la boca de metro más cercana.

En el vagón, nos apretamos los unos contra los otros. Estábamos tan juntos y tan solos... La soledad se intensifica cuando estás rodeado de gente a la que supones —misteriosamente— menos sola que tú. Se dirigirían hacia sus casas, pensé. Tendrían hijos. Hijas. Compañeros de piso. Una madre que les haría una tortilla a la francesa. Un padre que se pondría un batín de seda por encima del pijama. Un marido que habría cocinado brócoli que le había quedado duro. Al dente, bromearía.

Al llegar a casa vi el portátil sobre la mesa. El email pendiente a Gael.

Abrí la nevera y me preparé lo primero que encontré: un sándwich de queso. No había nada más y era la una de la mañana.

Querido Gael:

No sé por qué hago este curso. Ni me interesa el exilio ni las fronteras. Tampoco las islas, ni nada por el estilo. Todos me parecéis unos tarados.

Atentamente,

Laura

Lo escribí en un documento Word nuevo. Eso era lo que hubiera tenido que decir si quisiera ser honesta. Como si se tratara de «la libreta de la verdad»:

Sé por qué hago este curso. Pero no me interesan el exilio, ni las fronteras, ni las islas, ni nada por el estilo. Todos me parecéis unos tarados. Mi padre, tú. Mi madre. Pero era la manera de acercarme a ti y de que me resolvieras algunas dudas.

Al final, me quedé dormida en el sofá. No le escribí a Gael. El domingo por la mañana volví a dejarlo para la noche. Aquel era un rasgo que últimamente me definía: dejarlo todo para el último momento.

El domingo paseé por Nueva York. Sin rumbo. Sin mapas. Perdiéndome, que es, creo, la única manera de conocer una ciudad. No hace falta mucho esfuerzo para guiarse hasta las paradas obligadas de una ruta turística, pero sí para hacer lo contrario. Para dejarse llevar. Acabar lejos. Sin saber cómo, llegué a Chinatown y terminé rodeada de mercados de pescado y fruta y de pintorescas tiendas de souvenirs. Restaurantes étnicos, *walk-ups* de fin de siglo y edificios de hierro fundido se mezclaban con bloques de apartamentos modernos. Me dolía la cabeza, y los fuertes olores de los puestos de comida no ayudaban. Me embargaba una bruma que podía ser cansancio, resaca o tristeza. No lo sabía.

Salí rápido de Mott Street, porque era prácticamente imposible seguir andando sin empujarnos los unos a los otros. Gente y más gente.

Así que me senté en una cafetería, saqué el Ipad y leí el periódico. Pronto me aburrí. Empecé a ver fotos. «No —dije—. Nada de eso.» Entonces reparé, entre todos los iconos, en medio de la pantalla, en aquella carpeta marcada en rojo que se llamaba «Relatos y otras cosas». Y entré. Estaba en primer lugar.

15

Después de Husavik

La sangre es más roja sobre la nieve. Brilla. Se convierte en vida inmovilizada en un manto blanco y helado. Se congela. En la nieve, los animales heridos dejan un reguero de sangre que puede rastrearse fácilmente. No como en el mar, donde todo se diluye.

Un rastro que no puede borrarse. Una senda roja que no tiene pérdida. La nieve cubre las huellas. Nieve sobre nieve. Pero la sangre siempre permanece.

La nieve es demasiado blanca, y la sangre demasiado roja.

Alguien lloraba en un avión. No hacía ruido porque su respiración entrecortada quedaba sepultada por el ruido del motor, por el cuchicheo de sus vecinas al otro lado del pasillo que, revista en mano, comentaban la reciente soltería de un actor argentino que «hay que ver qué tendrán los hombres en ese país».

El pasillo central separaba los lloros del cuchicheo, y la chica solo quería mirar a través de la ventana. Pero en la ventana estaba su padre. Que no conocía al actor argentino y miraba a través del doble cristal, aunque en realidad no veía otra cosa que la oscuridad de la noche. Pero al menos podía mirar hacia algún lugar.

La chica estaba muy cansada pero no podía dormirse. Hacía muchas horas que no dormía, y no recordaba si se había lavado el pelo aquella mañana o no. Solo que en el hotel se había fijado en un bote pequeño de champú «sin gluten». Qué tenía que ver el gluten con el pelo.

No recordaba haberse lavado el pelo, no. Pero tampoco recordaba muchas cosas.

Por los altavoces avisaron de que había que abrocharse los cinturones de seguridad, pero ella se negó a hacerlo.

La azafata apareció a su lado:

—Estamos atravesando un área de turbulencias, señorita. Será mejor que se abroche el cinturón de seguridad.

—No, gracias, estoy bien así.

—Disculpe, pero es obligatorio.

De mala gana, se abrochó el cinturón. El padre dejó de mirar al vacío a través de la ventana y la observó, molesto. Vio cómo ella volvía a desabrocharse el cinturón ahora que la azafata se había marchado.

—Solo me faltas tú. Haz el favor de abrocharte el puto cinturón.

—No quiero.

—Haz el favor.

Las sacudidas del avión eran apenas perceptibles. La chica cerró los ojos y trató de dormirse.

Su cuerpo iba en el mismo avión. En la bodega. Con los perros, los animales de compañía. Quizá había algún loro, un papagayo. O no: en Islandia no vivían ese tipo de animales. Iba en la bodega, con las maletas de mano que no cabían a bordo y con el resto de equipajes. Estaba ahí encerrado. Su cuerpo delgado y blanco, sus ojos que ya no eran azules. O sí.

Tres días antes habían ido a ver ballenas juntos. Una zódiac los había llevado a la bahía Skjálfandi, y estuvieron más de dos horas buscándolas. Parecía que aquel día no iba a haber suerte. Él estaba sonriente, con su anorak naranja, tratando de no sucumbir al mareo: «Llevo biodraminas islandesas en el bolsillo, por si acaso», decía. Estaba ilusionado con la perspectiva de ver aquellos gigantes del mar. Solo los habían visto de niños, en el acuárium de Barcelona. También habían visto orcas adiestradas que daban saltos y jugaban a la pelotita con las focas.

—El mar es tan grande y nosotros tan pequeños... ¿verdad? —le dijo él.

La chica tenía un poco de miedo, pero trataba de no demostrárselo.

Además, a ella no le gustaban las ballenas y estaba molesta porque, en su opinión, habían ido demasiado mar adentro. Hubiera preferido quedarse más cerca de la orilla, alejada de aquella zona de aguas tan oscuras.

En realidad, lo que le molestaba era su propio miedo y su incapacidad para reconocerlo. Le resultaba difícil tratar de explicar su profundo apego a la superficie y a todo aquello que podía tocarse.

Aquel día, él no tenía miedo. Mientras hablaba con un chico sueco a quien acababa de conocer, sus ojos trataban de adivinar sombras debajo del agua. Las montañas de Vík, al fondo, enmarcaban a los dos chicos que hablaban.

Las vieron justo cuando habían anunciado que emprendían el regreso a la costa. Un soplido que había alcanzado aproximadamente diez metros de altura despertó las exclamaciones de todos ellos. Ahí estaban: eran dos ballenas azules, una madre y su cría.

A pesar de sus increíbles dimensiones, eran unos mamíferos pacíficos que se alimentaban exclusivamente de un animal parecido a un camarón diminuto llamado *krill*.

—¡Míralas! ¡Están ahí! —gritó. Eran su animal favorito.

La zódiac se acercó al lugar donde la madre ballena sacó la cabeza. A su lado podía distinguirse otra, la pequeña.

De vuelta a la costa permaneció callado. Se quedó en la parte trasera de la zódiac, mirando las aguas que dejaban atrás, el horizonte. Ella estaba mareada: solo quería volver al hotel, tomarse un té caliente.

Cayó un poco de nieve por la tarde, y él estaba a su lado en la habitación que compartían. Dibujaba en una libreta apaisada. Una ballena azul y su cría. Perfectamente reales, como si hubiera podido sumergir la cabeza dentro del agua y fijarse en algo que a los demás se les había escapado.

—¿Te gusta?

Había dibujado un globo de conversación que salía de la ballena pequeña. Solo decía: *Hola, Laura.* La ballenita parecía sonreír con su boca enorme.

—Podría ser yo —dijo él.

Después se fue a dar una vuelta y ella se quedó en la habitación.

Tres horas más tarde seguía nevando. El sonido del teléfono la despertó de su ensimismamiento.

Se dijo que seguramente sería su hermano desde cualquier bar; se había dejado el teléfono en la habitación. «Laura, te espero aquí, hay un vino dulce que te encantará.»

Pero no era él.

La sobrecargo del avión la despertó.

—Señorita, en caso de que no se abroche el cinturón de seguridad tendremos que avisar al comandante.

—¿Y qué hará? ¿Pedirme que me baje del avión?

—Le ruego que se...

—¿Quieres hacer el maldito favor de abrocharte el cinturón? —le dijo el padre casi levantando la voz—. Disculpe a mi hija, ha tenido un mal día.

—Sí, perdone. Mi hermano, el pobre, viaja en la bodega.

El padre la agarró del brazo. Le hizo daño.

—¡Deja de decir tonterías y abróchate el cinturón!

Él lo hizo por ella y la sobrecargo se marchó. Se hizo un silencio entre los pasajeros vecinos; querían participar en el drama. Necesitaban saber más, saber qué les ocurría a aquella chica joven y a aquel padre ojeroso. Barruntaban distintas hipótesis, pero con ninguna podrían haber acertado. ¿La chica estaba en tratamiento psiquiátrico? ¿Por qué se negaba a abrocharse el cinturón? ¿Por qué la trataba así su supuesto padre? ¿O eran amantes y en realidad se hacían pasar por padre e hija? ¿Los habría descubierto su mujer y por eso se comportaban así? ¿Y qué era esa historia del hermano en la bodega?

Por megafonía anunciaron que habían iniciado el descenso hacia el aeropuerto de Barcelona.

Después de la llamada de teléfono no hubo vinos en un bar. Hubo sangre, y un cuerpo conocido, el de su hermano, que estaba cubierto por una manta marrón. «Rápido, llevadlo al hospital que se congelará. Rápido», quiso gritar. Pero la manta le cubría también la cabeza y entendió que no había prisa. Asomaban hebras rubias de su pelo, extendidas sobre un manto blanco, y también sus botas marrones, las que ella le había comprado por Navidad. Sobresalían detalles, y en los detalles, decían, estaba la vida.

La sangre había manchado el paisaje y era fácil llegar a él, como se llega a un animal herido. Las huellas.

Había recorrido el sendero que desembocaba en la playa. En la pequeña cala había marcas rojas en el suelo.

Ella vio a un hombre de espaldas que estaba arrodillado. Era él quien había encontrado el cuerpo. El padre. El padre fue el que lo había visto primero.

El padre la abrazó.

Hay que cortarse las venas no en sentido perpendicular, como enseñan en las películas, sino vertical. Hay que seguir su mismo sentido para provocar una hemorragia lo suficientemente poderosa.

Después ella escuchó un crac. Era ella misma. No podía respirar. No dijo nada, solo empezó a correr hacia el hotel.

Corrió a pesar de que el padre la llamaba. Gritaba su nombre, pero ella se había marchado. No quería saber. No quería ver. Cogió un taxi. Apagó su móvil y volvió al hotel de cinco estrellas, pero al entrar supo que ellos lo sabían. Corrió a su habitación y cerró la puerta. Vio, sobre la mesa en la que había estado trabajando, un dibujo de una ballena pequeña que decía *Hola, Laura*.

Después, sentada sobre la cama, dejó que el teléfono sonara otra vez, y con el irritante sonido llegó el colapso.

Cuando se disponían a aterrizar, los ojos rojos, el odio y la rabia a flor de piel, volvieron a ella todas esas imágenes. El rojo sobre el blanco.

Se sintió mareada, cansada. Tenía náuseas, aunque ignoraba si se debían a las turbulencias. Al lado, su padre seguía mirando por la ventana y ella distinguió las luces de un puerto, a lo lejos. Las dos torres, ese hotel que tenía una forma de vela y que estaba, por eso mismo, en medio del mar.

Barcelona se hacía cada vez más grande en la ventanilla del avión, hasta que solo se vio mar de nuevo.

La chica se preguntó si alguna ballena azul se habría confundido alguna vez de ruta y habría ido a parar a aquellas aguas tranquilas y cálidas. Quizá sí. Quizá, por falta de profundidad, se había quedado varada en una playa de Castelldefels, rodeada de turistas que le hubieran tirado cubos de agua mientras se hacían *selfies*. «Mira, mamá, no puede volver al mar, es demasiado grande.»

Una ballena no podía llamar a los suyos para avisarles de que no iba a volver.

Se recostó en su asiento y observó a las azafatas, ya sentadas en sus puestos para aterrizar. Cruzó una mirada con la sobrecargo y se desabrochó el cinturón, mostrándole con una sonrisita la hebilla metalizada.

Cuando el avión tocó tierra, se echó a llorar.

16

I am an exile; citizen of the country of longing. Soy un exilio; ciudadano del país de la pérdida.

La frase de Suketu Mehta pertenecía a un libro llamado *Maximum City.* Estaba escrita en el reverso de la tarjeta de un restaurante del barrio de Gràcia, y la letra era de mi hermano Pablo. Con ella mi hermano empezó su serie de pinturas más famosa.

Después de permanecer varios meses en cama, sin pintar nada, leyó las palabras de Mehta en un suplemento cultural. Estábamos desayunando cerca de casa, en el Salambó.

—¿Tienes algo para apuntar?

—¿El móvil?

—No, quiero que sea papel.

Entonces le di una tarjeta de un restaurante que tenía en el monedero y la camarera le prestó un bolígrafo. Anotó la frase, y después la trasladó a una cartulina grande. La colgó en su estudio y pintó el primer cuadro de una serie que llamó *Los olvidados,* como la película de Buñuel. La serie, que consta de siete pinturas de gente de espaldas, también estaba inspirada en esa fotografía mía, la de la chica de espaldas que miraba el mar.

—Todos los personajes, menos tú, le dan la espalda a la vida —me dijo él.

También mi madre forma parte de la serie. En su retrato, ella, apoyada en una pared, mira a través de la cristalera de un bar. Y fuera está lloviendo y hay luces de coches, neones. Es un retrato nostálgico, como si ella estuviera buscando algo a través del cristal.

En realidad, nunca me hizo gracia que mi madre y yo formáramos parte de la misma serie de cuadros. Aunque lo que menos me gustó fue que la llamara *Los olvidados*.

En la inauguración de la exposición, en la galería H2O de la calle Verdi, tuve escalofríos cuando vi los dos retratos juntos, y aquella frase de Mehta que nos agrupaba como hipotéticos ciudadanos del país de la pérdida.

Pablo me regaló el cuadro por mi cumpleaños. Detrás había una nota: *¿Aceptarías inaugurar otra serie? Esta se titulará* Los desnudos, *ya sabes lo que te toca. ¡Felicidades!*

El cuadro se quedó en casa, debajo de la cama.

El exilio era como la piedra de Sísifo: una mochila pesada. Y yo la llevaba a cuestas permanentemente. No me sentía parte de Nueva York, pero tampoco de ningún otro sitio.

Abrí el ordenador: era la frase de Mehta la que tenía que mandarle a Gael. Enviado. No añadí nada más. Pensé que era mejor hablar con él el jueves siguiente. Después de escribir el email, con una mezcla de alivio e inquietud, salí del edificio.

Me hubiera gustado fumar para tener algo con lo que entretenerme. Algo que sujetar. Pasaba poca gente por la calle. Hannah dormía en el suelo, encima de sus cartones. La lata con la flor seca al lado. Los andamios.

Estuve un rato con el móvil en la mano. *No sé dónde estás,* escribí finalmente en la pantallita resplandeciente, y lo mandé.

No sabía dónde estaba. O si estaba, si Diego, el que yo había conocido, seguía estando en alguna parte. Me quedé sentada en las escaleras de la entrada del edificio. Hacía mucho calor, pero aun así me apetecía estar ahí. Veía cucarachas. Algún ratón pequeño que salía de la alcantarilla. Por encima, luces de aviones que cruzaban la ciudad.

Me pasé casi cuatro años sin coger un avión. Recuerdo unas turbulencias en un vuelo nocturno, y el hecho de ser consciente a partir de entonces de que el aparato podía caerse en cualquier momento y entonces todos los que viajábamos moriríamos. Sin importar que viajaras en *business class,* o que fueras un cotizado actor de Hollywood o un poeta búlgaro recién galardonado con el Nobel. En realidad, aunque no supe ponerle nombre en esos momentos, me estaba planteando una cosa llamada inevitabilidad. La de la muerte, por ejemplo. La de no jugar absolutamente ningún papel en el final de tu vida.

A partir de aquel vuelo empezó el miedo, pero fue cuando Pablo se vino a vivir conmigo a Barcelona cuando dejé definitivamente de coger aviones. Me habían repetido infinitas veces que moría más gente en accidentes de coche, pero en un accidente de coche tenías la posibilidad de salir ileso, de romperte una pierna y hacerte un par de cortes. En un avión que caía, la muerte era casi inevitable. Y yo no podía dejar a Pablo solo.

Puede que todo empezara después de que Pablo se pusiera enfermo. Era extraño relacionar una cosa con la otra, pero sí. Como en aquel juego al que jugábamos Pablo y yo de niños: Jenga. Construíamos castillos con varias piezas de madera rectangulares. Quitar una pieza aparentemente inofensiva, una de las de arriba, por ejemplo, podía hacer que todas las demás se desplomaran.

Entré de nuevo en casa con la cabeza llena de aviones, de Pablo, de Jenga. Vi la pecera vacía, la cajita. Las rocé con la punta de los dedos. Como si fueran animalitos. Como si el cristal frío o la madera pudieran sentir el tacto de una mano. *Hola, ¿estás ahí?*

Antes de cerrar el ordenador, actualicé la bandeja de entrada. La luz de Diego estaba roja, y no me había respondido a mi *No sé dónde estás.* Debía de estar durmiendo. Pero Gael ya había respondido. *Buena frase. Me gusta mucho Suketu Mehta. ¿Qué haces aquí, Laura?*

106

17

A Diego lo conocí un día que hacía viento y yo era joven. El viento me hizo resguardarme bajo el toldo de un café para ver mejor el plano de Londres. Google Maps aún no había irrumpido en nuestras vidas para regalarnos esa pelotita azul que yo nunca sé seguir.

Si no hubiera soplado viento, no me habría parado. Si no hubiera sido tan joven, no habría pensado que él era tan mayor. Porque no lo era. Solo que yo tenía dieciocho años, y él veintisiete.

—Te conozco —dijo—. Tú eres Laura, la hija de Román.

Había sido alumno de mi padre en la universidad.

Entonces recordé a aquel chico alto y espigado, tímido. El chico que había estado en una ocasión en casa, en un taller que mi padre había impartido sobre la arquitectura de la isla.

Me sentí pequeña al lado del hombre que vivía en aquella ciudad que se me antojaba inabarcable. Que llevaba un traje y trabajaba en un estudio de arquitectura. Que vivía con su novia, una chica llamada Lucía.

Pero entonces todo aquello no existía. Solo había azar, viento y rozaduras de los zapatos.

—El zapato —fue lo siguiente que dijo—. He parado porque me molestaba el zapato. Es que son nuevos.

Hablamos apenas unos minutos bajo el toldo de un lugar llamado Hampstead's Inn. Le pregunté cómo llegar al Holly Bush, donde había quedado con unos amigos, y me lo indicó.

Me marché pronto, sin pensar demasiado en aquel encuentro. Sin embargo, a lo largo de los años siguientes, aquel chico de las pecas me volvía a la cabeza. Su voz. Esa suavidad, los gestos pausados. Seguí su vida como en un telediario, por los titulares que mi padre me iba proporcionando. Curiosamente, nunca preguntó la razón de mi interés.

Se había casado, Lucía se había quedado embarazada. Iba a ser un niño.

Un día me lo encontré a la salida de un hospital de Barcelona. Mi hermano estaba ingresado por unas pruebas rutinarias y él iba con un niño dentro de un cochecito.

—Se llama Lucas —dijo.

—Hola, Lucas.

—Tiene once meses. Vivimos aquí al lado, ¿tú también?

—No, he acompañado a Pablo a hacerse unas pruebas. Nada grave, solo un chequeo.

Yo iba hacia el metro y él me acompañó hasta la entrada. Antes de despedirnos me pidió el teléfono y lo apuntó en su móvil.

—Ya nos veremos —le dije.

Y nos vimos.

Unas semanas después, cuando ya casi había olvidado a ese niño llamado Lucas y al alumno de mi padre, me llegó un mensaje al teléfono. *¿Comemos un día de estos? Me apetece saber qué ha sido de ti.*

Fuimos a un italiano que había cerca de mi oficina, y al sentarme en la mesa me di cuenta de que estaba nerviosa. No se trataba de mi habitual timidez, era él, que me intimidaba. Que me gustaba.

Durante la comida intenté contar cosas interesantes, pero cuando empezaba a hacerlo cambiaba rápido de tema porque me decía que seguro que a él le aburriría. Para colmo, al levantarme para ir al baño tiré mi copa de vino blanco. Me senté de golpe y empecé a reírme, aún más nerviosa.

—Perdón, hoy estoy un poco torpe.

Dejé la mano encima de la mesa, y él puso la suya encima.

—No pasa nada. Pero la próxima vez intenta que la copa esté más vacía, ¿vale? Tengo vino hasta en el calcetín —y rio.

Antes de que nos fuéramos me contó que «se estaba separando». No quise preguntar demasiado.

Pero aquella tarde no volví a la oficina. Fui andando hacia el centro y me probé un vestido rojo en una pequeña tienda del pasaje de la Concepción. Yo, que odiaba la ropa y las compras, me sorprendí a mí misma bajo la luz inclemente de los probadores, observándome atentamente. Tratando de ver si estaba guapa o no. Tratando de imaginar si a Diego le habría gustado ese vestido.

Pensamos que el amor es aquel rayo que te parte los huesos y te deja estaqueado en la mitad del patio, como decía Cortázar, pero enamorarse es también quererse comprar un vestido rojo para estar guapa.

No compré el vestido. *Ya se te pasará,* me dije. *Solo es el vino.*

Pero no se me pasó.

Me enamoré de él, así, sin razones ni previo aviso, como suceden todas las cosas importantes en la vida. Como si tuviera quince años. Viví de golpe lo que no había vivido en mi adolescencia. «Y buena falta que te hacía», dijo Pablo.

De repente me veía a mí misma leyendo a Benedetti, memorizando poemas que antes hubiera tachado de cursis. Sintonizaba la radio y me daba la sensación de que todas las canciones de amor (Maná, Shakira, lo que fuera) me hablaban de él; las habían escrito pensando en nosotros. Nosotros, sí.

Me sentía extraña en ese papel, el de ser feliz.

Después de aquella primera comida accidentada, fui a verlo a una conferencia sobre arquitectura. Él y su socio hablaban de la rehabilitación de la Sala Beckett, un emblema del mundo del teatro en Barcelona.

Llegué tarde y me senté en un extremo de la última fila. Diego estaba de pie, hablando sobre la necesidad, en aquel proyecto en particular, de escoger entre lo que se tira y lo que se mantiene.

—Todo este largo proceso se caracteriza, más que por lo que hemos hecho, por lo que hemos dejado de hacer. Y esta decisión de restaurar en vez de destruir obedece a un propósito: dar un sentido al pasado. Como si se tratara de otra oportunidad. La memoria es en la Sala Beckett una pieza central.

Después empezaron a abordar detalles técnicos de la reforma. A través de grandes vanos habían conseguido que las distintas plantas estuvieran conectadas entre sí. Una manera de vincular pasado y futuro. De alumbrar un todo en el que las distintas partes estuvieran relacionadas. Pronto me perdí en las complejas explicaciones. Pero me había quedado con aquello: integrar, conciliar, dar vida a algo que ya no la tiene. Con el tiempo, me di cuenta de que esa era la actitud que definía también a Diego.

Cuando terminó la ponencia, una multitud de gente lo rodeó. Pensé en acercarme, pero me dio vergüenza. ¿Se daría él cuenta de que estaba ahí porque me gustaba, de que la arquitectura no me interesaba lo más mínimo? Probablemente, me dije, y me marché.

Al llegar a casa se lo conté a Pablo, que fue el que me había animado a ir a la charla.

—Joder, Laura. No te costaba nada ser un poco normal.

—Vaya, habló el normal de la casa... —me defendí, y él rio.

—Le habrás escrito al menos, ¿no?

Le mostré el mensaje que le había mandado ya de vuelta, mientras subía andando a casa: *Me ha gustado mucho lo que has dicho. Quería saludarte, pero he visto que se te acumulaba el trabajo.* A mi lado, Pablo empezó a reír de nuevo.

—También podrías haberle puesto simplemente «saludos cordiales», ¿no te parece?

Nos sentamos en el sofá y abrimos una botella de vino. A veces, cuando lo veía bien, trataba de alargar la situación al máximo: exagerar las historias, ponerme en evidencia. Hacía cualquier cosa para que sonriera, para que se burlara de «mis incapacidades», como él las llamaba. Exagerarlo todo era una manera de decirle que no poseía el monopolio de las incapacidades. Que todos, yo la primera, hacíamos lo que podíamos.

Horas más tarde, Diego me respondió: *Muchas gracias por haber venido.*

Pasaron dos meses hasta que recibí un nuevo mensaje: *¿Qué planes tienes este viernes para cenar? Tengo ganas de que vuelvas a tirarme una copa por encima.*

Su silencio me había parecido natural: estaba separándose. A raíz de lo que yo había vivido en casa, imaginaba un drama, un niño traumatizado, ríos de lágrimas. Pero no hubo nada de eso; Lucía y él se separaron de mutuo acuerdo, me contó en la cena.

Poco a poco empezamos a vernos, pero Diego no era un hombre impulsivo. Sabía cuándo tenía que hacer las cosas y, como vi luego, no solía equivocarse. Sabía esperar.

Del mismo modo, pasó mucho tiempo antes de que nos diéramos un beso. Tanto que llegué a pensar que quizá yo no le gustara, que quizá solo necesitaba una chica más joven para dar paseos e ir a cenar y así evadirse de los problemas de su separación. Pero un día salimos a tomar unas copas a El Ciclista y, ya de vuelta, me acompañó a casa. Justo antes de llegar, se detuvo en seco, como si hubiera olvidado algo en el bar.

—Basta, Laura, parecemos tontos —dijo. Se acercó y me dio un beso. Nos besamos ahí, en el portal, primero con timidez y después como si fuéramos adolescentes, hasta que fui yo la que le repetí lo que me acababa de decir él:

—Basta, Diego, parecemos tontos.

Subimos a casa, y para cuando llegamos a la habitación se habían ido quedando por el camino chaquetas, jerséis, zapatos, calcetines, pantalones. Aún me parece que lo estoy viendo ahora, desnudo, a mi lado sobre la cama, con la luz que se filtraba a través de la ventana. Lo recuerdo tan nítidamente como el vértigo que me producía aquella sensación de haber encontrado algo que no sabía dónde guardar; como si él fuera una extraña pero preciosa prenda de abrigo en un país en el que siempre hacía sol. De aquella primera noche recuerdo también el tacto de su piel, el lunar que tenía donde terminaba la espalda, mis manos enredadas en su pelo. Sus movimientos suaves, esa manera de llevarse a los labios mi dedo índice. Hacer el amor era eso, pensé. Lo que hacíamos merecía llamarse de ese modo.

Diego fue el primer hombre que me enseñó que las cosas podían ser fáciles, que la belleza no era sinónimo de dificultad.

Yo no sabía moverme bien en ese terreno. Pensaba que todo lo bello, en especial el amor, entrañaba una dosis de sufrimiento. Tenía buenos ejemplos: la relación entre mis padres, pero también el vínculo que me unía a mi hermano, que siempre había sido problemático.

Con el tiempo, la nuestra no solo fue una relación de dos. Por parte de él, estaba Lucas. Y por la mía, Pablo.

Uno encuentra la familia en lugares insospechados. De repente habíamos vuelto a ser cuatro: Diego, que ponía la nota de cordura que a veces nos hacía falta tanto a Pablo como a mí, que me había especializado en ver fantasmas alrededor de mi hermano aun cuando no los hubiera. Y Lucas, que se convirtió en el ojo derecho de Pablo, en su osito de peluche. Fuimos felices, tanto que a veces tenía miedo de que algo malo fuera a ocurrirnos, como si no nos mereciéramos esa felicidad.

A veces, Diego me decía que encontrarme había sido lo mejor que le había pasado.

Por mucho que me lo repitiera, me costaba creerlo. Nunca sabía qué responderle. Cuando Pablo hablaba de mis incapacidades se refería a eso también; a que yo nunca alcanzaba a encontrar palabras para las cosas importantes, a que podía escribir emails o cartas kilométricas pero no sabía decir lo que verdaderamente sentía.

Cuando lo dejamos, después de que ocurriera *todo aquello,* di con un poema de Szymborska que versaba perfectamente sobre lo que yo no podía expresar. Se llamaba «Amor a primera vista», y decía: «Hubo algo perdido y encontrado».

18

Ibiza nunca volvió a ser el mito artístico internacional de finales de los años treinta, pero tampoco el de los cincuenta, cuando, después del largo paréntesis ocasionado por la guerra civil española y la Segunda Guerra Mundial, empezaron a llegar a la isla multitud de artistas que buscaban recuperar el paisaje reconocible de la Ibiza que habían conocido antes.

Entre la Ibiza de los años treinta, a la que había acudido la primera hornada de intelectuales, y la de finales de los cincuenta, las similitudes eran evidentes; la isla seguía anclada en el tiempo y encarnaba la libertad que les negaba el continente.

Hoy apenas queda nada del mito artístico de Ibiza, pero durante años disfrutó de un curioso prestigio internacional. Ahí, en 1973, Orson Welles filmó parte de *F for Fake,* y escritores como Harry Mulisch, Cees Nooteboom, Emil Cioran, Hugo Claus o Albert Camus la visitaron en distintos periodos. Sin embargo, fue Walter Benjamin el que cometió, como mi padre, el error de pensar que existían las segundas oportunidades. Como si la vida nos concediera la oportunidad de ser dos veces igualmente felices, con la misma intensidad, sin pagar ningún peaje.

Cuando llegó, Walter Benjamin se encontró con una desagradable sorpresa: la familia Noeggerath, sus compañeros de viaje, habían alquilado desde Berlín una casa en el pueblo de Sant Antoni, pero esa casa no existía. Los engañó un estafador, y Benjamin tuvo que quedarse en una fonda hasta que pudo trasladarse a una habitación en Sa Punta des Molí, al otro lado de la bahía donde se encontraba el pueblo. En algunas cartas que se conservan, se queja a Gershom Scholem de que no había luz eléctrica ni licores y, sin embargo, el paisaje era el más intacto que había visto jamás. En aquella primera estancia en la isla, a pesar del inicio poco auspiciador, Benjamin fue inmensamente feliz. Repitió una segunda vez, al año siguiente, el 11 de abril de 1933. Pero aquel viaje fue un desastre, y se marchó de la isla solo, enfermo y apremiado por su pésima situación económica. Ibiza marcó el inicio de su exilio definitivo.

Ibiza sirve tanto para explicar el deseo de libertad como la asfixia del aislamiento, y recuerda que solo es posible vivir la utopía una vez.

La casa donde se hospedó Benjamin ya no existe. Sin embargo, sigue intacto el molino, que ahora forma parte del espacio cultural de Sa Punta des Molí, en la bahía de Portmany. En el lugar que ocupaba la casa han construido dos enormes moles blancas para turistas; una se llama Hawai y la otra Ocean Beach. De niños, fuimos solo una vez con mi padre, y ahí, en el molino, nos hizo jurar que nunca seríamos como aquellos borrachos que colonizaban la isla en verano.

El turismo era para él lo contrario al mito cultural de su isla. Lo que se interponía entre el sueño y la realidad.

Mi padre visitó Ibiza por primera vez en octubre de 1971, y su estancia coincidió con un evento que tuvo lugar en el port de Sant Miquel, el VII Congreso del International Council of Societies of Industrial Design, del que nos habló muchas veces. Fue un acontecimiento sin precedentes, que convirtió Ibiza en un punto de confluencia entre el diseño y las formas más experimentales del arte y la arquitectura española de la época.

Pablo y yo habíamos visto fotos tomadas por mi padre de la Instant City, aquella ciudad de plástico, efímera, en la que cilindros y esferas se interconectaban.

Con solo catorce años, mi padre, impresionado por aquel lugar, enamorado de aquella mezcla de vanguardia, transgresión y cultura rural, edificó allí su sueño.

Pero su isla no se detuvo en el tiempo sino que creció hacia otros lados, en otras direcciones.

Así, cuando finalmente se estableció allí, el mito cultural agonizaba y él hizo de esa muerte el blanco de sus críticas más ácidas.

Quería un lugar que ya no existía, y él canalizaba esa frustración atacándolo. Podría haberse marchado a cualquier otra parte, volver a Barcelona. Pero no lo hizo.

Como Walter Benjamin, desembarcó en Ibiza porque creía en la necesidad del cambio; huía de una vida que no le satisfacía, de una ciudad que no le gustaba, de una familia rígida en la que nunca se había premiado a alguien que no fuera médico o abogado, alguien que no continuara, como él, con el negocio textil de mis abuelos. No quiso escuchar los ruegos de su familia, ni los enfados. Huyó acompañado de aquel espejismo: el de empezar de nuevo en otro lugar. Pero el dios del cambio es un dios antiguo y absurdamente engañoso.

Horacio escribió que viajando uno tal vez podía huir de su patria, pero nunca de sí mismo. Y mi padre fundó su hogar sobre una huida. ¿Qué clase de hogar cabe fundarse sobre unos cimientos tan tambaleantes?

Sin embargo, yo no era muy distinta a mi padre. Si no, ¿qué estaba haciendo en Nueva York? Lo mismo que mi padre o Walter Benjamin hicieron con Ibiza. Invocar al dios del cambio y arrodillarme para que me bendijera. Así que ahí estaba, en Nueva York, casi un mes después de haber llegado, viendo películas en el ordenador portátil. Buscando a tientas las luces verdes en la mensajería instantánea de Gmail, deseando que el tiempo pasara. Pero ¿que pasara para qué?

Un miércoles a las seis de la tarde estaba en la Butler Library, en la Universidad de Columbia, donde había dicho Gael que podríamos encontrarlo en caso de que necesitáramos algo.

Las lamparitas triangulares estaban encendidas en todas las mesas y una luz blanquecina entraba por los altos ventanales. Había poca gente. A mediados de julio, la universidad empezaba a quedarse vacía.

Había ido a buscar a Gael. En mi cabeza, la voz de mi hermano Pablo me preguntaba, de nuevo, por qué no hacía las cosas más fáciles.

Lo saludaría y le diría: *¿Quieres tomar un café?* No era tan difícil.

Pero Gael no apareció, de manera que a las ocho me levanté y me marché.

Al salir de la biblioteca, ya fuera, me detuve y observé la imponente fachada. Las columnas jónicas, y sobre ellas los nombres de los filósofos: Homero, Heródoto, Sófocles, Platón, Aristóteles, Demóstenes, Cicerón y Virgilio.

Qué poco habíamos aprendido de todos ellos. Mi padre, yo, Walter Benjamin. Gael, quizá. Qué más daba. Era tan fácil escribir teorías y tan difícil dotarlas de realidad...

Volví a ver a mi padre aleccionándonos en el molino de Walter Benjamin, advirtiéndonos que Ibiza se había convertido en la isla de los bárbaros y que un día se marcharía de allí. Lo dijo como si Ibiza fuera una persona a la que su abandono pudiera afectarle.

Tardaría años en hacerlo. Cada uno se aferraba a sus esperanzas y espejismos. A sus mentiras y autojustificaciones. Si no, que me lo dijeran a mí.

Mientras dejaba atrás las columnas, los nombres de la historia del pensamiento, y bajaba rápidamente las escaleras hacia el metro, pensé con alivio que, sin embargo, aquella tarde había hecho algo por ver a Gael.

19

Estábamos en Ibiza y mi madre había metido a Pablo en la bañera, pero luego se había ido de casa y se había olvidado de él. Desde mi habitación, escuchaba a Pablo llorar. Entonces yo iba al baño a sacarlo de la bañera, pero al llegar la puerta se había quedado trabada y no podía consolar a mi hermano, que gritaba *mamá, tengo frío*. Lo imaginaba blanco, los dedos de las manos arrugados como pasas. Los labios morados. Era invierno. En el sueño, sentía impotencia: quería romper la puerta y arrancar el pomo, pero no me atrevía a golpear la madera porque temía hacerme daño. Y Pablo no escuchaba mis palabras, como si estuviera aislado, en un lugar al que mi voz no llegaba. Hasta que escuchaba unos pasos que se acercaban por el pasillo, y al girarme aparecía Gael de joven, como en esa vieja fotografía de mamá.

Me desperté, como siempre suele ocurrir en los sueños, antes de que pudiera preguntarle qué narices hacía ahí. Antes de que pudiera decirle que se marchara para siempre de esa casa.

20

Saliendo de Ses Salines, yendo hacia Sa Canal, había un enorme solar abandonado. Cuando llovía, se formaban en él grandes charcos que de niña me parecían lagos. Cogíamos las bicis e íbamos hasta allí al salir del colegio. Las aguas estancadas estaban llenas de renacuajos y Pablo y yo los observábamos. A él le daban miedo cuando atravesaban esa fase en la que seguían teniendo el cabezón negro y la cola, pero ya les habían salido patas delante y detrás.

—Ya no falta nada.

—¿Para qué?

—Para que se conviertan en ranitas —le decía.

Nos llevábamos algunos dentro de un cubo de agua; queríamos criarlos en el jardín de casa. Por entonces yo estaba estudiando la reproducción de las mariposas en el colegio, para lo que habíamos tenido que encerrar gusanos de seda en una caja de cartón e ir anotando las diferentes fases de su desarrollo. Mi madre, al ver aquella caja de zapatos con los agujeros en la tapa, la había tirado a la basura sin ningún tipo de contemplación. A ella no le gustaban los gusanos, y mucho menos las mariposas.

—Son polillas, te advierto que eso no va a entrar en casa.

Escribió una nota para mi tutora: «Laura no va a participar en el experimento de las polillas». Puso eso: polillas, nada de mariposas.

Cuando la profesora me preguntó si sabía la razón de aquella negativa, le dije que a mi madre le daban miedo. Conocían a mi madre, así que no dijeron nada más.

Como compensación por el tema de las polillas, mi madre nos dejó criar renacuajos. Lo hizo porque sabía que morirían pronto. Uno de ellos, sin embargo, sobrevivió. Se había convertido en una rana pequeña, de color negro, y no era más grande que la punta de mi dedo meñique.

Me gustaba mucho aquel animalito indefenso. Incluso conseguí que Pablo lo sujetara en la palma de la mano. Mi madre, disgustada, nos pidió que sobre todo no metiéramos la rana en casa.

El primer cumpleaños que pasé con Diego lo llevé a Ibiza. Él ya conocía la isla, pero yo quería que pasáramos tiempo con mi padre, recorrer juntos los lugares que pertenecían a mi infancia.

Mi padre insistió en llevarnos al yacimiento fenicio de Sa Caleta, al acueducto romano de S'Argamassa. O al molino de Walter Benjamin, claro.

Uno de esos días en los que recorríamos la isla como si fuéramos turistas, llegamos por casualidad hasta los apartamentos de lujo cerca de la playa de Las Salinas y le conté que, aunque pareciera imposible de imaginar, todo aquello antes había sido un barrizal en el que habíamos aprendido a cuidar renacuajos. Le hablé de nuestro único superviviente, de la rana pequeña a la que le dábamos pan mojado con leche para comer, como si fuera un pájaro.

—Claro que no se lo comía. O al menos nunca lo hizo delante de nosotros.

—¿Qué le pasó a la rana? ¿Se murió intoxicada, entonces?

—Debió de estar a punto, pobre. Tendríamos que haberle dado lechuga, hierbas... Pero si nos hubieras visto a Pablo y a mí haciéndole papillas, puedes imaginarte. Bueno, a los tres días murió. Mi madre dijo que le había picado una abeja.

Se empezó a reír, asombrado, y luego me miró: no entendía que yo no me estuviera riendo también.

—¿En serio dijo eso, Laura?

—Sí.

—Pero ¿cómo? —volvió a preguntar.

—Mi madre dijo que había visto cómo una abeja había venido y le había picado a la rana. Y que como era tan pequeña, se había muerto.

Entonces empecé a reír yo también. Era absurdo, pero nunca había puesto en duda una historia a todas luces inverosímil. Y no lo hice porque lo había dicho mi madre.

Meses después, Diego y yo comimos un día con mi madre en Barcelona y él sacó a relucir aquella vieja anécdota. Mi madre, como antes Diego, no podía dejar de reír.

—Pobrecita —dijo, y no supe si lo decía por la rana o por mí—. Sabes, la dejé libre. Era muy pequeña y se fue dando saltos la mar de contenta.

—Pero ¿por qué dijiste que murió?

—Simplemente quería que os olvidarais de animales por una temporadita.

—¿Y te inventaste esa historia? Pablo tuvo pesadillas con las abejas desde ese día...

—Bueno..., ¿con qué no tenía pesadillas tu hermano?

Diego cambió rápido de tema, vio que era mejor no seguir por ahí. En mi familia ocurría que a veces un asunto banal, tan insignificante como aquel, abría la caja de los truenos. Entonces entendí que aquella historia de la abeja y la rana estaba unida a esa otra historia que yo no había contado nunca: una historia alrededor de un cuadro que tenía el cielo rojo, y que pertenecía a la otra gran serie de pinturas de mi madre. La de *Eivissa vermella*.

21

La noche del 25 al 26 de enero de 1938, una aurora boreal roja cubrió los cielos de Europa, Estados Unidos y Canadá. Los más supersticiosos quisieron ver en ese fenómeno natural una señal inequívoca de los horrores que se avecinaban. Decían que, sin lugar a dudas, era un castigo de Dios que ya había anunciado la Virgen de Fátima en 1917. Científicos londinenses anotaron que la aurora fue la más impresionante del siglo xx. Hubo incluso científicos de la Universidad de Grenoble que apuntaron que Europa occidental no había visto una manifestación similar desde el año 1709.

Se trataba de un fenómeno muy raro que aún resultaba más singular dada esa fantasmagórica luz roja propiciada por la emisión de oxígeno y nitrógeno en una particular composición espectral.

Muchos vieron sangre en el cielo. Otros, un posible incendio que llegaba de lejos. En Holanda celebraron aquel color naranja rojizo como un homenaje a su color nacional. Fuera como fuese, un mes y medio más tarde el ejército alemán entró en Viena. El mundo comenzó una guerra peor que la del 14 que dejaría cuarenta millones de muertos, setenta millones de heridos y una masa de sufrimiento emocional y físico que se extendería durante siglos por la conciencia de Occidente. Quizá no estaban tan equivocados los que vieron en aquella luz el destino que se cernía lentamente sobre la humanidad.

Mi madre no creía en supersticiones, pero sí leyó aquella historia de la aurora boreal rojiza y la utilizó en la primera gran exposición pictórica que realizó en la isla.

Cuando estaba a punto de dar a luz a Pablo, terminó de pintar un cuadro extraño, influido por estas luces rojas que venían del norte. Se trataba del puerto de Ibiza, con Dalt Vila a la izquierda, el faro de Botafoc a la derecha, el barrio de la Marina a los pies y, enfrente, las barcas de Formentera. El cuadro mezclaba pasado y presente. Pero había pintado el cielo rojo. Ganó el premio del Ayuntamiento de Ibiza; durante años apareció en algunos folletos turísticos de la isla. El cielo rojizo, anaranjado conforme se acercaba a las siluetas de las casas, parecía una amenaza. A ella le encantaba la llegada al puerto de Ibiza y lo había pintado en numerosas ocasiones, pero aquella vez le cambió el color al cielo y lo transformó en un mar de sangre que contrastaba con el azul casi turquesa del agua. Parecía que hubiera dos fuerzas y una colisión.

Cuando lo terminó, mi padre la increpó diciéndole que su arte se nutría siempre de fantasías absurdas, que necesitaba leer cosas extrañas acerca de auroras boreales rojas o peces barbudos que sobrevivían en las profundidades del mar para poder copiar y pintar.

—No ofende quien quiere, sino quien puede —se limitó a contestarle ella.

Muchos años después, le regaló aquel cuadro de la serie a Pablo por su veinticuatro cumpleaños. Era, después de todo, el cuadro de un ocaso. Mi padre, que solía entrever un significado oculto en las cosas, siempre relacionó aquel cuadro con lo que ocurriría.

Mi madre tardó casi tres años en terminar la serie. Los cuadros ofrecen distintos perfiles de la isla: los tambores de Benirràs, el atardecer desde Sant Antoni, un banco del pueblo de Sant Joan, justo delante de donde hoy está The Giri Café, o la iglesia de Santa Gertrudis. En todos, la mayoría pintados al óleo, predominan las escalas de grises, como si los hubiera pintado en blanco y negro. La monotonía cromática solo estaba rota por el rojo. En cada uno de los lienzos se colaba algún elemento de ese color: el marco de una ventana, la cruz de la iglesia o el mar que lentamente iba engullendo la arena. Solo en el cuadro principal había otro color más, el azul del mar, que contrastaba con el rojo del cielo.

Con los años, hasta que se marchó, mi madre fue cada vez más conocida en Ibiza. No solo se dedicaba a pintar para exponer, sino que recibía encargos, retratos que le pedían los turistas, o participaba en concursos. En su estudio se acumulaban cada vez más lienzos, esbozos y proyectos.

La inauguración de la serie *Eivissa vermella* fue uno de los días más felices de su vida. La había organizado en la galería Van der Voort, en Dalt Vila. Recuerdo los preparativos, y haberla ayudado a cerrar sobres para mandar invitaciones. Y su nerviosismo.

Yo era apenas una niña. Estábamos ahí, los tres. Mi padre, a regañadientes, Pablo, como loco de contento porque había estrenado unos zapatos de niño mayor con cordones.

No recuerdo haber visto nunca a una mujer más guapa que mi madre aquel día. Se había puesto un vestido verde esmeralda abierto en la espalda. Llevaba el pelo recogido en un moño alto, y se le caían algunos mechones que iba recogiéndose con coquetería. De las orejas le colgaban unos pendientes de aro pequeño, con una minúscula piedra preciosa. Pero sobre todo eran los ojos; la mirada. Estaba distinta.

Nada más llegar a la galería, mi padre y ella discutieron. La escena fue extraña, porque no solían pelearse en público. Poco después llegó aquel otro hombre, al que años más tarde, en Formentera, fingí no haber visto. Vi cómo entraba en la sala y observaba a mi madre. Mi padre también lo vio. Entonces la arrinconó disimuladamente en una esquina, cerca de donde estábamos nosotros. La agarró del hombro mientras le decía algo. No sé qué le respondió mi madre. Pero lo cierto es que mi padre se fue. Lo vi marcharse, desaparecer a través de las puertas de cristal. Mi madre se me acercó entonces para decirme que me quedara quieta, sentada con mi hermano en los bancos de la entrada, y que pronto llegarían sus amigos Elvira y Mario, propietarios del restaurante Es Cubells, muy cerca de donde mi madre tenía el estudio. Nos habían traído *orelletes* para merendar.

Me estaba aburriendo, mi hermano era demasiado pequeño. Le dije que no se moviera y me fui a investigar por mi cuenta. Me colé en el baño de hombres, oí a una pareja que decía que mi madre tenía un estilo lúgubre y deprimente.

Cuando terminé de inspeccionar aquel rectángulo sin secretos me di cuenta de que, a lo lejos, Elvira me buscaba con la mirada. Salí a la calle y, después de dudarlo unos segundos, me adentré en un bar. No había nadie en la barra aunque sí un par de copas vacías. Se escuchaba trajín en la cocina y me dije que aún estarían abriendo.

Hacia el fondo vi una escalerita de caracol y decidí subir a ver qué había en el piso de arriba. Me detuve. Se escuchaban unos murmullos. Seguí subiendo sigilosamente y al llegar pude vislumbrar un balcón abierto, y al acercarme lo vi.

Aunque puede que no fuera exactamente aquello lo que vi. Que el vestido no fuera su vestido, que no fuera verde sino violeta. Que él no fuera él y ella no fuera ella. Que solo fueran dos personas anónimas que se parecían mucho a mi madre y a su amigo Gael.

Vi un balcón que daba a la calle, y en el balcón estaban ellos dos. Él, de espaldas a mí, le cogía la cara entre las manos y la besaba. Ella tenía las manos en su cuello, y estaban tan juntos como podían estarlo dos personas. La besaba, y ella lo besaba también. Había en esa escena algo difícil de comprender para una niña de mi edad, algo que me repugnó: no quería ver a mi madre besando a un hombre que no era mi padre.

Me di la vuelta y no supe qué hacer. Escuché de nuevo esa risita que se parecía tanto a la de mi madre. Entonces corrí, de nuevo hacia la planta de abajo, salí a la calle y volví a la galería. Cuando Elvira me vio la cara, me preguntó qué había ocurrido.

—He visto a mamá.

Su mirada, los ojos abiertos, alerta. Su ofrecimiento de llevarnos a dar una vuelta a Dalt Vila para ver el atardecer desde la muralla mientras la inauguración terminaba.

—No quiero ir a ningún sitio —dije.

Elvira lo sabía y la protegía. Más tarde, cuando ya quedaba muy poca gente en la exposición, me acerqué a mi madre. Volví a ver aquella mirada de felicidad y sentí miedo. Y asco.

—Estabas con un hombre en un bar —le dije.

—¿Con un hombre?

—Te he visto.

No se alteró.

—Laura, he estado aquí todo el rato. Con los cuadros, con los galeristas. No hay ningún hombre. ¿Cómo quieres que me haya ido a un bar?

—Era rubio y tú eras tú.

—¿Y qué más? ¿Cómo era su cara?

Pero yo no le había visto la cara.

—No era yo. Había una mujer muy parecida a mí. Era la mujer de este hombre que dices.

—No, mamá. La mujer tenía tu mismo vestido. Eras tú.

Entonces hizo algo que nunca había hecho: me pegó una bofetada.

—No vuelvas a decir mentiras nunca más. No juegues con estas cosas, Laura.

Aquella fue la única vez que alguien me ha abofeteado. Me quedé tan asombrada que no fui capaz de reaccionar. Al rato Elvira nos sacó de la inauguración, y al irnos mi madre se acercó y me pidió perdón. Cuando llegamos a casa me encerré en mi habitación porque no quería hablar con nadie, y no sabía si lo que me dolía más era la bofetada o lo que había visto. Mi madre volvió pronto y se sentó a los pies de mi cama. Odiaba aquel olor dulzón a alcohol.

—Había una mujer muy parecida a mí, Laura. Siento haberte pegado. ¿Le has visto la cara a ella?

—No.

—¿Te has fijado en cómo iba vestida?

—No sé.

—¿No crees que sería un poco irresponsable por mi parte dejaros ahí solos e irme con un hombre?

Asentí.

—¿Y papá? —le pregunté.

—Claro, ¿qué te parecería que me fuera con un hombre y tu padre estuviera ahí?

—Pero se acababa de ir.

—Escúchame, Laura. ¿Tú confías en mí?

—Sí.

—Entonces prométeme que te olvidarás de eso. Solo era una mujer parecida a mí.

Me abrazó, me dio un beso en la cabeza y se marchó. Antes de cerrar la puerta, se volvió hacia mí y me dijo:

—No juegues con esas cosas de mayores. Pablo tendría un disgusto muy grande si se enterara.

No pude dormir aquella noche. Veía al hombre rubio de espaldas, su cazadora de cuero marrón. Veía la fuerza con la que la agarraba, como si no pudiera hacer otra cosa, como si aquello fuera un acto fruto de la necesidad y no de la voluntad. Como si todo lo que los rodeaba no existiera.

También la veía a ella, a aquella mujer parecida a mi madre. Sus manos en la nuca de aquel hombre. Escondí la cabeza en la almohada y lloré silenciosamente para no despertar a nadie.

No quería hacer daño a los demás.

22

Mi padre despreciaba la pintura, incluso la fotografía. La imagen era para él un territorio desprovisto de inteligencia, algo estúpido e infantil. A su entender, el verdadero arte estaba en lo velado: en las palabras. La palabra podía ser rebatida con la palabra; la imagen, no. Había combatido toda su vida utilizando aquella arma, las palabras, porque era el único terreno en el que sabía defenderse.

Conforme pasaba el tiempo, fui teniendo cada vez más la impresión de que en realidad envidiaba a mi madre. Era cierto que *Todo es una isla* le había encumbrado como pensador, como intelectual, pero mi padre no dejaba de ser eso que los ingleses llaman *one-hit wonder:* había publicado un único libro, que lo hizo inmensamente famoso durante un breve periodo, pero después vivió de las rentas pensando que el éxito no tardaría en llamar de nuevo a su puerta.

Fue mi madre la que logró tocar con los dedos esa magia que no lo rozó a él ni de lejos: la del arte, la de la creación.

Una vez, cuando yo ya había empezado a trabajar en la editorial, mi padre me envió un email en el que adjuntaba un documento llamado «Minúsculas». Era un libro que había escrito un amigo suyo. *Me ha pedido que, como tú trabajas en una editorial..., a ver si puedes darlo a leer. Es un favor que le debo, ¿lo harás?* Con curiosidad abrí el documento, que incluía una sinopsis que contaba, en breves líneas, la historia de la novela: un hombre que, después de que lo abandone su mujer por un viejo amigo de la infancia, se marcha a vivir a unas minúsculas islas de Alaska. De ahí el título.

No quise leer ni una página, y estuve días dudando qué hacer hasta que se lo pasé a un compañero, editor de un sello más literario, que tenía buen olfato. Su respuesta no tardó en llegar: *Se nota que el tipo debe de estar acostumbrado a escribir ensayos, pero en ficción es demasiado pretencioso. Solo he leído cincuenta páginas pero me basta. No cuenta más que la obsesión de un hombre por la que ha sido su mujer durante muchos años; está lleno de rencor y de cursilería.*

Escribí a mi padre para decirle que en la mayoría de los sellos en los que podría tener cabida el manuscrito tenían ya la programación cubierta para el año siguiente y que, en tiempos como los que corrían, era muy difícil llegar a publicar siendo autor novel. Pero me sentí culpable. Sobre todo cuando él me escribió de vuelta: *¿Pudiste leer algo tú? ¿Qué te pareció?* Ahí le dije la verdad: que no había querido leerlo.

No volvimos a hablar del libro de su amigo. El hecho de que mi padre hubiera escrito una novelita cursi me producía una mezcla de vergüenza y tristeza.

Mi madre y Pablo, en cambio, compartían ese don: el del arte. Ella dejó de pintar muy pronto, cuando se marchó de Ibiza. Al volver retomó los retratos que hacía por encargo, vendió algún cuadro más, dio clases de pintura. Pero nunca logró exponer ninguno de sus cuadros nuevos, y sus grandes creaciones siguieron siendo las series de *La foscor* y *Eivissa vermella,* cuyo cuadro más famoso estaba desde hacía años encerrado entre las paredes de la colección permanente del MACBA, en Barcelona.

Pablo heredó el talento de mi madre y lo transformó en algo más puro, más genuino.

A los doce años le pusieron aparatos en los dientes, y él insistió en ponerse todas las gomas de los *brackets* negras. Lo fotografiaron en el colegio, después de concederle el premio al mejor proyecto artístico de España. Ganó en la categoría de doce a catorce años con una creación llamada *El puente de los miedos.* Era un puente construido con tablas de madera unidas con cuerdas. Las tablas se tambaleaban, costaba pasar de una maderita a otra. En cada una de ellas, con una bella caligrafía roja, Pablo había escrito palabras como: Muerte, Divorcio, Locura, Desamor, Inteligencia.

En la foto del *Diario de Ibiza* aparece sonriente con sus *brackets* negros y su pelo rubio en medio del puente, sobre la maderita en la que apenas se lee Locura.

Le hicieron una entrevista y el periodista le preguntó por qué había escrito Inteligencia. Él respondió que el exceso de inteligencia convertía a las personas en monstruos. El periodista se volvió entonces hacia mí y me preguntó si yo también hacía algo. Sacudí la cabeza.

—Seguro que lo haces y no te das cuenta.

23

Cuando se casaron, mi padre no le regaló ningún anillo a mi madre. Le compró un estudio en Cala d'Hort. Cuando volvieron de la luna de miel en la Polinesia francesa, mi padre le entregó un sobre con las llaves.

Hasta el momento, ella nunca se había podido dedicar a pintar. Había estudiado una carrera que no le gustaba y siempre fue, como ella misma decía, una chica de ciudad, pero había accedido a mudarse a Ibiza para acompañar a mi padre en sus investigaciones posdoctorales sobre la isla y aquello se había convertido en una oportunidad para poder dedicarse a su vocación: la pintura.

El estudio ocupaba toda la tercera planta de un angosto edificio adyacente al hotel El Carmen. Se accedía por una escalera externa que lo hacía independiente de las otras plantas.

Cala d'Hort miraba al islote de Es Vedrà. En un extremo de la cala, había unas casitas de pescadores que parecían cinceladas en la roca. Por detrás del hotel, siguiendo el empinado camino de tierra, se llegaba en pocos minutos a Es Cubells, un pequeño pueblo construido alrededor de una iglesia sobre el mar.

El lugar que más nos fascinaba a Pablo y a mí de Ibiza era Es Vedrà. Mi madre nos contaba que la iglesia de Es Cubells, pequeña, encalada y con contrafuertes en los laterales, pudo construirse gracias al impulso del religioso carmelita Francesc Palau, que pasó largos periodos viviendo como un ermitaño en el islote de Es Vedrà.

Bebía el agua de lluvia almacenada en una cueva y se alimentaba de huevos de gaviota. Mi madre pintó esa pequeña isla y también hizo un esbozo de Palau. Pablo le pedía que le hablara de esos huevos de gaviota —«son más grandes, tienen más amarillo que blanco»— y le insistía en conocer la cueva. Aunque las dos sabíamos que lo decía por decir.

La isla se volvía más y más inquietante a medida que se acercaba la noche, y mi madre nos contaba que allí sucedían cosas extrañas. Una vez papá y ella habían navegado entre Es Vedrà y Es Vedranell, y justo cuando la pequeña embarcación pasó entre los dos islotes, observaron cómo las agujas se volvían locas en los controles de navegación.

Buscó un artículo en la hemeroteca, lo fotocopió y nos lo leyó:

El 11 de noviembre de 1979 (a las 11 p. m. del día 11 del mes 11), un avión Super-Caravelle de la compañía TAE que se dirigía desde Palma de Mallorca a Canarias con ciento nueve pasajeros a bordo tomaba tierra precipitadamente en el aeropuerto de Valencia «a causa de un ovni». Los pilotos afirman que les persiguieron «varios puntos de luz roja, que subían y bajaban de una forma no convencional», destacaba al día siguiente un periódico. Con quince años de experiencia y más de ocho mil horas de vuelo, Tejada, el comandante del avión, aseguraba haber realizado el aterrizaje de emergencia en el aeropuerto de Manises «ante un riesgo real de colisión».

Es Vedrà había adquirido propiedades de acumulación de energía cuando se separó de Ibiza y pasó a formar, junto con el peñón de Ifach, en Alicante, y la costa suroeste de Mallorca, una suerte de triángulo: el Triángulo del Silencio.

—El Triángulo del Silencio ¿por qué, mamá? ¿Nadie habla en Es Vedrà?

—No, es un decir. Se lo ha inventado el periodista para dar miedo —dijo mi madre.

Pero yo le repetí la pregunta un momento en que nos quedamos solas.

—¿Por qué lo del silencio, mamá?

—Los tres vértices del triángulo forman una entidad extraña. Es como el Triángulo de las Bermudas, ¿te acuerdas? Barcos desaparecidos, misterios... Pero nadie quiere hablar. Los triángulos son figuras extrañas, ¿no crees? Y más los silenciosos.

24

Para mi madre, su estudio no era nada del otro mundo y, sin embargo, para Pablo y para mí era todo lo contrario: un lugar completamente fuera del mundo.

Al entrar había un tablón sobre dos caballetes, y encima, papeles sin orden, bocetos y libros. También había dos sillas de madera, incómodas, pero mamá puso un par de cojines para cuando fuéramos de visita.

En la pared colgaba un corcho con recortes de exposiciones, postales de sus cuadros favoritos y alguna polaroid muy antigua. Estaba esa foto mía saltando encima de una cama elástica. La de Pablo soplando las velas de su segundo cumpleaños. Y la de su amig Gael, él pasándole el brazo por encima de los hombros, cuando eran adolescentes. Rubios y morenos los dos, como en un anuncio de protector solar.

Por el suelo, retales, revistas, bocetos. Después estaban los botes de pintura a medio utilizar, brochas —algunas ya secas—, pinceles de distintos tamaños. Acuarelas.

Al fondo del estudio, frente al ventanal desde el que se veía Es Vedrà, había un sofá pequeño de piel marrón y, en una esquina, un televisor viejo que antes había estado en la cocina de casa. Ella no utilizaba el televisor, pero lo tenía allí para cuando nosotros nos cansábamos de pintarrajear. Hubo muchas tardes de domingo en el estudio. Sobre todo en invierno, cuando el frío o la lluvia nos impedían ir a nuestra playa o a jugar con los vecinos. Mi madre compró también un aparato de vídeo y así, cuando nos poníamos pesados, como decía ella, elegía alguna «educativa». Dentro de esa categoría cabía de todo: documentales sobre los animales del desierto del Kalahari, la vida de los últimos gauchos de la Pampa, o la vida de algún pintor que nadie conocía. En definitiva, cualquier cosa que pudiera aburrir mortalmente a dos niños que solo querían ver *Terminator*.

—*Terminator* es una película muy violenta. Papá se enfadaría.

Pero mi padre se enfadaba por cualquier cosa cuando volvíamos de estar en el estudio. No le importaba que viéramos documentales u obras de cine experimental. Solo quería atacar a mi madre. Lo curioso era que mi madre ni se inmutaba, parecía extrañamente tranquila ante sus agresiones. Entre ellos no había peleas propiamente dichas, solo un muro. Las pelotas envenenadas que lanzaba mi padre le retornaban a él. Como un búmeran.

A mi madre, al contrario que a mi padre, le gustaba el cine. Muy de vez en cuando nos ponía alguna película para mayores: «Prohibido decírselo a papá», nos advertía. Le gustaban las historias de amor: *Lo que el viento se llevó, Casablanca, Tal como éramos*.

Mi padre se dedicaba a ver clásicos para poder hablar de ellos. Billy Wilder, Alfred Hitchcock o Akira Kurosawa, pero le ocurría igual que con la música: no tenía el menor gusto y prefería ir a lo seguro. Lo había sorprendido un par de veces roncando en el sofá de su despacho: una con *Vértigo* y la otra con *Carta de una desconocida*. Eso sí, cuando la ocasión lo requería, citaba diálogos enteros de *Terciopelo azul* o decía que *El padrino* era la única gran obra maestra de la historia del cine. También construía críticas para que los demás pensaran que era un tipo que nadaba a contracorriente. Decía cosas como que después de *Badlands* Terrence Malick no había hecho nada relevante o que a Ingmar Bergman deberían haberle prohibido coger una cámara, porque no era más que un filósofo frustrado que rodaba películas pretenciosas que ni siquiera él mismo entendía.

Nosotros, claro, no teníamos la más remota idea de quién estaba hablando. Lo más sueco que Pablo y yo cono-

135

cíamos eran ABBA o Roxette. Pero él dominaba a la perfección el arte del ataque dialéctico. En eso siempre venció a mi madre, que era, como luego se demostraría, mucho mejor en el campo de la acción.

Marcharse cinco años tuvo poco que ver con la dialéctica.

Uno de esos domingos que pasábamos en su estudio, vimos una película las dos solas: *Peggy Sue se casó,* de Francis Ford Coppola. En ella, una jovencísima Kathleen Turner hacía el papel de una cuarentona a la que por extrañas circunstancias se le permite viajar al pasado para enmendar sus errores y cambiar el rumbo de los acontecimientos de su vida. Peggy se planta veinte años atrás —sabiendo que en el futuro va a divorciarse del que entonces es su novio— y, contra todo pronóstico, en vez de casarse con el chico listo de clase, recuerda por qué se enamoró del que luego sería su marido. De manera que se vuelve a casar con el hombre que unos años más tarde le sería infiel. Cuando despierta de ese trance que la lleva a sus años de juventud, nada ha cambiado, pero esa fugaz visita al pasado le ha servido para reencontrarse con las razones que la han llevado a donde está.

Yo tendría diez años, no más, y Pablo estaba en casa, enfermo. Estuvimos las dos calladas hasta que la película terminó.

—¿Crees que algún día inventarán la máquina del tiempo? —le pregunté.

—No lo creo.

—A mí me gustaría. Para ir al futuro.

—Ya.

—¿Tú harías como Peggy? ¿Te casarías con papá otra vez?

—¡Claro que sí! Si no, ¿dónde estaríais vosotros, eh?

Pero supe que me estaba mintiendo. Ella nunca habría vuelto a casarse con mi padre, y en realidad yo, si fuera ella, tampoco lo hubiera hecho.

Desde que vi esa película empecé a soñar con inventar uno de esos artilugios para que mi madre se casara con la persona adecuada desde el principio. Soñaba con esos padres que van a buscar a sus hijos al colegio en un coche rojo y bonito, con una madre que nos trajera la merienda envuelta en papel de aluminio. Pero lo cierto es que mi madre nos fue a buscar al colegio en contadas ocasiones, y dejó de hacerlo definitivamente después del Carnaval de 1991. Aquel día se convirtió en otra de las fechas oscuras de la familia, marcadas en nuestro calendario imaginario.

Carnaval cayó en viernes aquel año, y en el colegio habían organizado una fiesta que empezaba a las tres de la tarde, hora en la que todos los niños teníamos que ir al colegio ya con nuestros disfraces. Era emocionante, sobre todo por el hecho de que no llevábamos el uniforme. Aquel era el primer año de Pablo en el colegio y yo había decidido que lo íbamos a vestir de pollito, y así se lo dije a mi madre. Se suponía que el disfraz era parte de la clase de manualidades y que nos lo teníamos que hacer nosotros mismos en casa, pero como mi madre no había podido ayudarnos y mi padre estaba en Frankfurt, fuimos a por unos leotardos y un maillot blancos para Pablo y encima pegamos un montón de plumas amarillas que conseguimos en la tienda de juguetes. En un gorro de plástico de piscina seguimos pegando plumas amarillas. Le compramos unas zapatillas Victoria naranja de su minitalla, y mi madre le hizo un pico con una cartulina del mismo color.

Insistí en comprarme un vestido de flamenca. Y así lo hice.

Mi madre nos llevó al colegio en coche. Pablo iba feliz con sus plumas. Enclenque y sonriente, cada vez que le mirábamos hacía: *piu piu.* Yo iba asfixiada —porque era un poco pequeño para mí— en un vestido de licra roja con enormes topos blancos y unos volantes de lo más vistosos. Llevaba unos zapatos con un poco de tacón y me sentía mayor. Por primera vez me había pintado los labios subida en un taburete frente al espejo del salón, y sin querer dejé unas marcas en la pared. Me había perfilado los labios sin salirme de la raya, bajo la atenta mirada de mi madre, y ella me había dibujado un lunar marrón sobre el labio, como Cindy Crawford. El remate lo daba una enorme flor que llevaba prendida con mil horquillas en el centro de la cabeza, como si toda yo me hubiera convertido en un geranio dentro de una maceta.

—Sabéis que sois los niños más guapos de toda Ibiza, ¿no? A las cinco os vendremos a buscar papá y yo. Lo recogeré en el aeropuerto, y luego podemos ir los cuatro a merendar.

A mi padre le parecía muy guapa Cindy Crawford y yo me había pintado su peca: se la enseñaría y estaría orgulloso de mí.

La fiesta fue divertida. Terminó a las cinco y todos los padres vinieron a buscar a los niños. Yo estaba acostumbrada a que Ángeles, que era la mujer que siempre se ocupaba de nosotros cuando mi padre estaba fuera y la que nos recogía habitualmente, viniera a por nosotros un poco más tarde. Estaba acostumbrada también a que los días en que venía mamá, que eran muy pocos, había que tener paciencia porque siempre llegaba tarde. En esas ocasiones se quedaba con nosotros una chica joven llamada Rebecca, que era la profesora de parvulario.

Yo trataba de disculpar a mi madre, inventaba excusas para ella: que estaba en el médico, que los abuelos estaban enfermos, que estaba trabajando mucho, que igual se le había averiado el coche. Pero aquella tarde de Carnaval ya había pasado una hora y nadie había venido. A Pablo le empezaba a apretar demasiado el gorro de piscina, y se quejaba de que las plumas le picaban.

—Tienes que dejarte el gorro puesto. Tenemos que darle la sorpresa a papá.

Al ver que eran más de las seis y mis padres aún no habían llegado, le dije a Pablo que nos escaparíamos e iríamos solos a casa para darles una sorpresa aún mayor.

Aún no había cumplido los cuatro, pero era un niño muy obediente. Y en un momento en que Rebecca se fue al baño, aprovechamos para salir corriendo.

Corrimos, y cuando ya estábamos a una distancia prudencial del colegio empezamos a andar rápido.

Me sentía libre. Sabía que estaba siendo desobediente y aquello me causaba emoción. Ya habíamos dejado atrás las inmediaciones del colegio y no había peligro, pero le insistí a Pablo en que no podíamos bajar la guardia. El corazón me latía muy deprisa, no tenía ninguna noción de si aquello que había hecho estaba bien o mal. De la carretera de Sant Josep, donde estaba el colegio, hasta casa habría una hora y media andando, no más. Había un trozo de carretera un poco delicado, la carretera del aeropuerto, pero ya nos las arreglaríamos. Había que ir hacia Sant Jordi. Pero me equivoqué de calle y ni siquiera llegamos a Can Sala o a Can Tommy, donde merendábamos a veces. Tampoco al cementerio, que marcaba el final del pueblo y la entrada a la carretera del aeropuerto, y nuestro desvío hacia Las Salinas. Pablo iba agarrado de mi mano. Nos perdimos por un reguero de calles con casitas payesas con naranjos y pozos.

—No quiero andar más —dijo Pablo—. Estoy cansado.

Me enfadé y le dije que era un cobarde; aquello era una aventura y se estaba comportando como un niño miedoso. Pablo se puso a llorar.

Una señora nos paró para preguntarnos adónde íbamos. «A casa», dije, y cogí a Pablo de la mano y eché a caminar otra vez. Continuamos un rato más, Pablo ya arrastrándose, hasta que llegamos al polideportivo de Can Guerxo.

Haciendo un esfuerzo por no echarme a llorar, entré con Pablo en un restaurante frente a la pista de básquet, Can Cardona. La mujer que atendía enseguida salió del mostrador para preguntarme qué nos pasaba, y yo le dije que quería ir a La Xanga.

—¡Pero cómo vas a ir tú sola hasta ahí! ¿De dónde venís?

—Del colegio.

—¿Dónde están tus padres?

Entonces me puse a llorar.

—No llores, bonita. Que ya verás como los vamos a encontrar. Dime el nombre de tu colegio.

Se lo dije y llamó. Efectivamente, en el colegio habían dado el aviso a la policía de que habían desaparecido dos niños y nos estaban buscando. La mujer nos hizo sentar en un banco y nos dio un donut de chocolate a cada uno. Pablo se lo comió. Yo no. Estaba desconsolada, y la flor apenas se me sostenía en la cabeza. Los pendientes de plástico me dolían y me los quité. Volví a llorar, mientras Pablo se quedaba dormido en el banco.

Mi padre no tardó en llegar. Irrumpió en el bar casi sin aliento.

—¡Laura!

Me abrazó fuerte. Tanto que pensaba que no podría respirar. Me miró y me limpió los mocos, que se habían mezclado con las lágrimas y el resto del maquillaje.

—No me vuelvas a hacer esto nunca más.

Pero yo no podía decirle que quería llegar a casa para que me viera la peca a lo Cindy Crawford. Así que me aguanté de nuevo las ganas de llorar. Mi padre cogió a Pablo en brazos y le dijo a la mujer que nos había cuidado que no sabía cómo agradecérselo.

—Mi mujer se ha puesto muy enferma y no ha podido ir a por ellos. Yo acabo de llegar de viaje.

Nos metió en el coche y me miré en el reflejo del cristal. La peca se me había ido y solo quedaba una mancha negruzca en la mejilla.

—¿Qué ha pasado?

—Mamá dijo que vendríais los dos e iríamos a merendar.

—No vuelvas a irte nunca más sin avisar. Había mucha gente preocupada. Han llamado a la policía. Podría haberos pasado algo...

Me miraba muy serio. Amenazante casi. Pensé que me iba a gritar, que me iba a castigar, pero no hizo nada de eso.

—¿Quieres ir delante conmigo, como si fueras mayor?

Asentí, emocionada.

—Entonces no puedes llorar ¿eh?

—Papá...

Me miró y me atreví a decírselo.

—Mira, me había pintado una peca como Cindy Crawford porque a ti te gusta.

Me sonrió con tristeza.

—No digas tonterías.

Me fijé y ya no quedaba rastro de ella; era imposible pensar que ese borrón de maquillaje antes había sido un bonito lunar.

Puso el coche en marcha, pero no fue a casa. Pasamos por Can Tommy y nos compró una bolsa de patatas onduladas, las que a mí me gustaban, a cada uno. Eran casi las ocho, la hora de cenar. Pero le dio igual.

—Ten, pollito —le dijo a Pablo.

Pablo, medio adormilado en su sillita, volvió a hacer aquel ruido, *piu piu*.

Aquella fue una de las únicas veces a lo largo de toda mi infancia en que sentí que mi padre era alguien real, de carne y hueso. Me abrazó dos veces en toda mi vida y aquella fue la primera.

Al llegar a casa, mi madre aún no estaba.

—¿Y mamá?

Mi padre no contestó. Nos dejó viendo la televisión y se encerró en su despacho para llamar por teléfono.

Desvestí a Pablo, le lavé la cara con jabón para quitarle los restos de pintura y yo hice lo mismo. Más tarde mi padre nos hizo la cena y nos fuimos pronto a la cama. Horas después oí los gritos de mi padre y un portazo. Dijo muchas cosas que no entendí. Pero una sí: borracha. Mi madre tardó dos días en regresar a casa, y nunca volvió a por nosotros al colegio.

25

Durante un tiempo, la gente a mi alrededor mantuvo silencio ante la huida de mi madre. Fingían que estaba de viaje, que volvería. Yo tenía doce años. «Cuando vuelva», se aventuraban a decir, y aquello se convirtió en una especie de mantra.

Conforme pasaba el tiempo, empecé a escuchar lo otro: lo de la antinaturalidad de una madre que abandonaba a sus hijos. En esa época en que la figura de la madre es tan importante, yo no la tenía. Es más, fui la madre de mi hermano.

Entonces empezaban a preguntarme qué había ocurrido. Siempre les respondía lo mismo: no lo sé. Motivos había muchos: el carácter de mi padre, su propia insatisfacción con la vida, dos hijos que tal vez no cumplían con sus expectativas, esa isla que la iba pudriendo lentamente. Después estaban los otros. Los triángulos del silencio. El hombre del faro, su amigo. Y el golpe, el ruido sordo que escuché antes de que ella se marchara. Pero ¿qué sabemos nosotros de los motivos de los demás? ¿Acaso conocemos los nuestros, nuestras coartadas, nuestras propias justificaciones? Mi padre nunca nos dio ninguna explicación.

—Volverá —sentenció.

Y tuvo razón. Pero entonces yo ya tenía diecisiete años y había aprendido por mí misma lo que significaba habitar una isla, lo que quería decir *ser* una isla.

La enfermedad de Pablo la trajo de nuevo a casa, pero ya no era su casa. Había vuelto totalmente cambiada: no bebía, no tenía tantos cambios de humor. Pero estaba sumida en una permanente tristeza.

«La dejé volver», decía mi padre y, en realidad, era lo que más se asemejaba a la verdad. Él le dio permiso para regresar, pero entre ellos no quedó nada más allá que una cordial enemistad que, con los años, mi padre transformó en odio, una especie de amor recalentado: el amor después del amor.

A pesar de que ella nunca volvió a vivir con nosotros en casa, mi padre no quitó sus cosas, ni siquiera su ropa, que se quedó apolillada en la parte derecha del armario de su habitación hasta que yo la llevé a Cáritas antes de marcharme a Barcelona. Supongo que mi padre albergaba una pequeña esperanza; deseaba que con los años ella diera su brazo a torcer, que lo quisiera solo a él y le profesara la adoración que le reclamaba. ¿Cómo podía no apreciarlo? Era él, Román, el hombre carismático y atractivo. Muchas mujeres hubieran querido estar en su lugar, ¿cómo no lo veía ella? Pero todo lo que él hacía era contraproducente; su inseguridad con mi madre le llevaba a reclamar amor en términos absolutos: era todo o nada. No había término medio o un acercamiento lento, que ahora creo que es, al fin y al cabo, lo único que hubiera podido funcionar entre ellos.

Las demandas de mi padre acabaron por mermar todo lo que hubiera habido entre ellos. Sé que mi madre trató de ser paciente y que, cuando volvió, intentó empezar de nuevo.

¿Qué vida le queda a una pareja así? Ella le proponía cosas pequeñas; dar una vuelta, sentarse los dos a hablar. Mi padre quería que se plantara con las maletas en la puerta de casa y que le dijera cuánto lo sentía. Cuánto lo amaba. Pero mi madre tenía su propia manera de hacer las cosas. Más lenta, más ingenua quizá. Si mi padre se hubiera acercado a ella de un modo menos agresivo, todo habría sido distinto. Pero él no sabía hacerlo.

De alguna manera —tóxica, incluso maquiavélica—, mi padre necesitaba a mi madre. La quería con un amor despótico, con la misma determinación con la que con el tiempo llegó a odiarla. Y quizá, simplemente, necesitaba que ella lo quisiera. Pero mi madre no era ya la misma, volvió arrastrando esa culpa que siempre llevan consigo los que se van e intentan regresar sin hacerlo del todo, como si estuvieran de paso después de haber dejado atrás otra vida en la que quizá, quién sabe, conocieron la felicidad.

Las culpas amarran más que el amor, y eso mi padre lo sabía. Una vez escuché una conversación telefónica de mi padre; hablaba con un amigo que estaba a punto de separarse. Decía que él nunca había querido tener un segundo hijo. Pablo había nacido con esa misión universal y redentora de los hijos que vienen a arreglar matrimonios que no se sostienen. Hay una fotografía de ese día en la que yo, seria, estoy sentada en el sofá en el hospital y sostengo al bebé, rígida, con miedo de que se me caiga. Miro a la cámara fijamente, y me da la sensación de que más que sostener al pobre Pablo lo aprieto contra mí, como una metáfora de lo que yo haría siempre con él: agarrarlo, acercarlo a mí.

Me gustaría haberle preguntado por todo eso a mi padre, sentarme con él y pedirle que me contara toda la historia, desde el inicio. Pero solo hablamos de estos temas en dos rarísimas ocasiones, y en la segunda de ellas ya era demasiado tarde.

En la primera yo estaba en mi tercer año de carrera y él había venido a dar unas clases a la universidad. Quedamos en un restaurante japonés cerca de Francesc Macià y pedimos uno de esos barcos de madera llenos de *sushi* que le gustaban tanto.

Empezó a hablar de mi madre, algo que era habitual entre nosotros. Quería saber qué hacía, dónde estaba. Si tenía novio. Cuando lo tenía, me pedía que le enseñara una foto, y si por casualidad yo contaba con alguna, comentaba: «Ah, bueno, muy funcional, ¿no?». Aquel era el adjetivo que mi padre utilizaba para los sucesivos novios de mi madre. Pero Gael no era «funcional», era «un desgraciado».

Aquel día, frente al barco de pescado, me preguntó si había vuelto con «aquel desgraciado». Le dije que no.

—Le está bien empleado. Así aprenderá. Ese tipo es una muy mala persona. ¿Lo llegaste a conocer?

—Papá, ya sabes que sí. Te lo he contado mil veces. En Formentera, cuando tú te fuiste de repente a aquel congreso...

—Pero ¿nunca más lo has visto? ¿Ni siquiera antes lo viste alguna vez?

—No. Que yo recuerde —mentí.

—Siempre he pensado que me mientes.

—¿Por qué tendría que hacerlo a estas alturas?

—Porque proteges a tu madre. Siempre lo has hecho.

—Yo apenas tengo relación con mamá. Y no sé nada de su amigo... ¿Gabriel? —fingí equivocarme.

—Gael, Laura, Gael. Sabes perfectamente cómo se llama.

—Pues eso, de Gael no sé nada. Mamá nunca habla de él.

—Qué desgraciado.

Mi padre se había tomado un par de whiskies. Me decidí a preguntárselo.

—Papá. Esa noche en que se fue mamá... Esa noche, ¿qué pasó?

Se quedó callado un instante.

—Perdí los nervios.

—Pero ¿qué pasó exactamente?

—Le hice daño —se hizo un silencio angustioso.

—¿Daño?

—Discutimos y la empujé. Cayó mal. Apoyó la mano de la manera en que no tenía que hacerlo y se rompió la muñeca por dos partes. La mano derecha. Luego... Ya sabes lo que ocurrió después. No volvió a pintar.

Entonces mi padre se cubrió la cara con las manos y se puso a llorar. Aquella fue la primera vez que lo vi hacerlo.

La familia de la mesa de al lado se volvió hacia nosotros. No sabía llorar. Se ahogaba frente a aquel barco de madera lleno de trozos de pescado crudo y de hielo a medio derretir.

No fui capaz de decirle nada. Pagamos la cuenta y nos fuimos a pasear por los alrededores. Estuvo un rato en silencio, pero después pareció olvidar la escena en el restaurante y de camino a su hotel fue detallándome su intervención en el congreso del día siguiente. No podía prestarle atención porque imaginaba la muñeca de mi madre, rota, y escuchaba el ruido sordo de la caída.

Algo cambió entre nosotros aquel día; el miedo entró a formar parte de la relación. Miedo de que le hubiera hecho algo más a mi madre.

Pensé en aquel libro de Annie Ernaux, *La vergüenza:* «Mi padre quiso matar a mi madre un domingo de junio, a primera hora de la tarde». Contaba la historia de un padre que había tratado de matar a su mujer con un hacha. La protagonista lo había visto todo. Al leer aquel relato pensé que era extraño que la autora recordara solo una emoción: la vergüenza. Entonces lo entendí, y también yo sentí una profunda vergüenza. Y tristeza por el rencor que había ido alimentando todos aquellos años.

Él tenía su inteligencia, sus teorías, sus lenguas, su dominio del hebreo, del árabe, viajes, conferencias. La sonrisa con la que salía en los periódicos, con la que clausuraba sus intervenciones en la universidad, con la que decía públicamente que Bergman era un pesado. Pero con el tiempo todos sus proyectos se fueron apagando. Él mismo lo hizo. Los últimos años habían sido demoledores. Habían retirado los fondos del proyecto de Ginebra, le habían recortado las clases en la Universidad de Barcelona y él fingía no darse cuenta de que todos esos premios, esas noticias del periódico, habían perdido su correlato con la realidad. Seguía buscándose en ellos, los seguía utilizando para contarse su vida.

¿De qué tienen cara nuestros padres? Nunca aprendemos a mirarlos bien. Quizá no tienen rostro. La persona que somos, ¿es esa? ¿La de la imagen? ¿Soy yo la chica de pelo castaño que miraba el mar? ¿La misma que tiró todos esos boquerones por el retrete? Contar mi vida, la nuestra, era eso lo que trataba de hacer. ¿Podía empezar diciendo, otra vez, que mi padre creía que Groenlandia no era una isla?

26

Durante la segunda sesión, la psiquiatra seguía manteniendo la particular escenificación de mi familia sobre la mesa de su despacho.

—¿Por qué crees que tu madre podría estar muerta, Laura?

La muñeca de madera, pelo rubio de lana amarilla, sonrisa bobalicona pintada en la cara redonda, ojos enormes, vestido rígido de tela azul, seguía tumbada en la misma posición antinatural.

—No lo sé.

—¿Quieres decir que es como si estuviera muerta en vida?

—Supongo.

—Inténtalo. ¿Qué crees que puede significar que haya tres integrantes de una misma familia que miran hacia delante y que otra, un poco más atrás, se haya caído al suelo?

—Que está muerta.

Pero mi madre estaba viva.

Muerta lo había estado unos años, aquellos en los que nacimos mi hermano Pablo y yo. Los años de Ibiza, los de «la isla envenenada», como ella los llamaba.

Muerta lo había estado tantas veces que casi no podía enumerarlas. Cuando estudió una carrera que no quería. Cuando Gael se marchó a Nueva York y la dejó, por primera vez, a sus veintiún años. Cuando se casó con mi padre. Cuando se encerró en la isla. Cuando nací yo. Cuando volvió Gael y se presentó en la exposición de mi madre: «Hola, ¿podemos hablar?», le dijo quizá. Mi padre lo vio todo, la cara blanca, el semblante de verdadero horror.

Había muerto también cuando Gael se marchó de nuevo a Nueva York.

Cuando mi padre la echó de casa. Cuando le rompió la muñeca. Cuando dejó de pintar.

Sin embargo, cuando mi padre le escribió aquella dedicatoria en *Todo es una isla: ¿Qué vas a hacer con el resto de tu vida?*, mi madre lo tuvo claro por primera vez. No escogió la muerte, sino lo contrario.

Tomó un vuelo que la llevó a ese otro lugar, Nueva York. Pensaba que sería algo provisional, un mes nada más. Luego se pondría mejor y volvería a por sus hijos.

Pero pasaron cinco años, y la mujer que regresó se llamaba también Adriana pero no era mi madre. No estaba muerta, eso era cierto. Pero la parte que aún estaba viva era como una nota al pie en un libro; por sí sola, nada. No tenía historia propia. Era una anotación al margen para que la historia se entendiera.

27

Desde aquella planta diecinueve veía cómo día a día la ciudad empezaba a vaciarse. Era pleno verano y la oficina estaba tranquila. Había tiempo para dedicarse a trabajos más creativos o reflexivos que tenían más que ver con el oficio de editor propiamente dicho. Me pasé bastantes días elaborando el índice de *The Hotel Years*, de Joseph Roth. Estábamos adaptando la edición de Granta y las páginas no coincidían con la nuestra, de manera que a menudo acababa encerrada en la oficina hasta pasadas las siete.

Había adquirido la rutina de salir a tomar un café sobre las once. Mis compañeros solían tomarlo juntos en el balcón, pero yo prefería bajar a la calle y estirar un poco las piernas. Me iba hacia un bar que estaba en la esquina, el Think Coffee, me pedía un *latte* para llevar y a paso rápido me dirigía hacia la *High Line*.

Me gustaba la idea de que una antigua vía de tren se hubiera integrado en el paisaje de la ciudad cubriéndose de verde, de fuentes. Los turistas solían detenerse justo al inicio, donde se encontraba la pintura mural en la que Albert Einstein sostiene un cartel: *Love is the answer*. Yo pensaba que era irónico que el amor fuera la respuesta aunque no supiéramos la pregunta.

Siempre llegaba al punto donde se concentraba la mayor parte de la gente, en la zona que coincidía con la Décima Avenida. Había chicos y chicas jóvenes, turistas, gente mayor en sus paseos matutinos, todos sentados en una especie de bancos de madera que formaban un mirador. Me sentaba yo también ahí, apuraba lo que me quedaba del café y me dedicaba a observar. Me sentía a gusto en aquel lugar. Podía imaginarme que eran como los asientos de un patio de butacas y desde ahí, a nuestros pies, la ciudad se convertía en un teatro en el que no ocurría nada fuera de lo corriente. La vida, si acaso. Con todo lo extraordinario que aquello tenía. Ambulancias, gente que paseaba, mujeres trajeadas que salían a fumar fuera de sus oficinas. Algún valiente que corría sobreviviendo al bochorno de la ciudad. Pero tenía algo de hipnótico, como cuando por la noche me tumbaba en el sofá y de repente me daba cuenta de que llevaba diez minutos viendo en la televisión anuncios de aspiradores y bancos para hacer abdominales.

Uno de esos días, cuando ya me había terminado el café y estaba sentada en aquel teatro particular, volví a entrar en el correo para fijarme en la luz verde al lado de su nombre. Diego existía. Pensé en escribirle otra vez, pero aún no me había contestado a mi mensaje: *No sé dónde estás.*

Quise escribirle y preguntarle si podía llamarle. Incluso empecé el mensaje. *¿Puedo llamarte?* Entonces tuve la sensación de que las relaciones terminaban justo ahí, cuando en vez de llamar preguntábamos sobre la conveniencia de la llamada. *¿A qué hora te va bien que te llame?*

Así que no le escribí, guardé el móvil en el bolso y de repente me fijé en un tipo que andaba debajo de la *High Line.* Me levanté para acercarme al cristal y me pareció verlo doblar la esquina de la Calle 19. Era él.

¿Era él?

Le veía de espaldas. Sin traje. Camiseta blanca y un pantalón azul marino. Me quedé mirándolo hasta que lo perdí de vista.

Pensé que tenía que seguirlo. Pero no, claro. ¿Por qué iba a hacerlo?

La pregunta se me apareció con crudeza: qué hacía yo ahí, aplastada contra el cristal de esa especie de teatro en aquella ciudad de cemento que no era la mía. Qué hacía yo obsesionándome con un hombre al que casi no conocía. Aquellos últimos meses había empezado a pensar en él como si fuera la respuesta a algo. A un enigma. Me faltaba, claro, la pregunta, al igual que en la frase de Einstein.

Era parecido a un pensamiento mágico: él me resolverá algo. Era lo último que me quedaba. Pero había llegado a Nueva York y no era capaz de dar ningún paso.

No, no podía ser él. Aquella era una ciudad inmensa, pero mi cabeza empezaba a verlo en todos lados.

Volví a la oficina alterada, pensando en aquel hombre de la camiseta y los pantalones azules. Había un punto de irrealidad en todo aquello. ¿Por qué no podía simplemente responderle a su email?

Al llegar a la oficina me senté en la silla del despacho. Traté de quitarme a Gael de la cabeza. También a Diego.

Volví a leer aquel post-it que me había dejado Ethan en el ordenador. Habíamos hablado de un ciclo de cine que tenía lugar en Prospect Park y en el programa figuraba aquella película que yo no había visto, *Eva al desnudo*.

—Imposible... Pero, Laura, ¡si es un clásico!

Así que en cuanto me despisté me pegó un post-it en la pantalla del ordenador que decía: *Curiosa esta vida nuestra... Las cosas que dejas caer en la escalera para subir más deprisa, olvidando que las necesitarás cuando estés arriba.*

De alguna manera, todo lo que iba encontrando, lo que me salía al paso, me parecía un mensaje dirigido a mí. Como si Ethan o cualquiera pudiera saber —pero cómo, me preguntaba— que había dejado algunas cosas desperdigadas por mi escalera. Y todo, por ir más deprisa. O por no saber hacerlo de otra forma.

Aún estaba confusa por la aparición de Gael, ya fuera real o imaginada por mí, cuando Ellen entró en el despacho y me pilló con la cabeza perdida en las escaleras, en Gael, en Diego. Todo mezclado. Traté de hacer ver que escribía en el ordenador.

—Te estoy viendo...

—Perdona, Ellen.

Se rio.

—Solo venía a preguntarte si podías ayudarnos a organizar la presentación del libro *The Collected Stories*, de Lispector. Lo haremos aquí, al lado de la oficina, en una galería de arte de una amiga. ¿Tienes tiempo? ¿Podrías echarnos una mano? Igual es demasiado trabajo para ti...

—Yo me ocupo —dije.

—Habría que empezar a mandar las invitaciones.

Cuando se fue, pensé en ponerme a redactar el texto provisional para las invitaciones. Pero me detuve en seco. Volví a pensar que tenía que hacerlo. Escribir un email. *Sé una persona normal, Laura*, me dije.

Y lo hice.

Hola, Gael

¿Qué tal? Soy Laura, sí, la hija de Adriana. Te escribo para decirte hola, porque el otro día te fuiste sin que me diera tiempo a saludarte. Si no estás muy liado esta semana, me gustaría verte. Si no puedes, nos vemos el jueves en clase.

Abrazos,
Laura

28

Nueva York es Manhattan. Pero también es Brooklyn desde que los *hipsters* se han adueñado de Greenpoint, de Bedford Avenue. Es también Queens, el MoMA PS1, donde se junta gente joven los fines de semana para bailar música que no tiene ni pies ni cabeza. Y es el Bronx, aunque nadie lo sepa. Aunque nadie se acuerde de que hay un distrito al norte, cruzando el Hudson. Pero Nueva York es sobre todo las películas que hemos visto.

Durante el tiempo que estuve allí, crucé una sola vez a pie el puente de Brooklyn.

El que durante años fue el puente colgante más largo del mundo me llevaba a los instantes iniciales de *Fiebre del sábado noche*. A *Tarzán en Nueva York*. O a aquella escena de una de mis películas favoritas, *Annie Hall*, en la que Woody Allen pasea con Diane Keaton con el puente de fondo. Ella le pregunta: «¿Me quieres?», y él responde: «Querer es una palabra insuficiente para lo que siento... Yo te adoro. Te adooooooooro, ya sabes. Es una palabra más redonda. Te adooooooooro».

Pablo y yo habíamos visto aquella película cientos de veces y, cuando nos enfadábamos por cualquier tontería, él utilizaba aquello de *Te adooooooooro,* como una expresión mágica que conseguía hacerme reír, alargaba la o hasta que se convertía en un sonido casi gutural.

Una de las últimas veces la habíamos visto también con Diego, que nos contó que el título previsto inicialmente para *Annie Hall* iba a ser *Anhedonia,* una enfermedad que impide sentir placer o alegría. Pablo lo encontró gracioso:

—Vaya, por fin entiendo por qué me gusta tanto esta película —dijo.

Ahí, en el puente de Brooklyn, con el agua bajo mis pies, rodeada de parejas haciéndose fotos con el palo *selfie,* tratando de encuadrar las vistas al sur de Manhattan, sonaba el *Te adooooooooro* en mi cabeza. Veía al Pablo de todas las edades.

Papá, ¿un puente es lo mismo que un istmo pero con otro nombre?

Los istmos son franjas angostas de tierra que unen dos áreas mayores de tierra a través del mar. Pueden unir continentes, penínsulas con continentes, una isla con un continente. O una isla con otra.

La primera vez que llamaron a mis padres del colegio para hablar de mi hermano fue por un dibujo. El título era *La familia,* y Pablo dibujó a un niño y a una niña de estatura parecida, a pesar de que yo, entonces, le pasaba más de una cabeza. El niño tenía el pelo de color amarillo Plastidecor, y la niña marrón. Estaban separados, mirando al frente. Caras redondas, ojos como botones, extremidades inusualmente largas. Cada uno tenía un brazo extendido, y los dos brazos se juntaban creando una especie de pasarela que conformaba un brazo larguísimo.

Mi hermano había tachado el título mecanografiado en la parte superior del folio y había escrito «ismos».

Mi padre y mi madre volvieron a casa con el dibujo que, según los maestros, demostraba que aquel niño estaba «muy adelantado» y que tenía «una sensibilidad especial».

Mi padre riñó a Pablo:

—¿Qué pasa, es que no sabes cómo se escribe «istmo» o qué?

—¿Lleva hache? —dijo él entre sollozos.

Mi padre puso los ojos en blanco y Pablo se marchó a su habitación cabizbajo.

Después, cuando estaban en la cocina, mi madre dijo:

—Quizá deberíamos cambiarlo de colegio.

—Adriana, ¿tú crees que puedes permitir que una maestra te diga que tu hijo es un niño índigo?

—¿Y si lo es?

—Pues no, no lo es. Ese rollo *new age* que hay en esta isla es de gente que se drogó demasiado. Más de uno se quedó colgado.

A partir de entonces, mi madre empezó a comprar libros sobre aquella hornada de niños con una conciencia superior, nacidos a partir de los setenta. Niños situados en un nivel de evolución más avanzado: los «niños índigo».

Nunca los volví a escuchar hablar de ello, pero aquel episodio fue la señal de que los demás se estaban dando cuenta de que Pablo era distinto. No tenía que ver solo con la sensibilidad; era otra cosa: él veía más allá, y lo que veía lo asustaba, lo entristecía.

Para él, su familia era un todo compuesto por dos islas; él y yo, un único territorio, los brazos extendidos que conformaban ese istmo que él no sabía escribir con te.

Todo empeoró cuando mi madre se fue. Mi padre cambió la cerradura de la puerta a los pocos días, un gesto que quería significar: «Si te vas, no podrás volver».

En el manojo de llaves que mi padre llevaba siempre encima —la del garaje, la del estudio— sacó la antigua y puso la nueva. La otra la tiró.

Esa misma noche, cuando mi padre se encerró en su despacho, sorprendí a Pablo rescatando la llave del cubo de la basura. Se asustó cuando me vio de pie, detrás de él.

—¿Qué haces?

—Es que está sola.

—¿Quién?

—La llave. ¿Me la puedo guardar?

—Pero... ¿por qué la quieres?

—Porque ya no abre puertas.

Se fue llorando a su habitación y guardó la llave en el cajón de su mesita de noche. Nunca se movió de ahí.

Supongo que siempre lo supe; él habitaba en un lugar distinto al nuestro, su cabeza se lo llevaba y ahí dentro ocurrían cosas que nosotros no veíamos. No porque fuera artista, como decía siempre mi padre, sino porque su cabeza se regía por otras leyes que no conocíamos. Se ausentaba a menudo de las conversaciones. Su mirada se ensombrecía y se alejaba. Cuando volvía en sí, le quedaba un poso de melancolía que acabó definiendo su carácter.

Al principio tratábamos de hacerle volver a nuestro lado. Reclamábamos su atención sutilmente, como si fuera nuestra culpa, como si le aburriéramos.

Mi madre decía que simplemente era un niño sensible y con «dificultades para socializar».

—¡Qué tendrá que ver, por favor! —exclamaba mi padre—. ¡El niño se va de las conversaciones, no las sigue, Adriana, date cuenta!

—Román, lo tuyo son las islas —zanjaba ella—, no la psicología.

Pero el episodio de la llave fue definitivo para mí. Entonces entendí que, más allá del discurso de mis padres, mi hermano no era un niño normal. Lloraba por una llave que se había quedado sin puerta. Por los pájaros muertos que encontrábamos en el jardín. Por los restos de comida que se tiraban a la basura. «¿Adónde van?» También se preguntaba, angustiado, si la comida del congelador eran animales muertos. «¿Y dónde están entonces sus espíritus, Laura?» También estaban sus preguntas por los monstruos debajo de la cama.

—Papá. Hay algo debajo de la cama.

—Pablo, haz el favor. No hay nada debajo de la cama. Lo que oyes es el mar.

—No es el mar. Hay algo debajo de la cama.

Aquel diálogo se repetía todos los días. Yo fingía no escuchar y hacía ver que aquello no iba conmigo y que, sobre todo, yo no tenía miedo.

Pero Pablo insistía.

—Empiezas a ser mayor, ¿me oyes? —decía mi padre—. Si puedes ir a fiestas con los demás niños, también puedes dormir con la luz apagada.

Nunca nos trató como a niños. Yo también tenía miedo. Y al volver a mi habitación, miraba rápido debajo de mi cama. Detestaba los diminutivos. Tenía alergia a los padres protectores y a los que les decían a sus hijos que los niños venían de París. Por eso, ya cansado de esos monstruos imaginarios, de los lloriqueos de su hijo, nos contó toda la verdad.

—¿Cómo estás seguro de que no hay monstruos ahí abajo, papá?

—Porque yo también los buscaba. Y dejé de buscarlos cuando supe que los únicos monstruos que hay están dentro de uno mismo.

Así era él. Hablaba de los monstruos que no desaparecían con la luz. «Son los peores.»

Pero los miedos de Pablo no eran racionales:

—En mi cabeza hay unos señores que hablan todo el rato, Laura. Me dicen cosas malas.

—Pero ¿los oyes fuera de tu cabeza?

—No, dentro.

—Eso es tu imaginación, Pablo. A mí también me pasa. Pero eso no existe, ¿vale?

Y él, tapado con la manta hasta la barbilla.

—Vale. Pero no apagues la luz.

Cuando se lo conté a mi padre, se quedó callado, meditativo. «¿Te ha dicho si los oye fuera de su cabeza?» Le respondí que no, que los señores estaban dentro. Entonces empezamos a ir todos los martes a ver a Marga, una psicóloga que le habían recomendado a mi padre y que tenía la consulta en Santa Eulària, frente al puerto deportivo.

Primero iba Pablo. Mi padre y yo lo esperábamos en un bar llamado El Puntal, yo hacía los deberes y mi padre leía. A las seis y cuarto terminaba su sesión y empezaba la mía. Así se sucedían las semanas. Marga me preguntaba:

«¿Estás enfadada con tu madre?». Y yo le decía que no, que solo quería que volviera. Me dio un libro, *El drama del niño dotado,* de Alice Miller, y me aconsejó leerlo para encontrar respuestas a lo que nos estaba pasando. Pero nunca lo hice; ya entonces prefería la literatura.

Solo fui un año, mi padre acabó por ceder a mis ruegos. Pero Pablo siguió yendo. Hasta que a los doce se intentó suicidar. Entonces mi padre, sin mediar palabra, lo cambió de psicóloga.

El trastorno bipolar no suele diagnosticarse en niños. Hasta que la personalidad no está más formada, es difícil obtener un diagnóstico claro. Eso decía Marga.

A lo largo de su infancia habíamos escuchado otras palabras: manía, melancolía, hiperestesia afectiva, taquipsiquia, desinhibición corporal y temperamental, que yo buscaba en el Akal, el diccionario de psicología que teníamos en casa. Poner palabras a las cosas siempre nos ayudó a mi padre y a mí: eran una certeza, un envoltorio con el que señalar lo que estaba ocurriendo a nuestro alrededor, a ese niño rubio que escuchaba a unos señores dentro de su cabeza.

Los miedos de Pablo fueron el primer aviso; claro que muchos otros niños padecían terrores nocturnos o dormían con la luz encendida. Sin embargo, recuerdo la seriedad con la que me hablaba, a sus cinco años, de un búho que lo observaba ahí donde fuera. Me acostumbré pronto a la presencia de aquel animal invisible, a tener que acudir a su habitación todas las noches porque había llegado el búho y no lo dejaba dormir.

Me preocupaban más los señores porque, según Pablo, no le dejaban concentrarse. Lo asustaban esas voces que acabaron por afectar su rendimiento escolar: suspendía todas las asignaturas, le costaba prestar atención.

Su retraimiento no pasaba desapercibido a los demás niños, que empezaron a darse cuenta de que el niño guapo que les gustaba a las niñas y a las madres de las niñas era raro. Empezó a quedarse solo en el recreo y se convirtió en el objeto de burla de los cabecillas de clase, que jugaban al fútbol mientras él se quedaba con las niñas dibujando.

Lo llamaban mariquita, nenaza. Y yo me sentía responsable de sus lágrimas, cada vez más silenciosas, cuando llegaba a casa. No contaba nada, pero lo veía; íbamos al mismo colegio.

Hoy lo llaman *bullying,* pero entonces no teníamos ningún nombre.

Hacia los once años, Pablo empezó a estar peor. Más ausente, más triste. Empezó, también, a clavarse la punta de las tijeras de las uñas en la cara interna del brazo. Al principio se hacía heridas apenas perceptibles. No eran más que pellizcos rosados que se transformaron después en pequeños cortes. El siguiente paso fue coger el cúter que mi padre tenía en el despacho y empezar a hurgarse en el antebrazo.

Yo no me di cuenta hasta una tarde fría del mes de marzo. Él llevaba la camisa blanca del uniforme y el jersey azul marino de lanilla. Estábamos en su habitación, y yo trataba de ayudarle a hacer los deberes de matemáticas cuando, de repente, se quitó el jersey. Entonces vi las manchas de sangre reseca en la camisa blanca. Al ver mi cara, al ver que lo había visto, se asustó y pegó los brazos al torso.

—Quítate la camisa ahora mismo, Pablo. Enséñame qué es lo que te han hecho.

—No.

—O te la quitas o te la quito yo, escoge.

Se la quitó, con miedo, y cuando vi todas aquellas heridas en batería —habría unas quince, sobre todo en el antebrazo derecho—, sentí que me quemaban los ojos y me concentré en no echarme a llorar. ¿Qué niños sádicos se dedicaban a hacerle cortes a mi hermano? ¿Desde cuándo? ¿Por qué yo no me había dado cuenta antes? ¿Qué clase de hermana no se da cuenta de que maltratan a su hermano? Le di una camiseta y nos sentamos en la cama.

—Pablo, ahora tienes que decirme, por favor, quién te ha hecho esto.

Negó con la cabeza.

—Pablo, para mí es importante saberlo. No voy a decir nada, pero solo si me cuentas quiénes son podemos hacer que esto nunca vuelva a pasar. ¿Qué más te han hecho?

Volvió a negar con la cabeza.

—Por favor, Pablo, quiero ayudarte.

Se puso a llorar, lo abracé y nos quedamos así unos minutos hasta que me dijo que quería dormir un poco, que estaba cansado. «Solo media hora.»

Me fui al salón y traté de pensar cuáles eran los siguientes pasos. Pero la situación me desbordaba por completo.

Aquella noche le puse iodo en las heridas. Le pasé una gasa untada de ese líquido marrón por los cortes. Imaginé escenas macabras para justificar aquel orden meticuloso de las heridas: varios niños lo sujetaban mientras otro le rajaba el brazo.

—¿Te duele? ¿Te lo han hecho más veces?

Negó con la cabeza, pero no me lo creí. Cuando lo acosté, le volví a pedir que me confesara quién había sido; tenía que hablar con sus profesores, y aunque no me lo dijera iría igualmente a pedirle explicaciones a su tutora.

—Tú verás, Pablo —le dije amenazante.

Al día siguiente, Pablo había deslizado una notita por debajo de la puerta de mi habitación, que era lo que solía hacer cuando tenía que decirme algo que le costaba, desde pedir perdón por algo que hubiera hecho (o que creyera haber hecho) a preguntarme si me gustaba su último dibujo. Solo ponía: «No digas nada. Soy yo».

Tardé más tiempo de lo normal en salir de la habitación, y cuando lo hice Pablo me estaba esperando en la mesa de la cocina, terminándose sus cereales de chocolate. Cuando lo vi ahí, mirándome con esa expresión atormentada, se me pasó por la cabeza que ya no lo conocía. Sentía rabia, incomprensión. Una tristeza infinita: la suya, pero también la mía. Y la culpa por no haberme dado cuenta.

—Todo estará bien, Pablo —logré decirle.

—Lo siento —me dijo.

—Saldremos de esta, ¿vale?

Asintió con la cabeza.

—Pablo... ¿Es por algo que te haya ocurrido?

Se encogió de hombros, apesadumbrado, y ese mismo día, al volver del colegio, cogí el Akal y busqué una palabra que me sonaba vagamente: autolesión

«Las conductas orientadas a hacerse daño o autolesionarse son más frecuentes en la adolescencia que en otras etapas de la vida. Habitualmente se distingue entre las autolesiones, la ideación suicida y el acto suicida...»

Ahí dejé de leer; aquello no tenía nada que ver con Pablo. Mi hermano solo estaba nervioso, un poco perdido, pero él nunca hubiera tratado de hacer algo que no tuviera remedio. Lo de los cortes, me dije, había sido otra llamada de atención, un hecho aislado.

Lo vigilé. Buscaba sangre en las camisas sucias del uniforme, como si solo pudiera hacerse las heridas donde yo las había visto. Como si no tuviera piernas, muslos. Yo solo le pedía que me enseñara los brazos y él, obediente, lo hacía. Estaba asustada, tanto que no quería ver lo que estaba pasando. Decidí no decirle nada a mi padre porque pensé que yo sola podía controlar su evolución.

Pero no hay nada que nos vuelva más ciegos y más egoístas que el miedo.

A los tres meses de aquel episodio, con doce años, Pablo se tomó un blíster casi entero de alprazolam. Mi padre se lo encontró adormecido, inconsciente, en la playa de La Xanga, entre las barcas de los pescadores.

Nunca se me había pasado por la cabeza que un niño de doce años pudiera hacer eso: no conocía ningún caso.

Pero desde luego, lo que nunca jamás se me había pasado por la cabeza era que *mi* hermano pudiera hacer eso. *Hacerme* eso.

Yo estaba en el colegio cuando ocurrió. Aquel día, Pablo no había ido al colegio porque se encontraba mal. Cuando regresé a casa vi la nota de mi padre sobre la mesa del comedor. *Estamos en Can Misses, coge un taxi y vente.* No había ninguna explicación más. Cuando llegué, me encontré con mi padre fumándose un cigarro en la entrada.

—¿Qué ha...?

—Tu hermano se ha tomado un blíster casi entero de mis pastillas de dormir —me cortó—. Quería suicidarse, Laura. El muy imbécil se tomó las pastillas y tiró la caja vacía a la basura. De milagro la vi ahí, fui a su cuarto corriendo y, como no estaba, corrí a la playa y el muy... estaba ahí ya inconsciente.

—¿Por qué no has llamado al colegio para avisarme?

—No quería hacerte correr, tú tampoco podías hacer nada.

Apagó el cigarro y lo aplastó con la punta del zapato.

—Yo no voy a poder con esto, Laura. Te lo digo. Yo no voy a poder.

Vi que tenía los ojos rojos y le temblaba la mandíbula al hablar.

—Pero... ¿dónde está ahora?

—Está sedado, le han hecho un lavado de estómago. Casi no lo cuenta, casi no lo cuenta... —y se calló—. Maldito egoísta.

Dicen que la conciencia de la muerte se adquiere de los nueve a los once años. Pablo la había tenido presente desde mucho antes, desde la muerte de Tiger. Pero eso no guardaba ninguna relación con las intenciones suicidas.

No podía quitarme de la cabeza los cortes perfectamente alineados de su antebrazo, y el silencio de aquellos meses me asfixiaba. Se lo conté a mi padre, intentando quitarle importancia. Pensé que iba a montar en cólera, que me iba a gritar por habérselo ocultado. No hizo nada de eso. Asintió y entramos al hospital.

—¿Crees que si te lo hubiera dicho antes, lo de los cortes, habríamos evitado también esto?

—No creo. Era un aviso de que algo empezaba a ir mal, muy mal. Habría ocurrido igual cuando nos hubiéramos despistado.

Ya en el ascensor, mi padre se giró hacia mí y me dijo serio:

—No puedes estar culpándote todo el tiempo. Tienes que aprender que la mayoría de las veces no tenemos ningún poder sobre las cosas que ocurren. Ni bueno, ni malo. Tu hermano está enfermo, Laura. No es tu culpa, ni la mía.

—Pero sí la de mamá.

—Ni siquiera, Laura. Ojalá pudiera decirte que sí.

29

La sombra de la muerte había pasado rozando lo que más quería: a Pablo. Mis días empezaron a girar en torno a una sola idea: no bajar la guardia ni un minuto. A partir de entonces, me dediqué a buscar posibles causas que hubieran precipitado la situación. Yo las llamaba causas pero, en realidad, la palabra era «culpables». Apuntaba datos y porcentajes en mi libreta: personalidad débil, timidez, niños reservados, dificultades sociales y falta de adaptabilidad. Problemas académicos, niños inmersos en situaciones familiares desestabilizantes. Subrayé aquello último: «Situaciones familiares desestabilizantes». Mi madre. Ella tenía la culpa.

Después del intento de suicidio, la personalidad de mi hermano cambió, como era lógico, aunque no sé si lo hizo porque lo asustó lo que había intentado hacer o porque nuestro comportamiento con él dejó de ser natural. Como si fuera una muestra de laboratorio, Pablo empezó a vivir bajo nuestras lentes de aumento.

Aquella primera noche en el hospital, velando su sueño, cuando mi padre bajó a por unas patatas le pregunté a Pablo por qué lo había hecho.

—No quiero molestar más.

La frase se quedó conmigo para siempre y se convirtió en otra de mis obsesiones: que se sintiera bien. Que bajo ningún concepto pudiera sentirse una carga.

—¿Y los cortes?

—A veces me hacían sentir mejor. Pero solo a veces.

Cuando se durmió, mi padre me dijo, con un tono que quería sonar tranquilo, que mi madre iba a volver al día siguiente.

—Aterriza a las seis en Ibiza.

—¿Qué?

—No me preguntes más. La he llamado esta mañana.

—Pero... ¿adónde? ¿Dónde está? ¿Dónde la has llamado? ¿Tenías su número?

—Siempre ha estado en el mismo sitio. En Nueva York.

Lo dijo así, directamente. Como si yo, después de cinco años de absurdo silencio, estuviera preparada para escucharlo.

—¿En Nueva York? ¿Y por qué no nos has dicho nada nunca?

—No levantes la voz, que tu hermano está dormido.

—¡Papá! —le imploré.

—Laura, tu madre nunca quiso saber nada de vosotros, eso es lo único que sé. ¿Crees que la habría tenido que llamar para pasarle el parte? ¿Comentarle vuestras notas o pedirle su opinión para los regalos de Navidad? ¿Tú crees que ella se merece algo de eso? Pues no. Que se haga cargo de las cosas. Sin embargo, esta vez he creído que tenía que avisarla. Su hijo se ha intentado suicidar.

—¿Has sabido de ella todos estos años y no nos has dicho nada?

—Muy poco.

—¡Pero cómo que muy poco! ¡Es mi madre! No me has dicho...

—¿Tú crees que a tu hermano, con lo delicado que ha estado siempre, le hubiera hecho algún favor diciéndoselo? ¿Una persona que aparece y desaparece?

—Pero yo no soy Pablo, papá, ya basta —me levanté y me fui de la habitación dando un portazo.

La noticia de la vuelta de mi madre me afectó más que el intento de suicidio de Pablo. Aunque no quisiera reconocerlo, lo de Pablo no había sido una sorpresa. Llevaba tiempo mal, aquellos últimos meses yo había sido testigo, más que nunca, de su malestar, de sus heridas, las de dentro y las de fuera.

Aquella noche no logré dormir. Tenía el susto de Pablo metido en el cuerpo, pero también bullían todas esas preguntas dentro de mí: ¿qué había hecho mi madre en Nueva York? ¿Por qué mi padre no nos había dicho nada? ¿Trataba de castigarla a ella alejándola de nosotros, o realmente mi madre nunca quiso saber nada más?

Y por último, ¿habría vuelto mi madre si hubiera sido yo la que se hubiera tragado todos esos ansiolíticos?

Apareció a las siete y media de la tarde, cuando acababan de traer la cena. Pablo se quejaba del pescado hervido.

—Es congelado. ¿Puedo pedir otra cosa?

Mi padre empezó a hacer una de sus bromas.

—Sí, faltaría más, pide jamón, anda...

Entonces llamaron a la puerta. Fueron dos golpes, y cuando mi madre entró nos quedamos callados.

Recuerdo el momento a cámara lenta. La gabardina de color beige, el pelo recogido. Gafas, llevaba gafas de carey, y un bolso rojo cruzado sobre el pecho.

Se acercó silenciosa hasta los pies de la cama de Pablo y le cogió una mano; entonces se le pusieron los ojos rojos, brillantes.

Mi padre, sin mediar palabra, salió de la habitación y nos quedamos ahí los tres, sin saber muy bien qué hacer, hasta que ella se giró hacia mí y me abrazó. Yo ya era más alta, y ella olía a una colonia suave que parecía de niños. No era el olor que recordaba.

30

Cuando se marchó, aún vivíamos en un mundo, el de la infancia, estructurado en torno a dos categorías: bueno y malo, las mismas que aplicábamos a los protagonistas de los cuentos. Años más tarde ampliamos el abanico de categorías, pero tener más palabras no nos la acercaba más. Es como cuando en los aviones dan todas esas absurdas explicaciones sobre el chaleco salvavidas, la despresurización de la cabina y la máscara de oxígeno. En caso de que hubiera un accidente, ese protocolo solo serviría para no pensar, para distraer nuestra atención y tener la sensación de que algo depende de nosotros. ¿Alguien se ha salvado alguna vez de un accidente aéreo por llevar el cinturón de seguridad abrochado o el chaleco salvavidas puesto?

Las sesiones con los psicólogos me remitían a los accidentes de avión. No importaba que encontráramos la palabra adecuada para hablar de que nuestra madre nos había abandonado. Lo había hecho. Mejor empezar por ahí.

Experimentamos la vida como un continuo presente. Cuando se convierte en pasado es el momento en que nos fijamos en las discontinuidades, en los vacíos. Así, pensaba en aquellos cinco años de ausencia como si fueran una extensión de la nada en la cual flotaban personas y acontecimientos significativos, lo que mi mente había salvado del naufragio.

Hasta que ella volvió.

Pero estaba tan débil, tan ida, que no fui capaz de hacerle frente. Justificar cinco años de desaparición era imposible, tan solo una enfermedad mental hubiera podido hacerlo. Pero mi madre no estaba enferma, o sí, aunque entonces, a mis diecisiete años, no podía entenderlo.

Se marchó a vivir a su estudio. Aunque ya no podía pintar, empezó a trabajar de camarera en el restaurante Es Cubells, con sus amigos Elvira y Mario.

A los pocos meses, en septiembre, empecé la universidad en Barcelona, y cuando volvía a Ibiza no iba a verla. Al principio fue una forma de castigarla, luego el castigo se convirtió en inercia.

Lentamente olvidé que era mi madre, me quedé con el recuerdo de la mujer de mi infancia pero a la otra, a la que regresó, esa mujer opaca que había vuelto asustada por el intento de suicidio de su hijo, la convertí en una tía lejana: la hija pródiga que había vuelto sin volver. Complaciente, dócil, sin maldad, pero también sin magia.

Durante los cinco años de ausencia, tuvimos tiempo suficiente para enterrarla. Es curioso cómo el corazón se endurece, cómo después del primer año —tiempo de esperar a todas horas el ruido de su *scooter* entrando en casa, de buscar ininterrumpidamente una señal que llegara por correo, una llamada en medio de la noche, un mensaje en una botella— mi madre murió. Lo que quedaba de ella se convirtió en el recuerdo de una madre maravillosa, un pequeño dios que tanto Pablo como yo pusimos en el altar de nuestros días. Recuerdo, sin ir más lejos, la carta a los Reyes Magos de mi hermano aquellas primeras Navidades: *Queridos Reyes Magos de Oriente, quiero que vuelva mamá.*

Los Reyes, sin embargo, desoyeron su petición y le trajeron tantos juguetes que ni cabían en el salón. También ellos debían de haber entrado en el juego de las compensaciones de mi padre. Pero Pablo le dijo llorando que solo quería que volviera su madre.

Cuando el deseo le fue concedido, cinco años después, recordé aquello que decía santa Teresa: ten cuidado con lo que deseas.

A su vuelta, las únicas palabras que nos dijo como explicación fue que lo sentía. Que no sabía qué le había ocurrido, que la perdonáramos si podíamos.

Pero poder y querer son cosas distintas.

Estábamos los tres en el sofá, frente al balcón, mirando Es Vedrà a través de los cristales. Con la ventana abierta, escuchábamos el rumor de los turistas en El Carmen.

—No sé si algún día podréis perdonarme todos estos años.

—Sí —dijo Pablo—. Claro que sí.

Luego él bajó al hotel a por una Fanta y nos quedamos solas.

—¿Te fuiste por él?

Negó con la cabeza.

—Fue una mezcla de muchas cosas, Laura.

—Siempre fue él, entonces.

—¿Quién?

—El hombre de la exposición.

Entonces ella asintió. No supe qué más decir, pero le di lo que le había traído, como si fuera un regalo. Era una postal a medio escribir, dentro de un sobre, sin sello ni destinatario. Una postal que encontré en su estudio, y que ella debió de olvidar.

—La cogí para que no la viera papá.

Era una fotografía del puerto desde Dalt Vila.

Al verla, la reconoció, le dio la vuelta y leyó en silencio aquel texto que yo me sabía de memoria.

—Laura, ¿cuándo viste esto?

—Cuando te marchaste.

—Solo... solo estaba enfadada.

En el reverso de la postal, la letra redondeada de mi madre decía: *Necesito irme de aquí. Pero, dime, ¿qué clase de padres abandonan a sus hijos? ¿Qué hemos hecho tan mal? ¿Qué clase de madre soy, eh? ¿Y tú?* Después había dos frases borradas y era imposible leer nada más.

En su momento le recriminé a mi madre aquel plural. Que metiera a mi padre en el mismo saco en el que estaba ella: mi padre no había abandonado a nadie ni pensaba hacerlo. Era ella la que se marchaba, así que requisé la postal porque no quería que mi padre la encontrara. Ya tenía suficiente con lo que tenía; y con lo que no tenía. No necesitaba reproches.

Enseguida me arrepentí de habérsela devuelto. No entendía muy bien la cara de asustada de mi madre. Entonces Pablo volvió sorbiendo ruidosamente su Fanta de naranja. Mi madre señaló el balconcito de su estudio. Nos levantamos y la seguimos hasta una maceta de la que sobresalía un capullo.

Era de color verde, con una pelusilla de hilos blancos.

—Esta planta tan enorme solo da una flor al año. Cuando sale hay que estar atentos, porque dura muy poco. Es blanca y muy hermosa.

—¿Qué planta es? —le pregunté.

—Una magnolia.

—¿Y cuándo saldrá?

—Pues no le debe de quedar mucho. En pocos días.

Antes de irnos a casa, mientras ellos recogían los cuadernos del colegio y los dibujos que había hecho Pablo, salí al balcón, arranqué el capullo y lo tiré a la playa.

31

Cuando Pablo cumplió los dieciocho, le dieron un nombre a su estado: trastorno bipolar. También nos describieron con detenimiento los episodios esquizoides, esos momentos en los que mi hermano dejaba de ser la persona pacífica que era, se le cambiaba la expresión de la cara y era capaz de hacer cualquier cosa.

Su mundo mental era distinto al nuestro; aun en sus mejores momentos, el día a día implicaba para él un esfuerzo sobrehumano, y la sobrecarga de estímulos incontrolables era fatal para su cerebro. Su enfermedad convertía la vida en una interminable pesadilla.

Empecé a vivir tratando de detener algo de dimensiones desconocidas. Ignoraba qué era. Mientras, mi hermano se encerraba en la habitación sin salir o lloraba porque oía unas voces. O porque estaba solo y no tenía amigos.

No sabía cómo ayudarle. Dicen que el amor es la respuesta, pero el amor no salva de nada a nadie.

Leí libros acerca de la vida al lado de familiares con enfermedades mentales, manuales de autoayuda y superación. Los interrogantes me asaltaban continuamente, y buscar respuestas era una manera de distraerme y de no sufrir. Si buscaba fuera las razones, si buscaba al culpable o a los culpables de que mi hermano hubiera acabado así, podía evadirme un poco de lo que estaba ocurriendo.

Buscar porqués era una manera de evitar el presente. ¿Qué ocurría cuando resolvíamos un porqué? Entonces había que buscar otro.

Por un lado estaba una madre que vivía en un estudio minúsculo y sin calefacción, y que trabajaba de camarera para ocupar el tiempo y «sentirse útil», como ella decía. Por el otro, un padre tullido emocionalmente que aún esperaba que mi madre cogiera las maletas y volviera a sus brazos. Como una peonza, Pablo estaba en terreno de nadie. Por eso aceptó marcharse a vivir conmigo a Barcelona. Empezó a estudiar Bellas Artes y a hacer una vida parecida a la que llevaban los chicos de su edad.

Cuando empezó a tomar litio encontró algo parecido a un equilibrio.

No pude hacer una vida normal hasta que Pablo no estuvo conmigo. Antes vivía angustiada. No lograba comprometerme con la vida porque siempre estaba lejos. Desde Barcelona mi cabeza estaba en Ibiza. Me obsesionaba la idea de que si yo no estaba ahí, moriría. Pero no lo hizo.

Los problemas de los demás funcionan a veces como coartadas, como excusas para no vivir lo que nos toca. No hay sentimiento más genuinamente egoísta que ese: depender de la dependencia que nos tienen los demás. Pablo hacía que me sintiera necesaria para alguien. Útil. De hecho, ni siquiera me planteaba tener novio.

Crecí pensando que el amor era algo malo que te pasaba y no podías remediar. Había algo incontrolable en ese sentimiento que te empujaba a un callejón sin salida. Yo no quería vivir así. De manera que tardé mucho en tener novios, incluso en darle un beso a un chico. Tenía a Pablo, mis estudios y la escritura.

Mi padre y mi madre habían vivido un triángulo de silencio. En un vértice estaba mi padre, que miraba a su mujer, mi madre, que nunca hizo otra cosa que mirar al único hombre que no sabía mirarla, que vivía lejos, exiliado en sí mismo, Gael.

Por ello, cuando conocí a Diego no tenía ningún referente para enfrentarme a alguien que me ponía las cosas fáciles y me valoraba. En los meses iniciales de la relación me sorprendí generando problemas absurdos. Me sentía cómoda en el conflicto. Nadie, sin embargo, me había enseñado qué hacer cuando todo iba bien.

Pablo, en cambio, era eufórico, dramático en sus enamoramientos y rupturas. Caprichoso, como en todo lo demás. En los peores momentos se volvía egoísta, la imposibilidad de compartir su dolor lo volvía agresivo y a veces me castigaba con sus silencios, con sus desprecios.

Incluso cuando estaba bien, sonriente, cuando tenía novia y estaba feliz, había un poso de intranquilidad que me hacía vivir preparada para la llegada de una llamada en medio de la noche que confirmara aquello que tanto temía: Pablo había muerto.

Cuando Pablo se marchó a vivir conmigo a Barcelona, mi madre hizo lo mismo: regresó a su ciudad. Sus padres le habían dejado en herencia un piso enorme que ella alquilaba y con eso se pagaba su propio alquiler, mucho más modesto, a la vez que daba clases de pintura en una pequeña escuela de arte.

Tenía una vida, pero ¿qué clase de vida? Otra vez esa vida sin color.

Apenas la veíamos; nunca estaba bien. O aparentaba estarlo, y nos presentaba a novios más jóvenes que a lo sumo le duraban un par de meses.

Había padecido varias depresiones —aunque ella no las llamaba así, decía que estaba «floja»— desde que había vuelto. También ella, a su modo, se convirtió para mí en alguien a quien tenía que cuidar. Desaparecía durante semanas y volvía a reaparecer como si nada. Decía que estaba empezando a pintar otra vez, pero sabíamos que no era cierto. No podía hacerlo.

A pesar de todo, Pablo sentía adoración por ella. Como se admira lo que no conocemos, con extrañeza pero con devoción. Y la devoción, la extrañeza son aislantes poderosos que nos impiden ver la realidad, porque una madre a quien se adora no es una madre, es una extraña.

Mi madre atendía al teléfono o nos llamaba, pero su cabeza se había quedado lejos, en Nueva York.

—Dejó de madurar —afirmaba mi padre—. No es que sea mala persona. Simplemente, las cosas *ahí dentro* —y se tocaba la frente con el dedo índice— no le funcionan bien. Tu hermano se parece a ella, Laura.

Mi padre definía por contraposiciones, en su cabeza había bandos y opositores. Ganadores y perdedores. Ellos, mi madre y Pablo, y nosotros, él y yo. En realidad solo trataba de defenderse de un único fracaso, tremendo, inexplicable, categórico: la mujer a la que él amaba quería a otro.

¿Y si lo asumes, papá? Mamá está enamorada de otro. Tan simple como eso. Con esta última fórmula le gustaba terminar sus intervenciones, demostrando algo muy obvio para él.

Tan simple como eso, quise decirle en el tanatorio. Había cosas irrevocables. La muerte era una de esas cosas. Mi padre no sabía hacerlo de otra manera. Quería a mi madre haciéndole daño, protegiéndose, quién sabe, de la idea de que ella algún día volviera.

Estábamos en uno de aquellos bares casposos que le gustaban a mi padre. Una coctelería con los sofás de terciopelo rojo y cuadros de caza al óleo, cerca de la calle Aribau. Se había pedido un gin-tonic y picoteaba unas almendras saladas. Me preguntó qué estaba leyendo.

—*El mundo de ayer* —respondí.

Sin interesarse por saber si me estaba gustando o no, me dijo que él estaba leyendo por tercera vez *El buen soldado,* de Ford Madox Ford.

—¿Sabes cómo hubiera tenido que llamarse esa historia?

—Ni idea...

—*La historia más triste*. Ford Madox Ford lo dice en el prólogo. Qué manera de mentir. ¡Cómo es capaz! Te engaña todo el rato.

—Pero ¿qué es lo que te gusta tanto de ese libro?

—No es que me guste: me interesa.

—¿Qué es lo que te interesa?

—¡La manipulación! El tipo consigue que le creas.

—Ya sabes que te está mintiendo, papá, desde el principio.

Siguió bebiendo, ensimismado.

—La literatura tiene esa arma, la de convencer. Tú te crees una historia a pies juntillas, no puedes hacer preguntas. Una buena novela puede hacer cambiar el curso de la historia. O una buena película. Nos hacen creer lo que les conviene. Quiero decir que eso no ocurre con un cuadrito de los que pintaba tu hermano, o tu madre.

—No creo que el fin de la literatura o el cine sea manipular.

—Yo no digo que lo sea; solamente digo que puede hacerlo. Y que lo hace muy bien. Tú podrías, eres escritora. Por ejemplo, si tuvieras que escribir una historia sobre nosotros, Laura, ¿qué escribirías?

Me reí. Pero él estaba serio.

—¿Un hombre obsesionado con las islas que odia a los turistas de Ibiza? ·

—¿Nunca lo has pensado, escribir sobre nosotros?

—No —mentí.

—Por ejemplo, en tu relato tendrías que decidir algo importante. Los buenos y los malos. Las víctimas, los verdugos: esas cosas.

Me quedé callada, empezando a ver por dónde iba todo aquello.

—Podrías hacer como Ford Madox Ford —siguió—. Empezar hablando de lo obvio. Del padre malo. Luego tendrías que continuar por la madre buena, la mujer que...

—Papá. No lo haré.

—No puedes decir que no tienes buen material. ¿No te ocurre a ti que cuando empiezas a contarlo todo..., la gente no te cree?

—A mí sí que me creen. Habría que ver qué es lo que vas contando tú. Pero no voy a escribir una versión adulterada de nuestra historia para que el único que quede bien seas tú.

—Pues entonces te daré otro consejo: tienes que escribir sobre lo importante.

—¿Ah, sí? ¿Me lo explicas?

—Sí: lo que cuenta —se pidió otro gin-tonic—. Siempre he pensado que lo importante es hacer lo que cuenta en el momento que cuenta —dio un sorbo largo—. Puedes pasarte toda la vida preparándote para algo. Imagínate a un atleta olímpico. Te empleas a fondo para hacerlo bien, pero luego empieza la carrera y tienes un mal día. Pero hay momentos en los que no pueden existir los malos días. Hay que dar la talla. Lo que cuenta, Laura, eso es —le dio un sorbo a la copa—. Escríbelo.

Hacer lo que cuenta.

Lo único que tendría que haber hecho mi padre era rehacer su vida. La gente utiliza este verbo, rehacer, como un eufemismo de buscarse una nueva pareja. Pero él nunca tuvo ni siquiera algo parecido a una novia. Solo lo vi en una ocasión con una mujer. Fue bailando en las fiestas de Santa Eulària, a las que nos llevó a Pablo y a mí.

Un grupo tocaba en el paseo, frente al Ayuntamiento, y yo me llevé a Pablo a la primera fila con mi amiga Ana. Me costó, pero al final conseguí que Pablo cantara con nosotras, que se divirtiera. El grupo versionaba canciones que nos sabíamos de la radio o de los vinilos de mamá. Cuando sonó *The Best*, de Tina Turner, Pablo se emocionó: se la sabía. Me giré para ver dónde estaba mi padre, para avisarle de que estábamos bien, y le vi ahí, al lado de la barra del lateral, con su vaso de cubata de plástico, hablando con una mujer rubia. Sabina, así se llamaba, era la tía de mi amiga Ana. Los observé durante unos segundos. Él reía y, para mi horror y vergüenza, empezó a bailar. Movía los brazos como un autómata y los pies de un lado a otro, totalmente descoordinado el tren inferior del superior, como si aquello fuera una sardana. Él se dio cuenta de que estaba mirándolo y empezó a llamarme:

—¡Laura, eh, Laura! ¡Ven a bailar con nosotros!

La mujer rubia me miró y yo les sonreí. Pero me quedé quieta donde estaba y me giré hacia delante. Sabía que había bebido. Conocía aquella euforia, y estaba haciendo el ridículo. Ver a mi padre bailar fue mucho peor que si lo hubiera visto salir de un *nightclub* de carretera.

Papá ha intentado bailar Tina Turner. Intentaba ligar y gustarle a Sabina, apunté en el diario.

Pero de aquella noche, lo que verdaderamente recuerdo no es la vergüenza, sino la tristeza. Mi padre odiaba bailar. Pero estaba solo, probablemente se sintiera así. Había llegado un momento en el que si tenía que bailar para hablar con una mujer, estaba dispuesto a hacerlo.

Su rechazo frontal hacia todo lo que le recordaba a mi madre lo encerró en esa especie de torre de marfil en la que vivió desde su partida. Y bailar, por fuerza, tenía que recordarle a mi madre.

A veces, mi hogar me recordaba a un país en guerra. En las guerras hay también momentos felices. La gente se casa, se enamora. Nacen niños. Aunque siempre se mantiene un estado de alerta. En casa vivíamos en un permanente estado de sitio. Un luto extraño al que ninguno ponía nombre. Cinco años. Después llegó la guerra abierta.

Dicen que las mujeres buscan a su padre a través de los hombres a quienes convierten en sus parejas. También, y eso me asusta más, que amamos tal y como nos han amado en la infancia.

32

Voy a escribir esta frase, pero solo voy a hacerlo una vez para poder avanzar.

Pablo murió el sábado 10 de mayo de 2014.

Me pasé semanas sin recordar qué había ocurrido. Memoria disociativa, así es como lo llaman. Pero después todo volvió. Los detalles, la angustia, el bloqueo.

Aquel fin de semana habíamos ido a Ibiza para celebrar su cumpleaños y el de Lucas; los dos cumplían con un día de diferencia.

Los veinticinco eran una fecha clave para él. Debí haberlo sabido.

Lo voy a escribir otra vez. Pablo murió el sábado 10 de mayo de 2014.

Cuando algo así ocurre, la gente dice todo tipo de tonterías. «Era algo que tenía que pasar», dijeron unos. «Estaba escrito. El destino», concluyeron otros.

Pero el destino significa ausencia de culpa, esa culpa que te atenaza e impide cualquier forma de vida en la que el futuro tenga cabida.

Le organicé una fiesta sorpresa en Can Pou, en el barrio de la Marina, «el más antiguo de la isla», uno de los sitios favoritos de Pablo. Como los dueños eran conocidos de mi padre, incluso nos dejaron decorarlo. Había impreso fotografías, había pedido a sus amigos que me mandaran algunas. El plan era el siguiente: el sábado al mediodía, por sorpresa, llegaban compañeros suyos de la facultad a los que yo había contactado por Facebook para invitarlos a la fiesta. Eran nueve y dormirían en casa. Entre todos le habían comprado una bicicleta verde plegable.

«¿Crees que le gustará?», —me había preguntado una chica que creía que estaba enamorada de mi hermano.

Y me mandó una fotografía.

Meses después me encontré a la chica en plaza Cataluña, y llevaba la bici verde. «Me la quedé yo. Así me acuerdo de él», me dijo.

La última vez que lo vi fue el viernes a las nueve de la noche. No lo volví a ver, ni siquiera cuando ya no vivía, cuando me pidieron que escogiera la ropa para encerrarlo en una caja.

Estaba malhumorado, discutimos porque se negaba a venir con nosotros a la cena.

—Pablo, va... A Lucas le hace ilusión. Es su cumpleaños también. Hemos venido todos aquí para celebrarlo juntos. Solo es una cena, a las diez y media estaremos en casa, tiene cuatro añitos. Vamos a darle los regalos.

—Dáselos tú. Yo estoy cansado y me voy a quedar a ver una película en casa. Mañana celebramos lo que tú quieras. Es un niño, a la media hora no se acordará de que no estoy ahí.

—A veces te comportas como un auténtico imbécil —me salió de repente.

—Quizá lo sea.

Salí del salón y apagué la luz, como acto reflejo.

—No apagues la luz.

Pero no se la encendí de nuevo.

—¡Levántate tú, haz algo! —le grité y me subí al coche donde me esperaba Diego.

Lo encontró mi padre.

Lo había visto morir dos veces. La primera, con doce años, cuando nadie sabía que los niños de doce años pensaran en morir. La segunda a los veinticinco, cuando Pablo sí se tomó la cantidad de betabloqueantes necesaria como para morir sin que ningún lavado de estómago lo pudiera remediar.

Encontró el cuerpo en la playa, en nuestra playa. A su lado había dejado una linterna encendida. Para que lo encontráramos, quién sabe. O quizá no fuera más que una coincidencia. Olvidó apagarla antes de quedarse dormido.

Mi padre, desde casa, vio la luz al lado del cuerpo tendido.

Eran las dos y diez de la mañana cuando me llamó. Lucas, Diego y yo dormíamos en un hotel en Dalt Vila. Habíamos dejado la casa libre para que los amigos de Pablo se quedaran ahí el día siguiente.

Una llamada en medio de la noche, eso fue todo.

—Laura, ha pasado.

Diego encendió la luz de la mesita de noche y se incorporó.

—Pablo —dije.

Tenía que haberlo sabido. «No apagues la luz»: aquella era la frase que más veces me había repetido en nuestra infancia. Lo metía en la cama y dejaba la luz del pasillo encendida, que así se colaba en su habitación. Invariablemente, cuando me levantaba de su cama, volvía a suplicarme: «No apagues la luz».

—Pablo, ya lo sé, no hace falta que me lo repitas.

¿No era la muerte la oscuridad definitiva?

33

Los faros no se mueven. Están quietos, fijos. Somos nosotros los que, guiados por su luz, nos aproximamos en su dirección. Así me había acercado yo a Gael.

Para el hijo de un farero, un faro era una metáfora de la propia vida: la oscuridad y la luz, esa señal que orienta y guía pero que no nos lleva de la mano.

—Cuando el faro se encuentra en funcionamiento, la lámpara emite haces de luz a través de las lentes, que giran trescientos sesenta grados. Existen nueve tipos distintos de luz. Con cada una, el faro emite un mensaje distinto —dijo Gael.

—Nueve tipos de luz —repetí.

—Desde el mar, los barcos no solo ven la luz del faro, que les advierte de la proximidad de la costa, sino que también la identifican por los intervalos de intermitencia y los colores.

Habíamos quedado a las dos en el Maialino, el restaurante italiano de Gramercy Park. Me propuso que eligiera el lugar del encuentro, e instintivamente pensé en algún sitio que le hubiera gustado a mi madre. Ahí servían macarrones *cacio e pepe,* que era uno de sus platos favoritos. No era una receta especialmente complicada: solo era pasta con queso *pecorino* y pimienta, pero era de los primeros platos que yo había aprendido a cocinar. Ella me había enseñado.

Había llegado antes que yo. Cuando entré, lo vi sentado en la barra de la entrada. Había pedido una cerveza y hablaba con el camarero. De perfil, parecía aún más joven. No aparentaba más de cuarenta y cinco, pero tenía sesenta.

No llevaba traje, sino que vestía como en mi imaginación había esperado que lo hiciera: vaqueros grises, zapatos de ante marrón gastados. Una camisa blanca de lino. Tenía, como en aquella foto con mi madre, la piel morena. En realidad, visto de cerca, tenía un aire parecido a ella.

Me vio acercarme y me sonrió. Cuando le fui a dar dos besos, me abrazó.

—Cuánto tiempo, Laura. Déjame que te vea bien.

Me miró sin decir nada. Con esos ojos que cambiaban de color. Unas veces eran grises. Otras, se volvían azul oscuro con matices irisados.

Nos sentaron en una de las mesas al lado de los ventanales y fingí estudiar la carta con detenimiento, cuando en realidad sabía ya perfectamente lo que iba a pedir.

—¿Te gusta la ciudad? —me preguntó.

—Sí. A veces me parece... excesiva. Pero es un lugar en el que podría quedarme.

—Diferente de Barcelona, y sobre todo... de Ibiza, ¿no?

—Ahí está la gracia. Tenía ganas de cambiar un poco. Llevo años viajando por trabajo, pero me apetecía estar un tiempo largo fuera.

—No sé tú, pero yo tengo la sensación de que muchos llegan aquí persiguiendo algo que no saben ni qué es. Nueva York es el lugar en el que parece que todo ocurre. Aunque, si quieres que te diga la verdad, en realidad no ocurre nada. Ese es el truco.

—Bueno, no tengo ni idea de si me quedaré mucho o no. Estoy cubriendo una baja de maternidad que termina en ocho meses, así que lo pensaré durante este tiempo.

—¿A qué te dedicas exactamente? Leí un relato tuyo hace unos meses, me lo envió tu madre. Pero pensaba que eras editora...

¿Mi madre le había enviado un relato mío? ¿Seguían teniendo relación ellos dos?

—Ah, sí, claro. Bueno, esa es una buena pregunta. Trabajo como editora, pero he escrito algunos relatos cortos. Lo hago desde hace muchos años, desde niña. Es un hobby, me gusta, aunque no creo que sea lo suficientemente buena como para dedicarme a ello y, si quieres que te diga la verdad, me gusta más el trabajo de editora.

—¿Aquí estás en una editorial?

—Sí. Me encargo básicamente de hacer las tareas que haría un editor, aunque no edito textos directamente en inglés. Leo manuscritos extranjeros y trato de ver cuál encaja mejor en el mercado norteamericano. También reviso traducciones, organizo presentaciones... En fin, un poco de todo.

Antes de llegar a los aperitivos ya me había tomado dos copas de vino blanco, y no dejaba de preguntarme por qué mi madre le había mandado mi relato.

El vino no estaba ayudando demasiado. Por eso decidí que era mejor que hablara él. Fue entonces cuando le pregunté por los faros.

—Antes de empezar, deberíamos brindar, ¿no?

—Sí —dije, sin saber por qué motivo tendríamos que hacerlo.

—¿Por el reencuentro?

—Claro. Por el reencuentro.

Parte de mi trabajo consistía también en eso: comer con desconocidos. Dar conversación, fingir interés. Era algo que había aprendido a hacer con el tiempo. Sin embargo, a él, a Gael, no sabía qué decirle. Desde que lo vi sentado en la barra, de perfil, tuve la sensación de que mi madre estaba ahí. Pablo, mi madre. Todos en un salón de un restaurante de Nueva York. Tan cerca, tan lejos.

Cuando trajeron el plato de pasta, empecé a pinchar cada uno de los pequeños cilindros con el tenedor y a esparcirlos hacia los bordes. Se me había quitado el hambre.

Mientras me hablaba de los faros, de su padre, del horizonte que veía de niño en el faro del Cap de Barbaria, se me pasó por la cabeza que llevaba meses pensando en él como si fuera eso, un horizonte.

—Has cambiado mucho desde la primera vez que te vi. Eras tan seria. Adri decía que estabas siempre preocupada, y eso le preocupaba a ella.

—Bueno, alguien tenía que estarlo —al segundo me arrepentí de haberlo dicho.

—Tienes razón —dijo, quitándole importancia al comentario—. En realidad, parecías mucho mayor de lo que eras. Pablo, en cambio, siempre parecía un niño pequeño.

Durante los cinco años que estuvo ausente, pensé de pronto, mi madre estuvo aquí. Con este hombre, en esta ciudad.

Mi padre siempre supo que estaba ahí, con él. Con aquel «desgraciado», como solía llamar al hombre que tenía delante mientras se me atragantaban los macarrones, el *pecorino,* el vino. La comida, la ciudad, el verano, mis decisiones. Aquella huida hacia delante en la que se había convertido mi vida, el miedo que, aunque me costara reconocerlo, me daba Gael. ¿Qué era lo que había ocurrido durante aquellos cinco años? No sabía nada.

Recordé las sesiones con mi psiquiatra: «Mi madre se peleó con mi padre. Mi padre le hizo daño y ella se rompió la muñeca. Ella se fue de casa, se fue a Barcelona, con mi abuela. Nos llamó para decirnos que estaba bien. Después nunca nos volvió a llamar. Se había enamorado de un hombre; bueno, en realidad, creo que toda su vida estuvo enamorada de él. Entonces se fue con él y nos dejó. Cuando mi hermano se puso enfermo, volvió».

Ella lo apuntaba en su cuaderno y, de repente, dejaba el bolígrafo y me preguntaba: «¿Cuántas de estas cosas sabes que son verdad? Tú que eres editora, y que encima escribes, ponte en el supuesto de que yo te contara esta historia para escribirla en un libro. ¿No crees que falta mucha información? ¿Cómo se fue tu madre de tu casa aquella primera noche? ¿Qué hizo en Nueva York con aquel hombre del que se enamoró?

Le respondí que la vida estaba llena de lagunas, de incertidumbres, y que era justamente por esa misma razón por lo que prefería los libros.

—Esta ciudad me gusta —estaba diciendo Gael—. No te diré que me siento como en casa porque... ¿qué es casa? —se rio—. Es tan distinto de Formentera, a veces me recuerda a Buenos Aires... —hizo un largo silencio, apuró su copa—. Aunque hubo una época en que me fui. Cuando Adri volvió a Ibiza, dejé la casa en la que habíamos vivido en Park Slope para irme a Greenwich Village, justo donde empieza la High Line. Si no has estado, tienes que ir a pasear por allí. Un conocido me vendió un ático por un precio de risa. Necesitaba el dinero, y yo necesitaba cambiar de aires. Pero no fue suficiente, necesitaba poner más distancia. La verdad es que no llevé muy bien que tu madre se fuera.

Respiré tranquila. Podía haber sido él. No me estaba volviendo loca. Me contó que pidió una excedencia en la universidad y decidió irse al llamado Cabo Polonio, en Uruguay. Un lugar remoto sin electricidad, ni internet, ni cobertura para móviles. Jorge Drexler había escrito una canción sobre ese pueblecito detenido en el tiempo. La canción se llamaba *Doce segundos de oscuridad,* porque de noche el faro del cabo emitía un pulso de luz cada doce segundos que guiaba a las embarcaciones en alta mar.

—No me gusta Jorge Drexler. Pero me asombró la coincidencia de que, después de divorciarse, se fuera para allá él también.

—Nunca he estado en Cabo Polonio.

—Suena cursi, pero el adjetivo que mejor lo describe es el de mágico. La soledad puede llegar a ser agobiante: estás tú contigo mismo, no tienes nada más que hacer. Pasaba todo el día con unos amigos de mi padre, ya mayores, que tienen allí un bar llamado Lo de María. Mira, hace más de diez años de eso ahora... ¡Cómo pasa el tiempo! Aún os veo a ti y a tu hermano sentados en ese restaurante de Formentera. En la Fonda Platé... Eres igualita a tu madre.

—¿Tú crees? Siempre me han dicho que me parezco más a mi padre. ¿Tú lo conocías?

—Sí, claro. Quién no conocía a tu padre en Ibiza... y fuera de Ibiza. Pero no nos llevábamos muy bien. Dadas las circunstancias, supongo que es comprensible. Debe de ser difícil tener un padre así. ¿Escribe aún?

—Cada vez menos. Sigue con sus islas. Vendimos la casa de Ibiza. Ahora quiere irse a vivir a una isla llamada Socotra.

—¿No es esa isla que está en Yemen?

—La misma.

—¿Alguna vez te has preguntado por qué tiene esa obsesión con las islas?

Me lo había preguntado, claro. De golpe envidié a mi padre por estar enamorado de las islas, algo que no muere. Siempre habría islas en el mundo. Siempre podría inventarse una nueva teoría que nunca pudiera demostrar.

—Ahora que lo pienso —dije—, entre tu padre y los faros, y mi padre con sus islas, podrían haber hecho un buen equipo.

—Ni que lo digas. Pero mi padre no era ningún intelectual. Para él hubiera sido lo mismo trabajar como guardabosques. Cuando dejamos atrás Buenos Aires, lo único que buscaba era paz.

—¿Y tu madre?

—Mi madre era profesora. Se separaron cuando yo tenía cuatro años, pero yo siempre viví con mi padre.

Entonces me acordé, así nos lo había contado mi madre.

—Muchos se sorprenden de que no me quedara con ella. Si la conocieras lo entenderías. Me tuvo con diecinueve años, mi padre era diez años mayor. Él quería niños, ella no... En fin, estaban en momentos diferentes de la vida. Mi padre trabajaba en el puerto de Buenos Aires, pero también militaba. Dejamos de ver a algunos amigos suyos que solían venir a casa. Los habían «chupado». Mis padres empezaron a vivir con miedo. Cuando cumplí los doce años dejamos Argentina. Habían perdido al que era su mejor amigo, y él decidió no arriesgarse más. Mi madre prometió reunirse con nosotros pronto pero no lo hizo. Se quedó en Buenos Aires y más tarde se casó con otro hombre. Tuvo otro hijo, mi hermano. Mi padre y yo nos quedamos en Formentera.

Su madre los había visitado algún verano. Cuando se tomaba dos copas de vino, le decía que no lo había hecho bien.

—Pero... ¿sabes? Yo creo que sí. Hay momentos para todo.

Su padre no había rehecho su vida. Toda su vida la volcó en él y en su faro.

—Mi padre siempre pensó que lo de Formentera era algo temporal. Pero no volvió a Buenos Aires. Bueno, lo hizo una vez que terminó la dictadura. Yo lo acompañé y me di cuenta de que era imposible.

—¿El qué?

Se quedó ensimismado unos segundos.

—Volver. La ciudad que dejamos no era la ciudad a la que volvimos. Soñamos tantas veces con regresar..., pero cuando lo hicimos, nos habíamos convertido en algo incómodo para los demás. Ya no teníamos lugar.

Tenía unas manos bonitas. Las manos de un hombre cuidadoso. Sus movimientos, incluso cuando se llevaba la copa a los labios, por ejemplo, eran pausados. Armónicos. Yo me había acostumbrado a que todo se hiciera con prisas. Las comidas, los trayectos, las conversaciones. Y esa suavidad suya me intimidaba. No era ese su objetivo, sin embargo; me trataba con franqueza y familiaridad.

Habló mucho más que yo. Mencionaba a mi madre. Mi madre. Mi madre. Pablo, yo. Pablo, mi padre. Daba las cosas por sentadas, como si yo supiera, como si entendiera.

Pero había demasiadas que no entendía, y ni siquiera sabía por dónde empezar. Entonces, de repente, volvió a decir aquello:

—Me costó mucho aceptar que tu madre se fuera. Teníamos aquí una vida.

—Bueno, su hijo se había intentado suicidar —le solté—. ¿Por qué no te volviste tú también, si tanto la querías?

Sin esperar respuesta, me levanté, mareada, y fui al baño. Estaba blanca, como si hubiera visto un fantasma. Tenía náuseas, quizá había tomado demasiado vino. Traté de vomitar. Quería irme. A casa. A Ibiza. A Barcelona. Con Diego, con Pablo, con mi padre. Solo quería volver.

Me quedé ahí, en aquel baño de mármol del Maialino, sin importarme que Gael estuviera esperando. Al fin y al cabo, no le conocía. Era un extraño.

—¿Laura? ¿Laura? —dijo Gael desde fuera.

Silencio. Contuve la respiración.

—Laura ¿estás bien?

Me miré en el pequeño espejo ovalado que colgaba de la pared.

—Estoy bien, ahora salgo.

Pero antes de que acabara de decirlo entró y me vio ahí, los ojos rojos. La cara desencajada.

—Estoy mareada, perdona. Creo que algo me ha sentado mal. Lo siento.

—Ven, salgamos fuera.

Me llevó a Stuyvesant Square y nos sentamos en un banco.

—Lo siento por el comentario. No sé qué me pasa —notaba que una especie de sudor frío me recorría la espalda.

—¿Siempre pides perdón por todo?

—No, solo por montarte este numerito.

Apenas dijimos nada más, pero sentí que había enrarecido el ambiente. Siempre haces eso, me dije: enrarecer las cosas.

Quiso acompañarme a casa y, de camino, me puso la mano en los hombros. Me llevaba así. Como si fuera su hija, su chica. Quién sabe. Me guiaba a través de la calles como si yo no las conociera. *Giramos por ahí. Para, está en rojo. Mira, demos la vuelta por aquí que llegaremos antes.* Hasta que llegamos a casa.

—¿Vas a estar bien?

—Sí, no te preocupes —le mentí—. Gracias.

—Antes de que te marches, ten —me acercó una revista que llevaba en su cartera—. No sé si habrás visto esta edición, creo que solo se publicó aquí. Pensé que te gustaría verla.

—Sí. Claro.

—Ya me la devolverás en la próxima clase.

—Gracias.

Cogí la revista, le di dos besos y metí la llave en la puerta.

Me giré y seguía allí, de pie, mirándome. Sus ojos estaban más oscuros ahora. Parecía que estuviera esperando algo, aunque no tenía ni idea de qué.

Me desplomé en el sofá y cerré los ojos hasta que, al cabo de un rato, el mareo fue desapareciendo.

Cuando los abrí, en la penumbra del salón, la revista, como el dinosaurio de Monterroso, todavía seguía ahí, sobre la mesa, al lado de la pecera y de la caja roja. Mi museo de reliquias, un cementerio de objetos que ya habían cumplido su función, objetos inservibles a los que me seguía agarrando de manera obsesiva. Porque sin ellos no me quedaba nada.

34

Pablo quería volver a Nuuk para pintar el vacío y el silencio. «Al Hans Egede, al hotel de las plumas de pato, Laura.» Y yo le prometí que iríamos el siguiente verano, cuando cumpliera veinticinco. «Estoy ahorrando, Pablo.»

Durante unos meses, cuando la nómina entraba en mi cuenta, pasaba una cantidad a otra que bauticé como Pablo-25. Cuando tuve lo necesario compré los billetes y seguí guardando parte del dinero, para lo que necesitáramos para el viaje. Barcelona-Reikiavik. El 4 de julio de 2014.

Para la fiesta de sus veinticinco, le compré un pingüino de peluche que era, en realidad, un estuche. Dentro puse una postal doblada en la que se leía *Sabes que te estás haciendo mayor cuando las velas de tu tarta contribuyen al calentamiento global*. Diego y yo nos reímos mucho imprimiéndola.

Aparte de la postal, pusimos un papelito doblado en muchas partes. Decía: *No hagas planes el 4 de julio y llévate las pinturas a Nuuk.*

No fui capaz de cancelar los billetes, papá. Había un seguro con el que podría haber recuperado el dinero, pero cuando llegó el 4 de julio, hice el *check-in* y cogí mi pasaporte.

Para entonces, mi hermano llevaba dos meses muerto.

Cogí el coche y me fui al aeropuerto. Pasé los controles de seguridad. Busqué la puerta de embarque y me quedé allí mirando a los pasajeros que esperaban el avión de Icelandair. Era un viernes a las doce y cinco de la mañana.

Nunca se lo conté a nadie. Solo a la psiquiatra cuando me dijo que tenía que hacer algo para vivir el duelo, como si uno pudiera escoger qué hacer con el dolor. Le conté que había ido al aeropuerto.

—¿Por qué? ¿Pensabas que lo ibas a encontrar ahí?

Entonces asentí, porque yo ya sabía que estaba muerto pero a veces me sorprendía yendo a sus lugares. Como si él aún pudiera estar allí.

Le relaté lo que había ocurrido exactamente en el aeropuerto, cómo me había sentado en un rincón de la sala y había estado llorando. Hasta que vino un hombre vestido de uniforme del mostrador de información.

—¿Y qué más ocurrió?

Me encogí de hombros.

—No lo recuerdo.

Pero claro que recordaba que aquel hombre me llevó a uno de los bares del aeropuerto y me pidió una tila. Le conté que mi hermano se había muerto y que no sabía qué hacer. Terminé con todas las servilletas de papel, en las que se leía *gracias por su visita*. Él me cogía de la mano y recuerdo que su gesto, el hecho de que él estuviera siendo tan amable, me daba incluso más ganas de llorar.

Aquella noche, cuando llegué a casa, con la cara hinchada y los ojos completamente enrojecidos, Diego me esperaba. Me preguntó qué ocurría, dónde había estado.

—Nada. No he tenido un buen día.

Ahí empecé a perderlo. No quería contarle que había ido al aeropuerto a esperar a Pablo. Necesitaba que me siguiera queriendo como si yo aún fuera una persona entera. No quería que viera a la Laura en la que me estaba convirtiendo.

La psiquiatra me había prescrito unas «pastillitas muy suaves». Dijo eso: *pastillitas*. Me hizo una receta y le sonreí, agradeciéndoselo. Al salir, le dije a su secretaria que ya llamaría para pedirle hora. En la calle busqué una papelera para tirar aquel papel que me quemaba en las manos.

35

Cuando me acerqué a su mesa, me di cuenta de que tenía las gafas de sol sucias. Minúsculos granos de arena se adherían a la montura, había huellas en los extremos y el cristal estaba ligeramente emborronado. Me miró con ojos curiosos.

—Hola, Laura.

Le devolví la revista, se la dejé encima de su mesa y volví a mi lugar en el aula.

No hacía ni siquiera una semana del episodio en el Maialino, y cuando pensaba en él todavía sentía vergüenza. Recordaba su pregunta: la de si siempre estaba pidiendo perdón.

La clase fue entretenida. Esta vez profundizó en el concepto de exilio a través de Tomás Eloy Martínez y su *Purgatorio*. Buscaba que entendiéramos aquella noción difusa, que la viviéramos a través de la literatura, aunque no fuéramos exiliados.

—El exiliado vive un drama intrínseco: no puede volver, pero no ha sabido llegar. Porque tener conciencia de que se ha llegado implica dejar de aferrarse a la provisionalidad. El exilio es siempre un mientras tanto en el que se nos va la vida.

Apuntábamos en silencio sus palabras, que parecían directamente leídas de algún ensayo. Resultaba autoritario cuando hablaba. Como mi padre. Como si les preguntaras quién eres y buscaran la respuesta en los libros, en las teorías. La intelectualización protegía de la realidad, era una coraza como cualquier otra. Era mucho más fácil proporcionar respuestas desde la cabeza. Mi madre, tan aparentemente independiente, libre, había escogido a dos hombres parecidos, obsesionados con aquello que creían que daba forma a su mundo.

—Para vosotros, esta ciudad podría ser el exilio. Imagináoslo. Contadme una historia que tenga que ver con ello.

La etiqueta del exilio condenaba a la marginalidad porque establecía una línea entre el discurso oficial y el de los otros, los desterrados.

—Uno escribe como vive. Vosotros estáis aquí, pero la mayoría no sois de aquí. Tampoco yo. Consideraos por un momento exiliados. ¿Qué sentiríais? ¿Podéis imaginar que no es posible volver al lugar de donde os marchasteis? Y entendamos este «de donde os marchasteis» no como un territorio, sino como un mundo que se quedó atrás. Y cuando digo mundo digo sobre todo «gente».

Me miró, aguanté la respiración.

—Personas. Esas personas han colgado vuestras fotos en el salón, pero prefieren al de la foto que a vosotros, los que volvéis. ¿Por qué? Porque os han llorado mucho, y os han enterrado. El mal del exiliado es no poder regresar ni quedarse. El exilio no es una elección voluntaria, sino un callejón sin salida. Al exiliado se le despoja de todo. De una familia, y también de una manera y un ritmo de vivir. Como decía el filósofo y poeta Adolfo Sánchez Vázquez: «El exilio es un desgarrón que no acaba de desgarrarse, una herida que no cicatriza, una puerta que parece abrirse y nunca se abre».

Tuve la sensación, de nuevo, de que me miraba.

En dos meses tendríamos que entregar un trabajo sobre el exilio. La pregunta que teníamos que responder era: ¿qué sería Nueva York si la viéramos con otros ojos, los ojos de los que saben que no pueden irse?

Había anotado una frase: «El exilio es como el brusco final de un amor, es como una muerte inconcebiblemente horrible porque es una muerte que se sigue viviendo conscientemente».

La mayoría de los matriculados en el curso eran escritores, periodistas o alumnos de doctorado. Algunos, como yo, trabajaban en el mundo de la edición. Aunque creo que no había nadie que estuviera ahí por aquel hombre. Solo yo.

Gael era, o mejor dicho, parecía, una de aquellas personas que iban hasta el final de las cosas. O al menos en el marco teórico. En cierto modo admiraba eso, porque yo carecía de la fuerza necesaria y sin embargo siempre había estado rodeada de gente que iba hasta el fondo de las cosas. Mi padre y sus sistematizaciones de islas. Mi madre y sus pinturas, aquella manera tan propia de entender la vida llena de blancos y negros, de oscuros abismos. Mi hermano y la ambición de ser el mejor artista.

Envidiaba esa capacidad de profundizar, de no ser disperso. A mí me gustaba todo, y aquello implicaba que no me gustaba nada. De alguna manera, sentía que todas aquellas pasiones que habían movido la vida de mi familia me eran ajenas, lejanas. Todos ellos habían vivido hasta las últimas consecuencias de sus pasiones, y si bien en algún punto los envidiaba, no les había ido bien.

Por eso, yo vivía sin intensidad, pero en un lugar más seguro.

Era como si aquella niña que quedaba dentro de mí se hubiera convencido a sí misma de que no quería pasiones. Una conclusión infantil, patética. Pero útil.

En lo profesional, sin embargo, seguía siendo capaz de entusiasmarme. Y en ese sentido, sentía que no habría podido estar en un lugar mejor que en Voices.

Las primeras semanas me había dominado la incomodidad del idioma: no era lo mismo ver series en inglés que trabajar en ese idioma o mantener largas conversaciones por teléfono. A menudo no solo me perdía en los matices sino que, si me bloqueaba, sentía que me perdía lo más importante. O fingía, como me había ocurrido más de una vez, haciendo ver que lo entendía todo. *Number of order?* Silencio. *Excuse me, could you repeat that for me? Number of order,* insistía alguien al otro lado. De repente pensaba: Laura es sí o no, pero di algo. De manera que decía *Yes,* y por el silencio entendía entonces que aquella no era la respuesta adecuada.

En julio me empecé a ocupar de los manuscritos bilingües. Ellen me había encargado aquel libro maravilloso: *La extracción de la piedra de la locura,* una recopilación de textos y poesía de Alejandra Pizarnik.

—¿Sabes la historia? —me preguntó.

No sabía a qué historia se refería, así que la miré inquisitiva.

—La historia de la extracción de la piedra de la locura.

—No... Ni idea.

—Era una creencia extraña de la Edad Media. En realidad, más que creencia era una práctica parecida a lo que hoy sería una lobotomía. Se practicaba una trepanación, se abría el cráneo de la persona a la que se consideraba loca para extraer una supuesta piedra que le afectaba la razón. Hay un óleo de El Bosco que justamente se llama así, *La extracción de la piedra de la locura.*

Buscamos la reproducción en internet. En el lienzo, pintado entre 1501 y 1505, aparecía un hombre sentado con unos pantalones de un rojo vivo. Tenía la cabeza apoyada en el respaldo de la silla, y de pie, detrás de él, un cirujano con un estrafalario embudo en la cabeza sostenía una especie de punzón metálico y hurgaba en el cráneo del hombre en busca de la piedra de la locura. La obra incluía una inscripción con letras góticas en la que se leía: *Maestro, quítame pronto esta piedra, mi nombre es Lubbert Das.*

—No lo conocía —le dije a Ellen.

—En la Edad Media se creía que la locura se debía a una formación de piedras en el cráneo. ¿Te imaginas? Tan fácil como eso. Como a quien le extraen una muela.

—¿Pizarnik se refería al cuadro de El Bosco, entonces?

—A primera vista parece que sí. Sin embargo, leí que había recogido ese nombre de una colección de textos indígenas. Sea como fuere, es interesante. Pensé que te gustaría especialmente trabajar en la edición de este libro. Pizarnik era hija de exiliados. Me acordé del curso que estás haciendo en la universidad. Te servirá, creo.

Le di las gracias y me encerré en el despacho. Piedras. Nunca había pensado en ellas cuando buscaba las raíces de la locura de mi hermano. No estaban en mi lista.

Yo me ocupaba de cotejar la traducción al inglés y buscar posibles erratas en la versión en castellano. Pero también subrayaba lo que decía Pizarnik y lo anotaba cuidadosamente en mi libreta:

> *y qué es lo que vas a decir*
> *voy a d ir solamente algo*
> *y qué es lo que vas a hacer*
> *voy a ocultarme en el lenguaje*
> *y por qué*
> *tengo miedo*

A menudo me ocurría que cuando acababa mi trabajo no quería irme a casa. Me agobiaban las horas sueltas en Nueva York. Después de casi dos meses de estancia, la ciudad empezaba a no gustarme tanto. O quizá solo había perdido la emoción de los primeros días. Me movía con facilidad, conocía incluso las diferencias entre las líneas rápidas y lentas de los metros o en qué supermercados vendían tomates que no parecieran de plástico.

Casi todos los días comía con Ethan y Ellen en un *deli* muy pequeño que había abajo, en la Octava. Les gustaba ponerse en unas mesitas de madera que había en la calle. Alguna vez Teo bajaba con nosotros. Al llegar había pensado que tendríamos más relación, dado que había sido él quien me había dado la oportunidad de estar ahí, pero resultó ser un hombre reservado que, en cuanto podía, se marchaba a casa con su familia. Quizá fuera porque era el único de la editorial que tenía una familia en casa.

Ellen y Ethan se convirtieron, los dos, en algo parecido a unos amigos. Ellen era una directora muy particular. Nos divertía con sus ocurrencias, con lo que había visto cada día en el vagón de metro que la llevaba al trabajo. Nos hablaba de su exmarido, de lo poco que lo echaba de menos —aunque sospecho que el hecho de remarcarlo continuamente no hacía sino apuntar lo contrario—, de lo bien que estaba sola, sin nadie que la atosigara con planes aburridos. Era una mujer alegre, centrada. Me gustaba su sensatez, tan distinta de aquella especie de inmadurez crónica de mi madre.

Ninguno de los dos me preguntaba demasiadas cosas sobre mi vida. Entendían que había temas de los que no me gustaba hablar. Ellos eran lo opuesto a mí: expansivos, charlatanes. A veces me recordaban a Diego, su alegría y entusiasmo.

La tristeza a veces me sobrepasaba y se convertía en algo más grande de lo que podía tolerar. Hacía esfuerzos por no dejarla salir, por sonreír, por parecer ocurrente, divertida. Pero en ocasiones no era capaz. No creo que ellos lo supieran. No, no creo que supieran lo que me ocurría. En aquel momento no lo sabía ni yo.

Aunque sí tenía varias certezas: una, que echaba terriblemente de menos a Diego. Otra, que echaba terriblemente de menos a mi hermano. Y por otro lado, no sabía qué estaba haciendo ahí; empezaba a sospechar que mi lugar no era aquel. Estaba en Nueva York, pero en realidad no había abandonado Ibiza ni Barcelona. Aquellas escenas, el último año: todo seguía ahí, conmigo.

La pena era caprichosa. Podía estar una tarde tranquila, sin pensar en ellos, riéndome de cosas tontas con Ethan y su novia, discutiendo con mi padre cuando lo llamaba. Entonces tenía esperanzas; volvía a ser la Laura de antes, esa persona que creía que se había extinguido. *Sí, Pablo, como los dinosaurios.* Podía pasar horas sin sentir ese nudo que anidaba en la garganta, en el estómago. Pero luego volvía. No sabía cómo explicar a los demás lo que me ocurría, pero tampoco sabía a quién hacerlo. Estaba sola porque había escogido estarlo. No contestaba los emails de mis amigos, ni las llamadas de Inés. Solo hablaba con mi padre, y lo hacía más bien por una cuestión de culpabilidad, porque sabía que estaba solo.

Aprovechaba para llamarlo cuando todos se habían ido. Los viernes me dejaban sola en la oficina y yo les decía que aún tenía trabajo. Fingían creerlo, pero sé que no lo hacían.

Cuando me quedaba sola, leía sobre el exilio. No escribía ni una línea que tuviera sentido, pero al menos me documentaba. Durante la semana, mi padre y yo nos comunicábamos por email. En ellos me contaba sus peripecias, me lanzaba preguntas de esas para las que nunca encontraba respuesta. *¿Eres feliz? ¿Haces lo que toca cuando toca? ¿Crees que Socotra es una buena opción? ¿Y tu madre, crees que estará bien? ¿Has podido hablar con ella?*

Entonces se enredaba contándome algo de mi madre que no tuviera nada que ver. Algún recuerdo, cualquier cosa, pero siempre ella. Yo no sabía cómo decirle que parara con aquella obsesión. Porque en realidad yo no era la más indicada para hablar de obsesiones.

Aquellos últimos días me había contado que estaba en Madrid, todavía tratando de conseguir un visado en la Embajada de Yemen que lo autorizara a quedarse tres meses. En Yemen había una guerra que ninguno de los medios estaba cubriendo, básicamente porque era imposible entrar de otro modo que no fuera con unos aviones específicos de las Naciones Unidas.

Aunque me solía llamar todos los viernes, mi padre era un auténtico amante de los emails, como antes lo había sido de las cartas, y se había aficionado a escribir largos y trabajados mensajes. No le gustaba el WhatsApp; se quejaba de que la aplicación favorecía el diálogo absurdo e irreflexivo entre la gente. Sus emails eran más bien disertaciones.

Decía, por ejemplo:

El aislamiento geológico de Socotra —está a 250 km de la costa africana, aunque pertenece a Yemen— ha hecho que el 37 % de sus 825 especies de plantas, el 90 % de los reptiles y el 95 % de los caracoles terrestres no se encuentren en ninguna otra parte del mundo. De hecho, uno de los símbolos de la isla es la Dracaena cinnabari, un extraño árbol conocido como el árbol de sangre de dragón por su llamativa savia de color rojo. ¡El que viste en la fotografía del teléfono!

Luego me hacía un resumen de la historia reciente de Yemen. Y justo al final, en pocas líneas, me decía que se había encontrado con Diego, que se había dejado el pelo un poco más largo y que el niño iba con él y estaba muy mayor. Nada más.

En el teléfono, su voz sonaba casi alegre.

—¿Cuándo te marchas?

—Creo que la semana que viene.

—¿Sabes cuándo volverás?

—No, la verdad. Me he alquilado una casa en un lugar llamado Hadibu. La casa tiene un tejado de color turquesa, he visto una foto. También aire acondicionado, que ahí hace un calor del demonio. Desde la universidad me han puesto en contacto con un antiguo colega mío que vive ahí también, fíjate qué coincidencia. Al menos podré ver a alguien.

—¿Hablan inglés?

—No lo creo. Pero con el árabe ya me las arreglaré.

Finalmente, no pude aguantar más:

—¿Viste a... Diego?

—Lo vi con el niño, sí.

—¿Y?

—Nada, eso es cosa tuya.

Aquel era el fin de la conversación. Mi padre era especialista en eso; en dejarlo caer. El teléfono no le gustaba más que el WhatsApp. Todo era demasiado directo. Se defendía mejor en una hoja en blanco, un debate.

—Pero ¿estaba bien?

—Sí, Laura. No me preguntó por ti, si es lo que quieres saber.

—Gracias por el dato.

—Laura, no puedes jugar a quererlo todo. Deja que rehaga su vida si tú no quieres estar con él... Por cierto, si hablas con tu madre ya le dirás que me marcho a Socotra.

Quise pagarle con la misma moneda, decirle que tampoco ella me había preguntado por él, pero me callé. Yo no hablaba con mi madre. Además, a ella le daba absolutamente igual lo que él hiciera. Mi padre, tantos años después de su separación, seguía haciendo lo que acababa de recriminarme: pensar en Adriana como en algo suyo. Algo que podía arreglarse.

—¿Sí?

—¿Lo harás?

—Claro, si hablo con ella lo haré —decidí cambiar de tema—. Pero ¿vas a contarme qué vas a hacer allí? ¿No se había cerrado hace años lo de la comisión de islas de Ginebra?

—Sí. No había fondos, y mucho menos ahora. Pero siempre he pensado que Socotra es un caso parecido a Galápagos, aunque está más habitada. Si Darwin se hubiera dado una vuelta por ahí, sus teorías sobre la evolución de las especies serían mucho más acertadas. Podría presentar un nuevo proyecto.

—Pero... —no me dio tiempo a preguntarle desde cuándo se interesaba por las teorías evolutivas.

—¿Y tú estás bien allí? ¿No hace mucho calor? ¿Comes bien?

Quise decirle que había más cosas por las que preguntar que por el calor. Pero me abstuve. Mi padre se estaba limitando ahora a llenar los silencios.

—Voy a clases en la universidad, ya te lo dije.

—¿Y estás escribiendo?

—¿Escribiendo?

—No sé. Algún relato, artículo.

—No, no lo hago. Bueno, un poco. Pero muy poco.

—Tienes que hacerlo.

Quise hablarle de Gael, pero no sabía por dónde empezar.

—Laura, te enviaré una postal desde Socotra —dijo entonces.

Como cuando yo escribía sobre el contador de islas y dibujaba matasellos extraños en mis historias.

—Claro, hazlo. Me hará mucha ilusión.

Al colgar sostuve el teléfono unos segundos. Lo observaba, como si pudiera decirme algo. Era fácil. Solo tenía que marcar un número que me sabía de memoria.

Lo hice. Sonó varias veces hasta que al otro lado alguien descolgó. Pero no era la voz que esperaba sino la de un niño, a quien también conocía.

—Holaaaaa —dijo.

—Quién es —se oyó la voz que yo esperaba.

—Es un número largo —respondió el niño.

Entonces lo cogió la otra voz.

—¿Sí?

Quise decirle que era yo. Pero colgué. No fui capaz de decir nada.

De repente, se abrió la puerta del despacho y entró Ethan.

—Me he dejado las llaves de casa...

Pero se detuvo.

—¿Qué te pasa?

—Igual sería mejor preguntarlo al revés. Qué no pasa.

—¿Tantas cosas?

Me encogí de hombros.

—¿Crees que puedes contarme alguna?

—Puedo intentarlo... Bueno, en realidad, estaba trabajando y...

—Ya sé que no hace ni un par de meses que nos conocemos, Laura. Pero cualquier cosa que hayas venido a hacer aquí, la estás haciendo bien. Ya sé que no has venido a leer a Alejandra Pizarnik o a aprender inglés.

—Ya... Bueno. En realidad no me pasa nada grave. Hacía casi un año que no llamaba al chico con el que salía. Lo acabo de hacer, y cuando ha respondido he colgado.

Me miró extrañado.

—Ya sé que eso no dice mucho de mí —seguí—. Al menos no dice que haga las cosas como una persona normal.

—No creo que haya una pauta de normalidad en cuanto a relaciones se refiere. Con esto del amor a veces es difícil acertar. Nos vuelve más locos de lo que ya veníamos de serie. ¿Qué pasó?

—Que ocurrieron algunas cosas y yo le culpé por todas. Después no quise volver a verlo. Pero, sabes, él no tenía nada que ver con lo que pasó.

—Tanto que dices que te gusta escribir... Espero que te expreses más claramente que hablando...

Tenía esa virtud; me hacía reír.

—Pero se me ocurre algo —continuó.

—¿Qué?

—Mira tu mano, mira lo que tienes ahí.

El teléfono negro, inalámbrico: lo apretaba tanto que me dolían los dedos.

—Te voy a contar cómo se hace —se sentó delante de mí, en su silla—. Hay teclas. Números. Un botoncito con el símbolo de un teléfono en verde. Es para que cuando marques el número, le des. Cuando escuches la voz al otro lado del aparato, no vale darle al símbolo del teléfono en rojo. Puedes decir muchas cosas: Hola, soy Laura. Cómo estás. Eso ya te lo dejo a ti.

—No sé, igual es mejor con un email.

—Los emails son cobardes. No hay nadie real ahí enfrente, sino una pantalla con la que interaccionas y editas el texto veinte veces hasta que has depurado tanto lo que querías decir que es una sombra de lo que era. Es absurdo. Llámale. ¿Cómo se llama?

—Diego.

—Dile: Hola, Diego, estoy en Nueva York y mi máximo plan un viernes por la tarde es estar encerrada en un despacho sola fingiendo que trabajo porque pienso en ti. Un beso, adiós.

Reí.

—No sé de qué vienes, ni qué es lo que te ha pasado. Pero sé que hay algo. Tampoco sé qué pasa con Ibiza ni con tu hermano, o tu madre. Porque al menos de tu padre sé que está vivo y te manda emails sobre islas. Pero de tu madre, tu hermano, más allá de todos estos cuadros de ellos que tienes aquí impresos...

—Ya.

—Pero ¿están bien, tu madre, tu hermano?

—Sí, sí.

Se levantó y cogió el libro, el de la Pizarnik. Lo abrió por una página en la que había anotado: «Quítenme la piedra».

—¿Qué piedra?

—Hay tantas...

—Vamos Laura, mójate.

—La de la locura, la del dolor, la de la tristeza. La del amor.

—Te acepto las tres primeras. Dudo en la tercera, incluso. Pero la otra, la del amor, no es una piedra. Coge el maldito teléfono. No cuesta tanto. Y no leas a la Pizarnik, no es el momento. Le diré a Ellen que te pase algo de Nick Hornby al menos.

Había vuelto a hacerme reír.

Se marchó. Me dejó con la piedra, con el teléfono en la mano.

Y llamé, volví a llamar. Pero esta vez nadie contestó.

36

La caja negra de los aviones registra la actividad de los instrumentos y las conversaciones de la cabina. Almacena los datos que, en caso de accidente, permiten analizar lo ocurrido en los momentos previos.

Las cajas negras son, en realidad, de otros colores. Naranja, amarillo. Tonalidades fosforito que las hagan fácilmente localizables.

Son receptáculos en los que entra información pero, generalmente, de ellas no sale nada. A no ser, claro, que ocurra lo peor.

Yo tuve una caja roja. Era pequeña, redonda, de latón, y se cerraba con rosca. No era más grande que un servilletero.

En realidad, la caja era de mis padres, pero pronto me adueñé de ella. Procedía de un lugar llamado Rawaki, una isla en forma de pera que pertenece a la república de Kiribati, cuyas islas fueron descubiertas por Magallanes y formaron parte primero del Imperio español y después del británico.

Era una isla deshabitada.

Mis padres se fueron de luna de miel a las islas de Kiribati. Habían comprado la caja roja en un puesto de artesanía y un día, acompañados por un guía local, navegaron hasta una isla desierta llamada Rawaki. Llenaron la cajita roja de arena y se la llevaron de recuerdo.

—Arena de una isla virgen, Laura —dijo mi padre cuando me la regaló años después.

Lo miré sin saber a qué se refería. No sabía a qué tipo de lugar podía referirse aquello de virgen.

—Vírgenes son aquellos lugares que no ha pisado el hombre —me aclaró.

Yo debía de tener siete años, no más. La guardé como un tesoro y, con el tiempo, se convirtió en el objeto más antiguo que conservaba. Me emocionaba que procediera de las antípodas, de la otra parte del mundo.

Buscaba aquel nombre, Rawaki, en el mapamundi del despacho de mi padre. Pero no aparecía. Era, como él decía, demasiado pequeña para que la registraran los mapas. No contaba, como una mancha imperceptible en una camiseta oscura. Sin embargo, veía los puntitos diseminados en el océano Pacífico y aquellas líneas discontinuas que marcaban territorios imaginados.

A menudo desenroscaba la tapa y hundía el dedo índice en aquella arena virgen tan distinta de la de nuestra playa. Lo hacía con sumo cuidado. Los granos de arena, aunque parecieran infinitos, no lo eran.

La caja roja atestiguaba la vida privada del amor y del odio. Un día, dos jóvenes recién casados se marcharon de luna de miel a las antípodas. Allí, recogieron arena y la guardaron dentro de una caja.

La caja, la arena, la hija que guardaba la caja en su mesita de noche: todo eso eran ellos.

Después, la nada.

Para mí, la caja fue un talismán, como para Pablo la caracola que Gael le regaló años más tarde.

Ambos objetos significaban la entrada a otra dimensión; uno de ellos nos recordaba el sonido del mar de una isla que tenía dos faros. El otro nos trasladaba a miles de kilómetros, a cualquiera de esas aventuras que yo relataba en «El contador de islas».

Cuando Pablo y yo vivíamos en Barcelona compartiendo aquel pisito en el barrio de Gràcia, dejamos atrás, enterradas en la memoria, la caja y la caracola. Las guardamos en un cajón del estudio de Pablo. La caja de Rawaki, el sonido de Formentera. El pasado.

Sin embargo, antes de que mi hermano muriera, empecé a pensar casi obsesivamente en aquella caja roja. Yo misma me había convertido en una especie de caja negra de mi hermano.

Estaba ahí, cerca, observándolo. Lo custodiaba. Registraba cada uno de sus cambios de humor. Los anotaba.

Y me tenía que decir a mí misma: Laura, no tengas miedo. El avión vuela, no hay turbulencias.

Pero yo sabía que el avión podía caer.

Una vez ocurrido el accidente, no di con ninguna explicación. Estaba todo registrado pero, por mucho que volvía una y otra vez atrás, y buscaba indicios de aquel crack final, no encontraba aquel punto de no retorno. Había anotado las turbulencias, las tormentas. Los avisos. Pero en el momento que tenía que estar más atenta no lo estuve. Si no, quizá lo hubiera podido evitar.

Los aviones y los humanos no tenían la misma forma de proceder.

«No podrías haber hecho nada», me repitieron una y otra vez.

Pero yo creo que sí.

Dicen que los que están a punto de morir experimentan súbitamente una mejoría que hace que los demás, los familiares, los que están alrededor, confundan ese bienestar momentáneo, que es en realidad un retroceso, con la esperanza de que todo puede cambiar. El último año de Pablo fue el más feliz de su vida. Eso era lo único que me consolaba.

Las últimas Navidades que habíamos pasado juntos habían sido las más felices que recuerdo. Como si la vida, antes de golpear, te dijera, *ves, todo esto es lo que a partir de ahora ya no volverá.*

Después de su muerte, volví a menudo al 26 de diciembre, San Esteban, a esa película que vimos juntos en casa, *Lost in translation,* y comentamos después en el Teatro Pereyra.

Cuando mi hermano se fue al baño, mi padre me dijo:

—¿No lo ves feliz, Laura? Está bien..., curado, casi.

—Papá, Pablo no se curará nunca. Estará mejor, peor...

—Sí, pero ya me entiendes.

Era mi padre el que no lo entendía.

—Creo que también es por Diego, por Lucas. Ese niño pequeño... Es increíble lo unido que está Pablo a él. Lucas es lo mejor que nos ha pasado a todos, creo —entonces llegó Pablo y se sentó.

—Querrás decir Lucas y Diego, ¿no?

Y creo que me puse roja, pero asentí.

Sentados en esas mesas altas, esas mesas de doble cristal que exhibían tarjetas y notas que la gente había ido dejando, hablábamos de *Lost in translation,* de los finales. Hacía frío. Había estado lloviendo y la humedad de la isla llenaba el aire.

—La conclusión es que los viejos no tenemos que enamorarnos de jovencitas. La historia siempre acaba igual. La película tiene sentido porque termina de la misma manera que *Lolita:* Bill Murray se queda solo.

—No es lo mismo. Ella quiere quedarse con él —añadí.

—No, Laura. Lo que le pasa a esta chica, Scarlett, es que está sola y su marido no le gusta. Entonces, bueno, aparece el otro que va de misterioso y ya está.

—Quizá. Pero este final deja paso a la duda. Puede ser que, más tarde, Scarlett y Bill Murray se encuentren en un café de Nueva York, por ejemplo —dije.

—Sí, y Murray de repente tiene veinte años menos, ¿no? —mi padre se rio—. Lo que tienen los finales felices es que no hay vuelta atrás. Son así; terminan bien, el espectador ya no tiene que añadir nada, porque está todo dicho. Y tiene menos gracia.

Pablo, en cambio, se quejó de que los finales felices estaban infravalorados.

—No estoy de acuerdo —dije—, son simplemente aburridos. Por el contrario, las historias que terminan mal dejan una puerta entreabierta, la de la incertidumbre, y esa puerta cuesta cerrarla: puede entrar de todo...

—No me convence —me cortó.

—¿Y en qué categoría entra cuando alguien muere? —le pregunté de repente.

—Ese es también un final cerrado, como los finales felices. No deja lugar a elucubraciones ni a reencuentros. En ese caso no estaríamos pensando en un Bill Murray que se casa con Scarlett. Sabríamos que estaría muerto y que Scarlett seguiría pensando en él desde la imposibilidad de lo que nunca va a ser.

—¡Caray, Pablo! Pareces tu padre, un filósofo —rio.

Mi padre nos llevó al aeropuerto. El día de San Esteban era festivo en Barcelona, y Pablo y yo cogíamos el último avión porque yo trabajaba al día siguiente.

En el vuelo hubo turbulencias y Pablo empezó con los sudores fríos. Sin embargo, bromeó con que se caía el avión.

—Este sería un final feliz —dijo—. Al menos para mí. ¿Sabes por qué?

—Pablo, no me interesan este tipo de conversaciones.

—Porque estás feliz, Laura.

En las fases depresivas, Pablo se encerraba en casa a pintar. De esos momentos salieron sus grandes trabajos, la serie sobre *Los olvidados,* por ejemplo. En sus fases de manía, en cambio, no pintaba. Se dedicaba a salir, a conocer a gente nueva a la que ocultaba su enfermedad. Toda esa gente se sorprendía después ante su desaparición. Le creían uno de esos genios ciclotímicos capaces de animar cualquier velada, pero también de arruinarla, con sus subidas y bajadas. Yo no soportaba a aquel chico histriónico. Mi hermano era otro.

Con el litio todo mejoró. Perdió parte de ese brillo espontáneo que lo caracterizaba, pero estaba tranquilo. Pintaba menos, había empezado a estudiar Psicología a distancia y aquello lo ilusionaba. Pensaba que tener una carrera le daría estabilidad. Que lo haría mejor, al menos a los ojos de los demás. De mi padre. De mí.

—Tú tienes dos carreras, Laura.

—Pero no sé pintar. Si tuviera tu talento, no habría pisado la universidad.

—Eso lo dices porque sí que las tienes.

Aquel era un tema recurrente en nuestras conversaciones. Trataba de decirle por todos los medios que no podía frustrarse por no haber hecho una carrera, que no era su culpa.

No había llegado a terminar Bellas Artes porque las entregas le suponían una presión excesiva. Sus umbrales de estrés eran bajísimos. Luchó para sacar la carrera adelante durante tres años, aunque solo pudo completar el primer curso. En realidad, siendo honestos, poco importaba: con dieciocho años había logrado exponer en los mejores museos de la ciudad.

Al dejar la carrera, durante un tiempo se dedicó exclusivamente a pintar. También pensó que su experiencia podía servirle a gente que pasara por su misma situación. Entonces empezó a estudiar, a leer todo lo que tenía que ver con aquellas cosas que ocurrían dentro de su cabeza. Se obsesionó. Se analizaba constantemente. Trataba de buscar los porqués, las razones por las que aquello hubiera podido ocurrirle a él.

Buscaba otros ejemplos. Vincent van Gogh, William Kurelek, Edvard Munch, Adolf Wölfli. Aquellas dos escritoras, Sylvia Plath, Virginia Woolf. O Kafka.

La lista era larga, y él solía recitarla como si se tratara de un poema. Me lanzaba nombres para demostrarme su sufrimiento, para equipararlo con el de los demás. Como si yo no le creyera.

Sufría, y la enfermedad, en cierto modo, lo volvió egoísta.

37

Incineramos su cuerpo en el crematorio de Santa Eulària. Nunca habíamos estado ahí, era un sitio diáfano y lu-
minoso.

Una fábrica de mármoles y lápidas era el único indica-
dor de que íbamos por buen camino.

Un hombre alto y moreno, con un *piercing* en la lengua, nos enseñó relicarios y distintas urnas: de metal, de
madera, de sal, para que se disolvieran en el agua.

—Hay gente que quiere tirar la urna al mar y que de-
saparezca en el agua —dijo.

¿Y nosotros? ¿Qué queríamos hacer nosotros con las
cenizas? Nadie lo había pensado.

—También hay otros que se hacen un anillo con parte
de las cenizas. Últimamente se han puesto de moda cemen-
terios de árboles. Eso es bonito —continuó—. O también
un colgante para llevar siempre encima al difunto.

—Queremos algo clásico —terció mi padre.

Escogió una urna de metal con unas agarraderas dora-
das.

El hombre del *piercing* nos enseñó aquel lugar en el
que parecía que la muerte no dolía y que se hacía pasar por
un trámite liviano. Por eso había tanta luz, cristales que
daban al exterior, los mismos que separaban el banquito
en el que se sentaban los familiares de la plataforma móvil
donde se ponía el ataúd. La plataforma que daba a las puertas de un horno.

—¿Desean poner alguna canción en el momento en
que la caja entre ahí? Dura quince segundos —dijo el hombre señalando el horno.

—¿La cremación?

—No, el momento de introducir el ataúd. La cremación tarda de tres a cinco horas, dependiendo del tipo de cuerpo.

Fue entonces cuando mi madre lloró. No podía parar. El hombre le ofreció un pañuelo.

—Solo tenía veinticinco años —dijo ella—. Era delgado.

Ya nada volverá a ser igual, pero después de una muerte, los primeros días se actúa como si todo aquello fuera normal: escoger la ropa para el difunto —con qué estará más guapo—, elegir un ataúd —«con qué acabados lo quieren»—, y las flores: ¿crisantemos?, ¿claveles?

—¿Cuál es el criterio que tengo que seguir para escoger la ropa?

Criterio, esa fue la palabra que dije.

Quería hacerlo todo tan bien que incluso me olvidé de que se trataba de Pablo.

Mi madre y yo escogimos la ropa. Ella quería ponerle una camiseta que le había regalado por Navidades y que él nunca se ponía porque le molestaba en el cuello. Le dije que no, que le molestaba. Pero me di cuenta del absurdo. La ropa se iba a quemar a mil quinientos grados.

No fui capaz de verlo muerto. La decisión no tuvo nada que ver con aquello que dicen de quedarse con otra imagen de la persona. Tuvo que ver, aunque de eso no era consciente entonces, con la no aceptación. No querer creer que él hubiera muerto. No afrontar las cosas pasa, en primer lugar, por no querer verlas.

Tengo recuerdos deslavazados del primer día en el tanatorio. Estaban mis amigos, los de Pablo. Diego. También él, Gael.

Como si se tratara de una pesadilla recurrente, aquel día volví a ver al hombre rubio que ya no tenía el pelo rubio sino gris, y que había vuelto una vez más.

A mi padre Diego y yo lo habíamos visto salir; parecía que tuviera prisa por llegar al coche, por desaparecer. Otra vez, como en la exposición. Más tarde, cuando los vi de nuevo, aquel hombre abrazándola en un lugar apartado, entendí las prisas de mi padre.

—Te he visto con él otra vez. No tienes corazón. Ni vergüenza —le dije más tarde.

Pero mi madre no me contestó. Me miró, y lo que vi no fue arrepentimiento, ni culpa. Solo resignación.

Me entristeció comprobar hasta qué punto mi madre estaba completamente enamorada de aquel hombre. Entonces incluso llegué a sonreírle.

—No es tan difícil, mamá. Vete con él.

Pero no podía. Ya nunca podría irse con él porque él no quería estar con ella. Eso me dijo. Como si tuviera quince años y me estuviera contando una riña de adolescentes.

Mi madre estuvo extrañamente lúcida aquellos días. Tomó decisiones, cuando estábamos acostumbrados a que nunca se pronunciara en nada.

Fue ella la que escogió la canción que sonaría cuando introdujeran el féretro en el horno. Nunca había escuchado aquel tema, se llamaba *Hey moon* y tenía algo de hipnótico, casi de nana. *I know it's been so long since we saw each other last, I'm sure we'll find some way to make the time pass* (Sé que hace mucho desde la última vez que nos vimos, estoy seguro de que encontraremos la manera de hacer que el tiempo pase), empezaba diciendo.

Me pareció que hablaba de la luna. Aunque, en realidad, poco me importaba en esos momentos tratar de descifrar la letra de la canción.

El día de la cremación fui incapaz de ver cómo el féretro se introducía en el agujero que iba a consumirlo, a convertirlo en ceniza. Me giré hacia los cristales que daban al jardín de fuera. Sé que Pablo lo hubiera entendido.

Tengo pocos recuerdos de esos dos días; estar en el parking del crematorio, sentada dentro del coche con las ventanillas bajadas. Mis manos entre las de un hombre al que en pocos meses dejaría de ver también, para siempre.

Pensaba en el fuego.

Cuando terminó la cremación, después de escuchar las condolencias, los «te acompaño en el sentimiento», después de que tanta gente dijera tantas cosas bonitas sobre Pablo, y de que nadie, absolutamente nadie dijera algo verdadero como «no puedo ni imaginarme lo que es esto», Diego y yo nos marchamos a casa. Vimos atardecer en nuestra playa. Sin él. Nos sentamos en las casitas de los pescadores sin apenas hablar.

En casa había luz, mi padre estaba en su despacho.

—¿Quieres que te prepare algo de cenar? —me preguntó Diego.

Le dije que no tenía hambre, lo que era cierto.

—No me puedo creer que se haya ido —le dije.

—Lo sé. Yo tampoco.

Me cogió de la mano y nos quedamos así, en silencio, viendo cómo se escondía el sol. Estaba llegando el verano a la isla.

—Voy a hacer la cena, ¿vale? Creo que tienes que empezar a comer algo. Y tu padre también.

Antes de levantarse me abrazó, me besó en la frente, como se besa a los niños.

—Saldremos de esta.

Y fue al escuchar aquella frase en plural, aquella frase que yo siempre le repetía a Pablo cuando tenía sus ataques, cuando no se podía levantar de la cama, que me eché a llorar. Lloré hasta que no me quedaron más lágrimas. Diego no fue a hacer la cena, tampoco cenamos aquel día, pero qué importaba.

Guardo ese momento: él a mi lado, sin apenas decir nada. Mis manos en las suyas. El amor también podía ser eso, y yo nunca lo había sabido hasta entonces.

Al día siguiente, Diego y Lucas, a quien había cuidado un amigo de mi padre después de que ocurriera todo aquello, volvieron a Barcelona y nosotros, mi padre, mi madre y yo, fuimos a recoger las cenizas. Nos dieron una bolsa de cartón con la urna metálica dentro. Pesaba, y pensé que aquello podría haber sido otra cosa. Un jarrón. Un libro de muchas páginas.

Nos subimos al coche, las cenizas detrás, al lado de mi madre, yo delante, y nos dirigimos hasta Santa Eulària.

—Necesito tomar algo —dijo mi padre.

Aparcamos al final del paseo y fuimos andando en silencio, bordeando el paseo marítimo, hasta el Ínsula, el bar que estaba al lado de uno de esos hoteles que en mayo se llenaban de jubilados ingleses. Estaba apartado, no había nadie a aquellas horas en la terraza y cogimos una mesa.

Ellos pidieron sendos whiskies. Aunque eran las doce del mediodía.

—Habrá que pensar qué hacer con ellas —dijo mi padre.

—Iremos a Formentera —dijo mi madre—. Las tiraremos en los acantilados del Cap de Barbaria. A Pablo le hubiera gustado.

—Me niego, Adriana. Por ahí sí que no. No voy a ir a ese puto faro.

—Pues quédate. Tampoco hace falta que vayas.

Mi padre se levantó de la mesa y tiró la silla.

—¡Tú tampoco vas a ir! ¿Me oyes? Estas cenizas son todo lo que queda de tu hijo. ¿Tienes que ir a tirarlas a ese sitio al que yo no puedo ir?

—¿Se puede saber por qué no puedes ir?

—¡Porque ahí te dedicabas a follarte a otro mientras estabas casada conmigo y tenías a una niña en casa! ¿Es tan difícil entender que no quiera ir? ¿Es tan difícil ser una persona normal, aunque sea solo por un ratito, Adriana? ¡Joder!

—Román, aquí estamos hablando de lo que Pablo hubiera querido.

—¿Quieres que te diga yo lo que hubiera querido?

—Román...

—¿Te lo digo? ¡No voy a ir a ese puto faro, y tú tampoco! ¿Te das cuenta de que quieres tirar las cenizas de Pablo, al que he cuidado yo y no tú, donde te ibas con ese desgraciado que no se ha hecho cargo de nada? Porque asúmelo, Adriana, asúmelo: ese tío nunca te ha querido. Ni a ti ni a nadie.

—Román, ¿se puede saber qué haces?

—¿Que qué hago? Alguien tiene que decirte la verdad, ¿no? Lo has sacrificado por un tío al que le importas una mierda. Tu familia, tu casa, tu vida. Y ahora tu hijo se ha muerto y qué, ¿qué ha hecho ese... imbécil? ¿Ha tenido tiempo para volver de Nueva York y darte un abrazo de condolencias?

—¡Cállate! ¡No tienes ni idea de nada!

—¿Que no tengo ni idea?

Entonces mi madre le cruzó la cara de un bofetón. Le dejó sus cinco dedos marcados y salió corriendo de la terraza. Dobló la esquina y desapareció por el paseo. Nos quedamos mi padre y yo, y la urna gris en una bolsa de cartón.

Dos cocineros salieron disimuladamente a la puerta. Querían poner cara a los que habían protagonizado aquella escena de gritos y reproches. Mi padre no los vio.

Se le cayeron un par de lágrimas. No supe si de rabia o de tristeza. Se quitó las gafas y se pasó la servilleta del restaurante por los ojos, casi frotando, como si estuvieran sucios. Después se sonó con ella.

—Tengo mocos. Me habré resfriado.

Pero era mayo, hacía sol. Yo no dije nada.

Se habían pasado la vida haciéndose reproches.

Hacía muchos años que no se sentaban los dos juntos en la misma mesa. Pero aquel día, sola frente a ellos, aquella situación violenta me distrajo del dolor. Era más fácil seguir pensando en otras cosas. En cómo ellos también se habían vuelto locos, la amargura los había corroído por igual. Después de tantos años de peleas y sabotajes, lo que les quedaba no era más que eso: amargura. El sabor agrio de todas las batallas que habían ido perdiendo a lo largo de la vida.

¿Se habían amado de verdad alguna vez? ¿Dónde había surgido el amor? ¿Qué había pasado con él? Porque era fácil detectar el origen del sufrimiento, había tantos puntos de fricción... Lo que costaba era encontrar los de conexión.

Mi padre había pagado la cuenta dentro del bar.

—Bueno —dijo—. Es mejor que nos vayamos.

Mi madre nos esperaba sentada en un banco del puerto. Miraba al bar pero, en realidad, tenía la vista perdida. Con el móvil en la mano, como si quisiera hacer una llamada. Nos acercamos.

—Vamos, Adriana —dijo sin mirarla.

—¿Adónde?

—A coger el próximo ferri. Vamos a Formentera.

Aquella fue la única batalla que ganó mi madre, la de las cenizas.

38

El ferri de Santa Eulària a Formentera tarda una hora y media. A veces para en Cala Llonga, y a partir del día 8 de mayo se inaugura el horario de verano. En Ibiza todo se paraliza de octubre a mayo.

El ferri era azul. Mesas azules, sillas azules de plástico. Se habían puesto de acuerdo para conjuntarlo todo.

Recuerdo el puerto de Formentera, La Savina. Llegar en ferri, y meterme rápidamente en un bar, el Bellavista, para pedirme una Coca-Cola. Con limón, hielo. Un hombre pelirrojo que comía un helado de fresa y a quien se le cayó al suelo la bola entera. *Se derretirá,* pensé. Recuerdo haber ido al baño de aquel bar. Haberme llevado la bolsa con la urna. Haber abierto la cajita roja y tirado lo que quedaba de la arena de Rawaki por el retrete. Haber abierto la urna y haber cogido un puñado de cenizas. Haberlas metido en la cajita roja. Todo muy rápido, como si estuviera haciendo algo malo y pudiera haber cámaras ocultas que me delataran.

Cerré la cajita con su rosca. Tapé la urna. Me lavé las manos. Pero aquello no era arena, ni barro. Ni suciedad. Era mi hermano que se estaba yendo por el desagüe.

Alquilamos un coche y fuimos en dirección a Sant Francesc Xavier, y de ahí nos adentramos a través del desvío, pasado el pueblo, hacia el Cap de Barbaria. Era un caminito que se iba estrechando cada vez más. Empezaba con un tramo asfaltado y conforme avanzábamos se hacía más pequeño, apenas podían pasar un coche y una moto a la vez. Costaba llegar al final: había que pararse continuamente. Turistas en *scooters* pequeñas y sin estabilidad, con cascos que parecían de obrero, hacían malabarismos. Cada vez más estrecho. Cuando llegamos me acordé de aquella otra vez. Me acordé de haber detenido la *scooter* antes de llegar para hacernos fotos con el faro a lo lejos, en medio del camino lunar.

El faro del Cap de Barbaria es la luz más meridional del archipiélago balear. Está situado en un entorno rocoso y agreste.

Cerca de la lente del faro estaba esa inscripción, E-0251, que a Pablo le parecía un mensaje en clave.

Al lado derecho del faro, excavado en medio de la roca, había un agujero que bajaba a un nivel inferior, que daba a una especie de balcón entre las rocas.

Habían puesto una escalera de madera que debía bajarse de espaldas. Mi madre sabía lo que hacía, se acordaba de ese mismo escondrijo.

No tengas miedo, Pablo. Un pie detrás del otro. Colócate de espaldas.

Bajamos los tres por las escaleras. Mi padre haciendo un esfuerzo. No sé si por no quejarse, por no volver a cargar contra mi madre. Mi madre, por no llorar. Yo, por cargar con las cenizas.

No te caigas, Pablo, no te caigas.

Salimos al pequeño balcón rocoso y nos quedamos ahí de pie sin decir nada. Saqué la urna.

—Espera a que no sople el viento de cara —me advirtió mi padre.

A mi cabeza volvía una y otra vez aquel otro viaje. El mar desde la punta del acantilado.

¿Por qué el agua es más azul o menos? ¿Es de un color diferente? ¿Por qué el agua del grifo es blanca?

Pablo riendo. *Laura... ¡Mira, no tengo miedo!*

Pablo enamorándose de esta islita que también amaba mi madre.

Pablo subiendo una y otra vez las escaleras del agujero de las rocas, asomándose sin miedo.

Pablo a punto de desaparecer en el mar.

Cuántos años habían pasado ya. Tantos. Busqué el papel en mi bolsillo y leí aquel poema de Joan Margarit que tanto nos gustaba a los dos.

> *No tenia por de l'aigua, sinó de tu,*
> *era la teva por que em feia por,*
> *i el lloc fondo on no es veien les rajoles.*
> *M'hi vas arrossegar, recordo encara*
> *la força dels teus braços obligant-me*
> *mentre intentava abraçar-me a tu.*
> *Vaig aprendre a nedar, però més tard,*
> *i molt de temps vaig oblidar aquell dia.*
> *Ara que ja no nedaràs mai més,*
> *veig l'aigua blava immòbil davant meu.*
> *I comprenc que eres tu el que t'abraçaves*
> *a mi per intentar creuar aquells dies.*

Repetí aquel último párrafo, pero lo hice en castellano, que era la lengua en la que él y yo nos habíamos comunicado siempre. «Ahora que nunca volverás a nadar, / veo a mis pies el agua azul, inmóvil. / Y comprendo que eras tú el que te abrazabas / a mí para intentar cruzar aquellos días.»

El poema hablaba de un padre que le enseña a nadar a su hijo. El niño cree que su padre le sostiene. Pero es el padre el que se sostiene a través del hijo.

Me había quedado quieta, como congelada, sin abrir la urna. Lo hizo mi madre. Rápido.

Vimos una nube de cenizas, sopló un ligero viento y se las llevó. Fueron cayendo al mar.

Después, cada uno, como si estuviéramos sincronizados, cogió un puñado de cenizas y lo tiró.

—Y con la urna... ¿qué hacemos?

Antes de que pudiéramos reaccionar, mi padre ya la había tirado acantilado abajo.

—Román...

—¿Qué hubieras hecho? ¿Convertirla en un florero?

Escuchamos el ruido sordo de la urna impactando contra las rocas varias veces. Temí que se quedara tirada ahí, a medio camino. Pero acabó hundiéndose en el mar.

Subimos las escaleras de vuelta al faro. Mi madre se quedó ahí unos instantes más, mirando el mar. Debía de pensar en su hijo. O en aquel otro hombre. Siempre lejos.

Mi padre y yo la esperamos en el coche. La veíamos. Se había detenido de nuevo y miraba hacia el horizonte. ¿En qué pensaría ahora mismo? Quizá se preguntaba cuál había sido el momento en que había empezado a equivocarse de aquella manera tan estrepitosa. O no, quizá eso lo pensaba yo. Porque miraba a mi padre, que ahora evitaba mirar a mi madre, la cabeza volteada hacia el otro lado. Tras aquel odio recalcitrante se escondía una de aquellas pasiones opacas, imposibles de entender para los demás.

Como la pasión por las islas. Inútil: infructuosa.

Mi padre había seguido contando islas toda su vida, todos esos años. Como si resolver aquel cálculo infinito pudiera acercar a su vida a la mujer que ahora observaba el faro.

De vuelta, mi padre no dijo nada y nos fuimos a Ses Illetes. El ferri salía en una hora y media y entramos en el parque natural de Las Salinas, pasando por el Estany Pudent. Con esas aguas violetas.

Mamá, son como nuestras salinas, decía Pablo.

Al final de Ses Illetes estaba aquel sitio, Es Ministre, el único restaurante abierto en esa época del año, y ahí fue donde paramos. Era la hora de comer, pero ninguno de nosotros tenía hambre. Nos quedamos mirando aquel remanso de aguas transparentes y turquesas.

Nos trajeron *all i oli,* pan y unas olivas.

Hice una foto del mar, y desde entonces la llevo en el teléfono.

Volvimos a Ibiza en ferri. Dejamos a mi madre en el aeropuerto. Ella se marchaba a Barcelona. Mi padre y yo dormimos en casa.

Por la noche se encerró en su despacho. Fui a desearle las buenas noches y, al verme, se levantó del sillón y me dijo:

—Haz lo que te dé la gana con tu vida. Pero sobrevive. Me da igual de qué manera lo hagas, pero solo te pido un favor, Laura: que te mueras después de que yo lo haya hecho.

Se acercó y me dio un abrazo torpe.

—Joder, Laura. Mierda. Pablo —se le quebró la voz, y antes de que lo viera llorar otra vez salió del despacho y me dejó ahí, de pie, rodeada de sus mapas.

Hubiera querido decirle dos cosas. Una, que no se preocupara: sobreviviría. La otra, que Gael había ido al tanatorio, que no disimulara porque él también lo había visto.

Estaban en una esquina, tras una columna. Aquel hombre a quien llevaba veinte años sin ver abrazaba otra vez a mi madre. Era mucho más alto que ella y cubría con sus brazos su cabeza. Como si quisiera resguardarla de algo.

39

—¿Qué estabas haciendo tú todo ese tiempo? —me preguntó la psiquiatra.

—No lo sé; mirar.

—¿No te parece extraño que no recuerdes qué sentías tú y que cuentes toda esta historia basada en lo que les ocurrió a tus padres? ¿Dónde estabas tú?

Entonces lo vi con claridad. Como un fogonazo. No recordaba nada de mí. Había desaparecido del encuadre y contaba las cosas como si hubieran sucedido en una novela. Yo solo era la narradora.

—Al día siguiente, me fui de Ibiza en el vuelo de la mañana. Mi madre ya se había marchado.

—¿Y qué más recuerdas? —me volvió a preguntar.

Que era de noche y que yo era la chica que lloraba sentada en una silla de plástico en un hospital nuevo, blanco, aséptico que estaba en las afueras de la ciudad. Podría ser cualquier ciudad, pero era Barcelona.

Llegué por la mañana. La cara desencajada. Ojeras y el pelo sucio, porque hacía tres días que olvidaba lavármelo y mi padre había comprado un champú extraño que no tenía gluten. Mañana, me decía. Pero mañana llegaba todos los días puntual y el pelo castaño me seguía cayendo enredado por la espalda.

Recogí una maleta roja en la cinta transportadora número siete. Ibiza. La maleta escondía una cajita roja envuelta entre toallas. No podía permitir que se golpeara, pero tampoco quería llevarla en el bolso por si no pasaba el control. Por si me preguntaban qué había ahí.

Después cogí un taxi que me llevó a casa. Le pedí al hombre que lo conducía que, por favor, apagara la radio porque no quería escuchar a Sting ni a Justin Bieber.

No llevaba gafas oscuras, y las lágrimas me resbalaban por las mejillas mientras el coche avanzaba lento por los accesos congestionados de una ciudad en pleno lunes y me llevaba a mi casa, al lado de esa pequeña plaza en un barrio de callejuelas estrechas y tiendecitas. La Virreina, mi plaza tan cerca de mi casa. Aunque ya no sabía si era mi casa. No sabía nada.

Por la noche, sentada en la sala de un hospital vacío, tenía temblores y era incapaz concentrarme para que las piernas dejaran de moverse. Parecía que tuviera frío, pero era imposible porque sentía la camiseta roja pegada a mis brazos, a mi espalda. El cuerpo, mi cuerpo, se movía y yo no podía detenerlo.

La enfermera me estaba observando y yo no sabía qué hacer ni qué decirle.

Me dijo que pasara a una salita y obedecí, pese a que tenía miedo de caerme. Me acompañó, me cogió del brazo y me susurró que no pasaba nada.

Dentro de la consulta, un médico de pelo entrecano me hizo sentarme en una camilla.

El papel estaba arrugado pero no me importó. Sentía, con vergüenza, que solo quería que ese hombre me diera un abrazo.

El hombre tenía un calendario en la mesa llena de papeles y recetas.

—¿Qué edad tienes? ¿Cuándo has empezado a temblar? ¿Tienes ganas de vomitar? ¿Podrías estar embarazada?

Me auscultó y me pidió que respirara hondo. No pude hacerlo, porque cuando inspiraba sentía que había un tope, una especie de pared que me imposibilitaba ir más allá. Se lo dije y el médico me contestó que no tenía que preocuparme, que lo volviera a intentar.

Pero no podía respirar. No podía llegar al fondo y lloraba.

Observé aquel aparato metálico que resultaba tan frío al tacto. Era un fonendoscopio. Servía para escuchar el corazón. Recordé cuando éramos niños e íbamos a la consulta del pediatra. *Saca la lengua, Pablo. Muy bien, podrás llevarte el palito de madera. A ver, Laura, ahora respira.*

Respirar. No podía respirar.

Sentí el frío del fonendoscopio que descansaba sobre la piel de mis costillas. Sobre mi pecho. Debajo, el corazón.

Me pregunté si el médico escuchaba algo. Si podría descifrar lo que ocurría ahí dentro.

El médico me dijo que todo estaba bien, que no me preocupara. Me explicó que tenía que tratar de calmarme. Me preguntó si estaba sola y le respondí que no. Que me venían a buscar, pero era mentira. En realidad quería decirle que me acompañara a casa para no volver sola a ese piso que también estaba vacío, como ese hospital. Un piso que se había quedado dentro de una maleta roja que procedía de Ibiza. Cinta número siete.

El fonendoscopio no funcionaba. De eso estaba segura. Al menos, no servía para lo importante: para saber que el corazón seguía latiendo pero que en realidad estaba muerto.

Durante meses lo olvidé todo.

«Amnesia disociativa», me dijeron.

Por las noches me quedaba mirando la caja roja. No me atrevía a abrirla. Depositaba la mano sobre ella. La dejaba en la superficie, acunándola.

Pablo, dónde estás.

La culpa fue una de mis primeras obsesiones. Empecé con mi padre. Recorrí mi infancia una y otra vez para encontrar el punto donde se había producido la grieta. Después culpé a mi madre, la culpé con todo mi corazón. Esos cinco años de ausencia eran más de lo que cualquier hijo podría soportar. Pero había algo en el fondo de mí misma que se negaba a ir hasta el final, a condenarla: pero ¿y yo? Yo había salido adelante, ¿no?

De todo aquel laberinto de culpas al final acabó prevaleciendo solo una: la mía. Porque sentía que lo había abandonado, que no había hecho todo lo posible, le había fallado. Había fracasado y él se había ido.

La naturaleza del duelo es extraña. No cambia, no se suaviza, no se atenúa, no se transforma en algo menos agudo, menos peligroso. Incluso ahora tengo ganas de llamar a Pablo y preguntarle: ¿por qué?

Quizá, si me lo hubiera pedido como es debido, lo habría ayudado. Pero ¿qué importa cómo intentó pedirlo? Pablo se había metido en una rueda autodestructiva. Estaba asustado, y probablemente nunca habría conseguido nada con pedirlo; no sabía cómo. Así que, en lugar de obtener lo que quería, una y otra vez lograba lo contrario: ahuyentar a la gente.

Pero ¿qué más daba cómo lo pidiese?

No pude huir de mí misma, de mi propio deseo atrapado. Estaba a la defensiva.

¿Qué clase de protección ofrece el hecho de prepararse contra algo?

Era yo la que había fallado.

No entendía cómo había podido ocurrirme a mí. Y nadie podía explicármelo.

O quizá sí. Tal vez aquel hombre, Gael, pudiera hacerlo. La idea de ir a buscarlo empezó a tomar cuerpo, hasta que me convencí de que solo encontrándolo a él podría resolver las cosas.

Mi padre se distraía contando islas. Yo hacía algo parecido. Poner fuera las responsabilidades de mi felicidad. Pero sobre todo, las de mi infelicidad.

40

Había llovido temprano y las nubes fragmentadas, ligeras, se consumían unas en otras. Pasó un enjambre de abejas y me sobresalté.

—¿Te dan miedo?

—Hombre, mucha gracia no me hacen.

A causa de la lluvia, había que ir sorteando pequeños charcos en aquella extensión de hierba mal cortada del Fort Washington Park. Seguía a Gael, que me llevaba a ver el Little Red Lighthouse, el último faro que quedaba en Nueva York.

La semana anterior había coincidido con él en la biblioteca —coincidir no era la palabra: había ido a buscarlo—, y me había preguntado si quería acompañarlo a un lugar el sábado.

—Comemos ahí, si te parece.

Habíamos cogido la línea A hasta la calle 175 y de ahí habíamos ido andando; el faro estaba debajo del puente de George Washington, en un trecho del río Hudson llamado Jeffrey's Hook. Me hablaba de un libro para niños que se había inspirado en aquel faro rojo y destartalado, como si estuviéramos en clase.

—Se llama *The Little Red Lighthouse and the Great Grey Bridge*, es viejo, de 1942. Fueron esos niños, al leer esa historia, los que consiguieron que no destruyeran el faro. En realidad, ahora el faro no está encendido, es más bien una antigualla, un recuerdo.

—La ciudad no necesitaba más luz, ¿no crees? Ya tiene suficiente.

—Sí, la verdad... Vine una vez aquí con tu madre. Nos perdimos, si vienes en bici tampoco te creas que es tan fácil de encontrar.

Sorteé un charco.

—¿Cómo fue esos años? —le pregunté de repente—. Mi madre, digo, cómo fue.

—Bueno, ella no estaba muy bien, ¿no habló con vosotros cuando regresó?

—Nos dijo que lo sentía, pero no. Nunca nos contó qué había ocurrido. Lo que sé me lo contó mi padre.

—¿Tu padre sabe que estás en Nueva York?

—Sí, claro. ¿Cómo no iba a saberlo?

—Bueno. Qué tontería. Perdona, es que como tu madre no lo sabía...

—Ya, pero es que hace tiempo que no hablo con ella.

—¿Por qué estás tan enfadada con ella?

—No estoy enfadada.

—¿Entonces qué estás?

Me encogí de hombros y cambié de tema.

—No estoy muy inspirada con el ensayo del curso. La verdad es que desde que he llegado aquí no he escrito demasiado. Leo continuamente osas que tienen relación con el exilio, pero no sé por dónde tendría que empezar a estructurarlo.

—Tampoco es necesario que lo hagas. ¿Por qué te apuntaste a este curso?

Volví a encogerme de hombros, pero él insistió:

—Pensé que quizá estarías escribiendo sobre estos temas...

Vamos, Laura, ve a por ello, me dije.

—Me apunté porque quería conocerte. Siempre estuviste ahí, en la vida de todos. Y después de que mi hermano se muriera, necesitaba que alguien me hablara un poco de toda esta historia —él me miraba extrañado—. Sabes a lo que me refiero, ¿no?

—Creo que no...

Fuimos hacia el faro procurando resguardarnos en la sombra; hacía mucho calor. En realidad, el faro no era más que un vestigio de otra época, pero ofrecía la posibilidad de creer que uno estaba en otra ciudad. Nos sentamos en el césped y Gael sacó unos sándwiches de pastrami que había comprado en un lugar llamado Eisenberg's Sandwich Shop, «donde los hacen buenísimos y pagas la mitad que en Katz», me había dicho. Odiaba el pastrami, así que hice un esfuerzo por comerme al menos la mitad de aquel sándwich repleto de carne grasienta que se me hacía bola.

—Con respecto a lo que decíamos antes, a eso de escribir, Laura, si no quieres escribir sobre el exilio, sobre la muerte... No sé. Lo entenderé. Ya estamos mayorcitos para forzar a nadie a escribir. Igual no es el momento.

—¿Tú escribes? —le pregunté.

—Como profesor debería hacerlo, pero no. Ni cuatro líneas seguidas. Intenté escribir poesía cuando era joven. Aquello fue un desastre. O tenía la emoción de un listín telefónico o parecía una novela de Corín Tellado —sonrió y se detuvo—. Por cierto, ese relato que escribiste, Laura...

—Te devolví la revista porque ya tenía esa edición.

—Mucha gente pensó que era verdad.

—Ya.

—¿Existió Husavik?

—Sí. O no. En realidad no era ni siquiera Husavik sino Nuuk, pero qué más da. Mi padre nos llevó a Groenlandia justo después de que se marchara mi madre. Pero eso fue hace mil años. Siempre había querido escribir sobre esa isla desértica, llena de hielo, pero al final le cambié el nombre por un lugar de Islandia en el que nunca había estado.

—¿Qué pasó?

—¿Con mi hermano? No lo sé. Yo no pensaba que fuera a ocurrir. Fue mi culpa.

—En tu casa siempre habéis tenido esa extraña manía de buscar culpas, Laura. Y eso no lleva a ninguna parte.

—¿En mi casa?

—Sí, tu madre era igual. La única responsabilidad era de Pablo.

—No creo que sepas de lo que hablas.

—Creo que sí.

—Es fácil estar en tu posición, Gael. Es la única cómoda.

—Laura, no hace falta que te termines el sándwich —me cortó—. Valoro mucho tu esfuerzo, pero no quiero que te intoxiques. Deberías verte la cara...

Me empecé a reír.

—Es que no me gusta nada esta carne. Lo siento.

Entonces le dije que tenía que marcharme pronto porque había quedado. Era mentira, pero con Gael me pasaba como con aquella ciudad: cuando estaba cerca dejaba de ser la solución. Ya hablaríamos otro día. Al menos, me dije, ya había dado otro paso.

De vuelta hacia el metro volvió a preguntarme por mi padre.

—¿Sabe que estás aquí, ahora, conmigo?

—No, y tampoco hace falta.

Me resultaba muy incómodo hablar de mi padre con él; me sentía como si estuviera traicionándolo. Como si mi padre pudiera verme.

Antes de despedirnos, decidí preguntárselo.

—Tú y mi madre, ¿nunca pensasteis en tener más hijos?

Tardó en contestar y, cuando lo hizo, tuve la sensación de que me mentía.

—Tu madre ya los tenía.

Lo miré, enfadada, y cuando me giré para meterme en la boca del metro me llamó. Al volverme, lo vi ahí, de pie, tres escalones más arriba.

—¿En qué puedo ayudarte? Tengo la sensación de que das rodeos pero no sabes adónde quieres llegar. Todo esto me confunde un poco, Laura.

—Lo siento.

—Oh, vamos. No digas lo siento otra vez.

Se dio la vuelta y yo bajé veloz las escaleras. El corazón me latía deprisa. *Laura, haz las cosas fáciles,* dijo Pablo en mi cabeza. Déjame en paz, le respondí.

41

Le confirmé a Ethan que iría a su casa a cenar, fui a comprar una tarta de queso al Westside Market y, hacia las siete, cuando el calor empezaba a remitir, cogí la ropa de correr, me vestí y me fui hacia el Hudson, hasta aquel rincón cerca del Chelsea Market. Me agaché para tocar el agua; estaba templada y turbia.

Al volver encendí el ordenador. Se iluminó la pantalla y apareció un email de Gael. De nuevo sentí aquella inquietud. Lo abrí. Era largo. Muy largo.

ASUNTO: Tu madre

No sé qué quieres que te cuente, Laura. Pero he llegado a mi despacho de la universidad y he pensado escribirte: tal vez así es más fácil. Porque no sé en qué puedo ayudarte, y porque no sé qué quieres y qué no quieres saber. Así que, bueno, quizá empiece por el principio. Supongo que quieres que te hable de ella, de Adri, de cómo era, o de por qué se fue. O qué hizo aquí estos años.

O no. Laura, no lo sé, porque me miras y estás expectante, casi diría alerta, y yo acabo soltándote cualquier historia antes de que se haga un silencio y me sigas mirando así.

Hace muchos años, cuando leí Todo es una isla, *Adri me contó que tu padre le había dedicado el libro con una pregunta de Adrienne Rich: «Qué piensas hacer con el resto de tu vida».*

El año pasado empecé a leer a una poeta llamada Mary Oliver, lo que me hizo pensar en Román y en Adri, y en las preguntas que tanto él como yo le hicimos a ella, aunque con muchos años de diferencia. Los versos eran estos:

Dime, ¿qué más debería haber hecho?

¿No es verdad que todo al final se muere, y tan pronto?

Dime, ¿qué planeas hacer con tu salvaje y preciosa vida?

Con vergüenza, le mandé ese poema. De modo que tu padre y yo terminamos diciéndole lo mismo. Cuando lees, siempre encuentras la frase que encierra exactamente lo que quieres decir.

Como lo dice otro, parece más apropiado.

Pero te cuento.

A Adri la conocí cuando éramos unos niños. Los dos teníamos doce años y ella estaba pasando una semana de vacaciones con tus abuelos en Formentera; unos conocidos les habían dejado una casa cerca de La Mola y estuvieron pasando unos días ahí.

Me la encontré por las calles de Sant Francesc Xavier. Entonces, mi padre y yo vivíamos cerca de la Fonda Platé, aquel sitio donde fuimos cuando vinisteis aquel fin de semana. Ella estaba haciendo fotos a la iglesia. No te creas que por aquel entonces era tan común ver a turistas en la isla, y mucho menos el mes de mayo. Tengo esa imagen grabada: ella de espaldas mirando la torre del campanario mientras se hacía una visera con la mano. Por su aspecto parecía nórdica. Se sentó en uno de los bancos de la plaza y tus abuelos se fueron. Sacó un cuaderno y un lápiz y empezó a dibujar la iglesia. Me la quedé mirando, un poco apartado, y ella levantó la cabeza del cuaderno y me sonrió.

Aquello fue todo: ¿te ha pasado alguna vez? ¿Sentir eso, que tu vida se decide en unos segundos? A mí solo me ocurrió entonces, y han pasado casi cincuenta años, fíjate. Pero lo recuerdo con nitidez. La chica sentada en el banco sigue siendo la misma mujer con la que he ido compartiendo mi vida a trompicones. Con la que, más que la vida, he compartido la distancia, ya ves al final en qué quedan las intenciones.

Me acerqué y le pregunté cómo se llamaba. Ella me contestó con un tímido: Adri. ¿Te gusta dibujar? Me respondió que sí, que quería ser pintora.

Estuvimos sentados poco tiempo porque ella tenía que marcharse con sus padres, que estaban en la Fonda Platé justamente. En aquella época había pocos restaurantes por ahí. Me dijo que estaban hospedados en unos apartamentos que habían terminado de construir el año anterior.

Tienen unas buganvillas violetas en la entrada, dijo. En Formentera todo tiene buganvillas, pero yo conocía el sitio y la fui a ver al día siguiente y al otro. Los apartamentos tenían una piscina y pasamos ahí un par de tardes, sentados en el borde con los pies dentro del agua; aún no hacía tanto calor como para bañarnos.

Se fueron al cabo de tres días, y yo conseguí su dirección postal. Para entonces ya estaba enamoradísimo de ella, era uno de esos amores adolescentes que gracias a Dios no se presentan luego con demasiada frecuencia.

Aunque debería matizar que yo solo me enamoré de tu madre. Después conocí a otras mujeres, pero la puerta siguió abierta para ella. Claro que ella nunca volvió. Ahora tengo casi sesenta años, y a veces pienso que he malgastado mi vida esperando a alguien que siempre supe que no llegaría.

No es una frase hecha. Tu madre es la mujer más increíble que he conocido. Pero ella también conoció a tu padre y los dos, él y yo, cada uno a su manera, la lastramos. Durante una época le eché la culpa a Román. Incluso a vosotros, sobre todo a tu hermano, el niño enfermo. Perdona que hable así de él, pero siempre pensé que vuestro mayor problema fue sobreprotegerle de aquella manera.

Pablo era egoísta. Lo fue desde niño, pero ni tu madre ni tú, sobre todo ella, fuisteis capaces de daros cuenta.

Tu madre también fue una egoísta, sí. Lo sé. Pero estaba tu padre. Estaban esas peleas, ¿viste alguna vez los brazos de tu madre? ¿Los morados? Yo sí los vi, Laura.

Pero bueno, yo no soy quién para hablar de eso. Tampoco yo lo hice mejor. Cuando vino a Nueva York siempre parecía a punto de contarme algo. Quería hablarme de su pasado. De vosotros. Pero a mí me costaba entender toda esa vida. Nunca, y ahora me arrepiento, le di la confianza para hacerlo. Pero yo la quería.

Tu madre, eso ya lo sabes, fue mi primera novia. Empezamos a escribirnos cartas aquel verano y estuvimos varios meses así. El año siguiente, cuando cumplí los catorce, le pedí a mi padre que me llevara a Barcelona. Conocí a tus abuelos, que creo que no vieron con muy buenos ojos al amigo de Formentera. Éramos unos críos, eso es cierto. Pero en el fondo estaba la cuestión social. Mi padre trabajaba en el faro de Formentera, éramos inmigrantes. Ellos siempre quisieron algo distinto para su única hija: un chico de apellido compuesto, como bromeaba a veces tu madre.

Luego apareció el chico de apellido compuesto y era, claro, tu padre.

Cuando nos despedimos, le di un beso. Un beso rápido, en la puerta de casa de tus abuelos. Tenía miedo de que alguien nos viera. Fue entonces cuando empezamos a salir, aunque aquello solo duró unos meses. Éramos pequeños. Después, conocí a otra chica en Formentera y me convencí de que lo de tu madre era una chiquillada.

Después de unos años me fui a Barcelona a estudiar. Yo nunca había dejado de pensar en tu madre y cuando la vi, yo con dieciocho y ella con diecisiete, volvimos a retomar la relación. Esta vez, pese a que también fuéramos muy jóvenes, un poco más en serio.

Cometí un error: me marché de Barcelona al terminar la carrera y la dejé de nuevo cuando me fui a Nueva York. No sabía qué quería, es un tópico pero quizá no estaba preparado para comprometerme. Me equivoqué, y ella en poco tiempo conoció a tu padre y se casó. Naciste tú. ¿Quieres que continúe? No supe hacerlo y pronto empezó a ser demasiado tarde.

Y ella estuvo aquí, sí. Cinco años. Pero se volvió a marchar. Le tenía miedo a él, a tu padre. Ni siquiera fue capaz de volver para el entierro de tu abuela, la única familia que le quedaba, por ese pavor que le tenía, que probablemente no se sustentara

en nada real sino en lo que él podría hacer. Tenía dinero, poder.
Ella no tenía nada. O eso le había hecho creer.
A veces creo que también me tenía miedo a mí.
Tu madre me dijo que volvería cuando pudiera hacerse
cargo de vosotros. Román la había amenazado de todas las
maneras posibles, también con contaros todo a vosotros. Ha-
bía venido a Nueva York para reponerse. Pensaba, como tu
padre, que el tiempo jugaba a su favor. Que ella un día se le-
vantaría y sería otra persona más capaz. Pero dejó demasiadas
cosas atrás. «Cuando me estabilice volveré», me decía.
Pero bueno, te estoy contando toda esta historia y quizá
no te interese en absoluto. En fin, no sé.

El email acababa así, de repente, sin ninguna despedida.

Aquel tío era un auténtico imbécil. Mi madre no le tenía miedo a mi padre, y mi hermano no era un egoísta. Así que además de un imbécil era un mentiroso.

Gael se empezaba a convertir en la pistola de la que hablaba Chéjov. Estaba ahí, solo que no disparaba y tampoco sabía para qué servía.

Después de que tiráramos las cenizas al mar, solo volví a ver a mi madre en otra ocasión. Fue en Barcelona, en casa. Quiso quedarse con los últimos cuadros que había pintado mi hermano. Eran solo bocetos, pero ella los quería.

Fue entonces cuando volvimos a aquella postal.

—¿Le hablaste alguna vez a tu hermano de aquello que leíste en la postal? ¿Él lo sabía?

—¿Qué postal?

—¿Recuerdas aquella postal que escondiste por mí durante tantos años? La que escondiste de papá.

Tardé tiempo en caer.

—Sí, claro…, pero ¿qué tenía que contarle a Pablo, que encima de haberte ido con otro tío culpabas a papá?

—No culpaba a Román, Laura. ¿Nunca te contó nada tu padre?

—¿Cómo?

—¿Nunca te explicó lo que había pasado cuando..., bueno, cuando me fui?

Abrí los ojos como platos. Me quedé callada, sin entender. Entonces, por primera vez, entendí ese viejo puzle, un puzle en el que no faltaban piezas. Nunca habían faltado. Simplemente, yo no las había sabido ver.

La postal sin enviar, la que había estado custodiando todos aquellos años para proteger a mi madre, no estaba destinada a mi padre, sino al padre de mi hermano. Que no era el mismo que el mío.

Fue la última vez que vi a mi madre. No recuerdo muchas cosas más. Solo que le dije, aunque ahora me arrepiento, que ella era la única culpable de la muerte de su hijo. Que nos había destrozado la vida con sus mentiras y con aquel imbécil que la había abandonado a ella y a su hijo. Que nunca nos había cuidado. Que nunca se merecería que alguien como mi padre la quisiera.

Y cuando se fue le grité, mientras bajaba las escaleras hacia la calle, que era ella la que merecía haber muerto. No mi hermano.

Entonces lloré. No sé si por Pablo, por mi padre o por aquel hombre que siempre había estado lejos, Gael, que era el padre de lo que yo más quería.

—Pero ¿él lo sabe? —dijo Diego horas después, aquella misma noche.

—Claro que sí.

—Pero ¿te lo ha dicho tu madre? Quiero decir, ¿él supo durante todos estos años que tenía un hijo en Ibiza, viviendo con Román?

—Supongo que sí. Es imposible que mi madre no se lo dijera. Tuvo cinco años para hacerlo. Por mucho que le cueste ser una persona normal, no creo que nadie pueda vivir con eso encima.

—No lo sé, Laura.

—¿Qué quieres decir?

—Quiero decir que no sabemos nada. Ahora solo sabes que tú y tu hermano no tenéis el mismo padre.

—Y eso cambia muchas cosas —dije.

—Antes de sacar tus propias conclusiones, habla con tu padre.

42

Son los abandonados los que cuentan las historias de amor. Los narradores de esas historias de las que nos hemos enamorado desde siempre, ya sea en el cine o en la literatura, son los que están en el margen equivocado del relato, el del perdedor.

¿Qué tipo de historia podría haber contado la propia Lolita? ¿Y el enano de *La balada del café triste*? La necesidad de contar tiene que ver con lo que sobra. O el que sobra, que es justamente el que debe hacer algo con toda esa pena. Al menos dejar constancia de ella. El que abandona, el que se aleja, tiene menos que decir. Podría, como máximo, querer justificar su decisión, exculparse frente a un auditorio imaginario para señalar al otro, al miserable. Al enamorado. Pero es el abandonado el que escribe, y lo hace desde el deseo de que, quién sabe, tal vez su relato cambie el final de su propia historia.

Llegué yo primero, y lo esperé en una de las mesas pegadas a la cristalera que daba a la plaza Manuel Torrente. Había gente sentada fuera, perros que ladraban. En Barcelona empezaba a hacer calor, pero la temperatura de principios de junio era aún agradable, nada que ver con el bochorno que llegaba en verano.

Lo había citado ahí, en el Café Suec, un bar que no tenía nada de sueco, nada de especial, y sin embargo era nuestro preferido. El de Pablo y el mío. Le había enviado un WhatsApp en el que ponía simplemente, *Papá, tengo que hablar contigo*. Lo había hecho así porque me conocía y luego me costaba abordar temas complicados. Me decía: ya habrá otro momento, pero ahora ya sabíamos los dos que teníamos que hablar.

Lo vi llegar andando, cabizbajo, toqueteando el móvil con el que siempre tenía mil problemas. O no le funcionaba la batería o el volumen de las llamadas se le bajaba como por arte de magia.

Antes de sentarse se pidió un whisky, y lo trajo él mismo a la mesa donde yo lo esperaba.

—¿Y bien? —dijo—. ¿Qué pasa?

Entonces cogí aire y decidí ahorrarme los circunloquios. Empezaría por el principio.

—Es sobre mamá. Y Pablo.

Iba a añadir: y sobre el padre de Pablo.

—Verás. Hace años, cuando mamá se marchó, fui a su estudio antes de que pudieras ir tú. No encontré nada que me explicara adónde podía haberse ido, como yo estaba esperando. Ya te imaginas, papelajos, desorden —sonreí, tratando de destensar el ambiente—... Pero di con una postal a medio escribir, sin destinatario ni remitente, solo unas líneas: «¿Qué clase de padres abandonan a sus hijos? ¿Qué hemos hecho tan mal? ¿Qué clase de madre soy, eh? ¿Y tú?». Yo pensé que era otra de vuestras peleas, de cuando mamá se quejaba de que te ibas de Ibiza continuamente y nos dejabas a los tres solos. ¿Te acuerdas de aquellas veces en que se enfadaba? Éramos muy pequeños cuando eso ocurría, pero cuando leí aquellas líneas pensé que solo te faltaba, encima de que había sido ella la que se había ido, que te culpara a ti. La guardé durante todos esos años para que no la vieras ni te enfadaras más con ella...

—Bueno, era imposible que me enfadara más —añadió, y bebió de su whisky.

—Cuando mamá volvió, se la di. Lo que pasa es que..., bueno, yo no había entendido aquellas líneas —y busqué el adverbio adecuado— correctamente.

—Ajá.

—Porque aquellas líneas no eran para ti.

—Ajá.

—Papá.

—A ver, Laura, dispara. ¿Qué?

—La semana pasada vino mamá a buscar cosas de Pablo a casa y volvimos al tema de la postal. Y me contó.

—¿Qué te contó?

—Papá.

—Dilo tú. Di qué te contó.

—Que el texto de la postal no era para ti. Que era para Gael, porque tú no eres el padre de Pablo.

Entonces volvió aquel silencio incómodo. Mi padre hizo amago de levantarse de la mesa. Sin embargo, se quedó sentado.

—Vale. Y qué quieres saber.

—Todo, papá.

—¿Todo desde cuándo?

—Desde siempre, desde que recuerdes.

—Vale. Bueno, entonces voy a salir un momento a fumar.

Se quedó quieto en la entrada, de espaldas al bar, y encendió un cigarro. Pero le dio dos caladas y lo tiró al suelo. Vi cómo lo pisaba. Cuando se sentó de nuevo delante de mí, se encogió de hombros, en ese gesto que yo parecía haber heredado de él.

—No sé por dónde empezar. Pregúntame tú mejor.

—¿Siempre lo supiste?

—¿El qué? —dijo fingiendo sorpresa—. ¿Que ella lo quería a él?

—No, papá. Que tú no eras el padre de Pablo.

—Lo que siempre supe es que ella estaba enamorada de él. Pero lo de Pablo lo descubrí al mismo tiempo que ella, la semana que tu hermano se desmayó en el colegio y lo tuvimos que llevar al hospital. Fue una casualidad, una pura casualidad. Le hice unas pruebas.

—¿Qué pruebas?

—¿Sabes todas esas pelis de serie B de sábado por la tarde? Pues peor.

—Papá, déjate de películas.

—Vi una foto de Gael de niño, todo empezó ahí. Tu madre la tenía en la cartera. La encontré por la más pura casualidad, fui a cogerle dinero porque yo no tenía suelto para darle una propina a un mensajero, imagínate qué tontería. Y sobresalía una foto, la saqué para guardarla mejor y, bueno, al principio pensé que se trataba de Pablo.

—Papá...

—La guardé, me quemaba en las manos. Pensé que podría hacer como si no hubiera visto nada, pero obviamente no fue así. Pasé unos días dándole vueltas... Encontré un artículo que decía: «El treinta por ciento de los padres no saben que están criado al hijo de otro». No me lo podía quitar de la cabeza, así que..., bueno, decidí hacerle unas pruebas.

—¿Mamá lo sabía?

—Qué iba a saber ella. Un par de semanas antes de que tu hermano se desmayara, me fui a Barcelona con su cepillo de dientes. Lo llevaba en el maletín, escondido, como si fuera un arma. No pongas esa cara, Laura. Lo llevé para hacer un estudio genético. Hubiera necesitado el consentimiento de tu madre, claro, pero un buen amigo tenía unos laboratorios de análisis clínicos y no me hizo falta.

—¿Con un cepillo de dientes?

—Sí, hija, sí, estás más preocupada por el detalle que por la historia —e hizo una pausa—. Bueno, pues me sacaron sangre para contrastar mi ADN con el de tu hermano. Por eso el cepillo. Después me marché a Ibiza a esperar los resultados, y un miércoles, el de aquella semana en la que tu hermano se desmayó, mi amigo me llamó a primerísima hora para decirme que ya estaban los resultados. Le rogué que me los adelantara, pero me dijo que él simplemente los había encargado y no los había visto. Claro que me mentía, así que aquella mañana te fui a dejar al colegio y casi tuvimos, no sé si te acuerdas, dos accidentes en coche.

—Sí, lo recuerdo. Me dijiste que tenías un curso.

—Eso mismo. Así que llegué a Barcelona a aquel pisito que teníamos antes, en el Putget, ¿recuerdas? Fui a buscar los resultados y ¿sabes qué hice? No los abrí hasta el sábado. No era capaz, Laura. No podía.

—Y entonces te enteraste...

—Exactamente. La frase exacta era: «El presunto padre es excluido como padre biológico del niño examinado».

—¿Y qué hiciste?

—Quería matarla, Laura. A ella, a Gael. Encima, al llegar a casa por la noche escuché un mensaje que me había dejado en el contestador. Estabais en Formentera: aquello, como puedes imaginar, ya fue la guinda del pastel. No había móviles entonces, así que no tenía a nadie a quien poder gritarle, a nadie a quien dirigir toda aquella rabia.

—¿Mamá lo sabía?

—No.

—¿Cómo lo sabes? ¿Y si te lo había ocultado?

—No te digo que ella no lo sospechara. Solo que no quiso tener nunca la certeza absoluta de que yo no era el padre de su hijo. Prefirió no saber. Era mejor. Aunque Dios sabe que Pablo era... clavadito a ese desgraciado. Cómo no me di cuenta antes..., eso es lo que me pregunto. Pero ese desgraciado y tu madre... ¿Nunca has pensado que así, rubios y con esa cara de no haber roto nunca un plato, tienen un aire? O quizá sea yo que ya me he vuelto loco.

—Supongo que no querías verlo.

—Quizá, qué sé yo, Laura... Tú no te acordarás, cómo te vas a acordar. Pero una vez vinisteis a verme mamá y tú a Ginebra. No tendrías ni siquiera cuatro años. ¿Has visto fotos? Hay una muy bonita en la que mamá y tú estáis en una cafetería, y ella sonríe pero tú lloras desconsoladamente. Pero bueno, ese no es el tema. El tema es que solo volvimos tú y yo de Ginebra. Mamá se quedó con unos amigos de la facultad. Se marcharon un par de días a París. Y bueno, no hace falta ser un lince para ver quiénes eran esos amigos de la facultad —rio, sarcástico—. Lo habíamos acordado así, estábamos juntos el fin de semana y después ella se marchaba unos días con aquellos amigos suyos a los que yo solo conocía de vista.

—Y Gael estaba entre ellos.

—Bueno, en realidad no había más amigos que él, era una mentira de tu madre, pero eso solo me lo confirmó muchos años después, cuando se marchó.

—¿No sospechaste nada?

—No, Laura. Te juro que no. Tu madre había estado tan feliz aquellos días en Ginebra... Qué imbécil que fui. Yo pensaba que simplemente estaba feliz por estar ahí con los dos, o conmigo. No lo sé. Pero estaba encantada porque iba a ver al otro desgraciado.

—Papá...

—Déjame continuar. Yo siempre había sabido que él existía. Tu madre hablaba poco de él, y había en ese silencio algo más significativo que las palabras. Yo sabía que lo había querido mucho, que quizá lo seguía queriendo... Pero él la había dejado, se había marchado a Nueva York y pensé que con los años yo podría ser él. Sí: pensaba que podría ocupar su lugar, como si eso dependiera de algo que estuviera en mis manos. Yo quería mucho a tu madre. Quería a mi familia. Pero bueno, tu madre tenía otros planes. Volvió cambiada de esos días en París. Me contó como al descuido que lo había visto, que también estaba. Pero no quise indagar. Luego siempre me arrepentí de no haberlo hecho. En realidad no quería saberlo. Con tu madre me ocurría que a veces pensaba que no me la merecía y me decía, «Bueno, pues prefiero no saber. Si es importante, me lo dirá». ¿Sabes lo que te quiero decir?

—Sí.

—Miedo, supongo. No sé, Laura. Me es difícil hablar de todo esto.

—¿Y después de París?

—Bueno, pues puedes imaginarte. Al poco tiempo nos dimos cuenta de que estaba embarazada.

—Pero ¿vosotros dos...? Quiero decir, que si... —me di cuenta de que nunca había hablado de sexo con mi padre.

—Sí, Laura. En muy pocas ocasiones, pero sí. Por eso, todo me cuadraba. Y fui muy feliz cuando tu madre me dijo que estaba esperando otro bebé. El resto de la historia..., bueno, ya lo conoces. Tu hermano no se parecía mucho a mí, pero ¿cuántos hijos no se parecen a sus padres, eh? Tampoco tú te me pareces. Después vino aquella exposición de tu madre, ¿recuerdas? Esos putos cuadritos de color rojo. Perdona, ¿me pones otro whisky? —le dijo a la camarera—. Pues en esa exposición, él apareció de la nada. Vino como si fuera un amigo más. Me peleé con tu madre porque justo al llegar a la galería me soltó que Gael estaba casualmente de paso. «Casualmente», dijo. Ya eran demasiadas casualidades, así que me fui y no quise saber nada más. Los días siguientes apenas la vimos. Estaba con él. Entonces empecé a entender que la estaba perdiendo. Que él iba a volver y se la iba a llevar, pero no solo a ella, también a vosotros.

—¿Nunca le preguntaste por él? ¿No le preguntaste si estaban juntos? Igual era una cosa que solo imaginabas...

—No me hizo falta preguntarle. Lo vi.

—¿Cómo?

—Ni siquiera tuvo cuidado... El día después de la exposición fui a su estudio. Necesitaba verlo, ¿sabes? Poner realidad a toda aquella película con la que llevaba años castigándome. Necesitaba ver si era verdad.

—¿Y lo viste?

Asintió y le dio un trago al whisky que le acababan de traer.

—Fui a Cala d'Hort, me pasé horas en la playa con esa maldita humedad que calaba los huesos. No debían de ser más de las siete de la tarde y ahí estaba yo, montando guardia —empezó a reírse, nervioso—. No sabía qué hacer, porque no tenía llaves del estudio. Hubiera podido intentar cualquier otra cosa, como llamar de repente a la puerta, sorprenderlos. Qué sé yo, pero estaba asustado. No sabía con seguridad que estuvieran ahí juntos, solo lo imaginaba. En realidad, no escuchaba nada desde fuera. Todo estaba oscuro, ni siquiera el hotel estaba funcionando aquel día. Entonces, cuando casi había decidido largarme, ocurrió. Se abrió la puerta de cristal que daba al balcón y apareció él. Estaba desnudo de cintura para arriba, y tu madre, envuelta en una toalla, lo siguió segundos después, riéndose. Le decía: *Gael, cogerás una pulmonía.* Él la abrazó. *Abro para que entre un poco de aire.* La besó y volvieron a entrar. Nunca me he podido quitar aquella imagen de la cabeza. Sé que no tendría que habértelo contado, que eres mi hija y que ya no tiene sentido, pero ya está.

—¿Se lo dijiste a ella, que la habías visto?

Asintió.

—Sí, sabía que si no le contaba la escena con todo lujo de detalles, me mentiría de nuevo y lo negaría todo. Cuando se lo conté ya habían pasado algunas semanas. Antes no fui capaz de encontrar el momento de decírselo. La rabia inicial se fue transformando en miedo a que se fuera con vosotros. Pero cuando se lo dije, la vi arrepentida. Me pidió que la perdonara, que se había vuelto loca. Me prometió que se había acabado, Laura. Me lo prometió. Y yo quise creerla.

—¿Se volvieron a ver a partir de entonces?

—¿Que si se vieron? Nunca dejaron de hacerlo... Cuando regresé a Ibiza, con la seguridad de que Pablo no era mi hijo, tenía ganas de destrozarle la vida, y la imbécil va y me suelta que habíais estado en Formentera y que «casualmente», sí, dijo esa palabra otra vez, Gael estaba ahí. Fíjate tú, qué casualidad, me dije. Entonces perdí los papeles, Laura. La empujé. Cayó y se rompió la muñeca. Ya hablamos de eso. Y no puedes hacerte a la idea de las veces que vuelvo

247

a esa escena deseando que hubiera sido diferente, que yo no hubiera hecho nada.

—Pero eso fue un accidente.

—Sí, pero le deseé todo el daño que cabe imaginar. La muerte, el sufrimiento. Se lo deseé con todas mis fuerzas. El simple hecho de haberlo pensado me aterrorizó. Era la rabia, el engaño. No sé. Éramos una familia... No éramos ninguna familia modelo, de acuerdo. Pero yo os quería.

—Sí... ¿Y ella?

—No. Ella quería a otro.

—¿Y la dejaste ir?

—Se fue. La eché. Me reuní con mis abogados, hice todo lo que estaba en mis manos para asustarla, para hacerle daño.

—¿No hubiera sido mucho más fácil separarte de ella?

—Yo siempre pensé que cambiaría. La esperé. Dejé que pasara el tiempo. Pero el tiempo pasó en mi contra.

—¿Qué le hiciste, papá?

—¿A tu madre? No te entiendo.

Asentí.

—¿Qué le hiciste para que te tratara así?

Me miró fijamente a los ojos.

—Supongo que me obsesioné con que me quisiera, perdí el control de mi vida. Le hacía dudar de ella misma, y ella se fue haciendo cada vez más pequeña. Se olvidaba de las comidas, bebía cuando vosotros estabais delante, se olvidaba de ir al colegio a buscaros..., y yo utilicé todo eso cuando pasó lo de tu hermano. Y ella se fue. Y desde entonces no ha habido ni un solo día de mi vida en que no haya esperado volver a ver sus maletas en la puerta de casa.

—Pero ¿intentaste decirle que sabías que tú tampoco lo habías hecho bien? ¿Para ver si lo podíais arreglar?

—No. Cuando se marchó le hice llegar la demanda de divorcio y la amenacé con denunciarla por malos tratos. Sí, los hombres también podemos denunciar malos tratos. Le dije que no quería verla más y que vosotros estaríais mucho mejor sin ella. Me dijo que pasaría unas semanas en Barcelona «para pensar las cosas», pero le dije que no hacía falta que pensara nada y mucho menos que volviera. En caso de que lo hiciera os lo iba a contar todo, tú ya tenías edad para entenderlo y para su hijo aquello iba a ser el golpe de gracia. Estuvo un mes ahí, con la abuela, pero ella estaba ya muy mayor. Entonces apareció aquel desgraciado por la ciudad, como el salvador que siempre había querido ser, y se la llevó a Nueva York. Nos divorciamos, yo me quedé con vuestra custodia. Fin de la historia.

—¿Y en esos cinco años? ¿No supiste nada de ella?

—Poco.

—¿Qué quieres decir con poco?

—Os mandaba cartas al principio. Después dejó de hacerlo.

—¿Tienes las cartas al menos?

—No, Laura, esto no es como una película o un libro: no te las he traído para que acto seguido tú llames a tu madre para decirle cuánto la quieres. Las tiré.

—Eso es ser injusto. No solo conmigo, también con ella. Y con Pablo.

—Pero Pablo ahora ya no está y no creo que esas cartas te contaran nada más que mentiras.

—Solo trato de entender. Tengo treinta años y nunca me habías contado nada de esto, hemos mirado siempre hacia otro lado, tratando de tirar para adelante. Pero no es normal que una madre se vaya cinco años, ni que un padre no sea un padre, ni que un chico de veinticinco años decida que quiere morirse. Son cosas que han pasado, que nos han pasado, y tú podrías haber hecho las cosas de otro modo. No puedes seguir mirando hacia atrás señalando a mamá.

—Yo no abandoné a mis hijos, Laura.

—Tú la obligaste a hacerlo...

—Vamos, hombre, ¿crees que si hubiera querido no habría vuelto a por vosotros? Yo solo la amenacé, pero no hice nada.

—Joder, papá..., pues justo por eso.

—Tu madre no volvió porque sabía que no podía cuidar de vosotros. Porque no quería, porque mentalmente tenía dieciocho años —y se tocó la frente—. Yo no era un borracho que se olvidaba de recoger a sus hijos en el colegio, ¿recuerdas aquel día de Carnaval? Tampoco me los olvidaba en la bañera hasta que se arrugaban como una pasa con el agua fría. «Desatención afectiva», eso fue lo que alegó mi abogado, Laura.

—Pero... ¿te das cuenta de lo que has hecho? ¿De lo que hiciste?

Cuando salimos, había oscurecido. Bajamos por Torrent d'en Vidalet, y al pasar delante de ese otro bar que nos gustaba, el Elephanta, mi padre, como si la conversación que acabábamos de tener no hubiera ocurrido, empezó a bromear recordando el día en que Pablo había tirado al suelo dos gin-tonics porque le gustaba la camarera. Había pasado un buen rato pensando qué decirle, y al final decidió levantarse, ir hasta la barra y preguntarle cuándo acababa de trabajar. Pero la mesa estaba coja de un lado, se apoyó al levantarse y volcó las copas, que se rompieron.

—De verdad, qué torpe. Cómo me pude reír aquel día —siguió mi padre.

Solo quería desviar el tema, como siempre. Al ver que yo seguía callada, me preguntó si estaba bien. Le contesté que no para que él me preguntara por qué, pero no lo hizo. Mi padre sabía cuándo no tenía que preguntar.

Fuimos andando en silencio, lo acompañé hasta Jardinets de Gràcia, donde estaba su hotel. Ahí, frente a aquel japonés que se había puesto tan de moda recientemente, nos detuvimos. Una mujer se apeó de un coche. En su interior sonaba la canción francesa de Barbara que los dos conocíamos: *Mira cuántos días, mira cuántas noches / Mira cuánto tiempo desde que te volviste a ir.*

—Vaya, Barbara. Lo que nos faltaba —dijo él—. Menuda nochecita.

—Le gustaba a mamá —y pensé que hablábamos de ella como si estuviera muerta.

—Estoy cansado, Laura, iré subiendo a la habitación —se acercó, pero lo detuve.

—Papá, ¿te acuerdas de aquella vez que me dijiste que lo importante era hacer lo que cuenta en el momento que cuenta?

—¿Eso dije? Mira, para que luego digas que no me pongo filosófico de vez en cuando.

—¿Puedes dejar de decir tonterías por un momento?

—¿Qué quieres que te diga, Laura?

—No te lo pregunté entonces pero ahora sí. ¿Lo hiciste tú? ¿Lo que contaba cuando contaba?

—No. Creo que no. Bueno, en realidad no. Pero yo ya soy mayor. A veces me asusta que tú o tu hermano cometáis —y se quedó callado un momento, porque reparó en que utilizaba el presente o porque no sabía cómo continuar—... los mismos errores que yo. Yo hice lo contrario de lo que cuenta...

—¿Y sigues echando de menos a mamá?

—Todos los días de mi vida.

—Te mientes a ti mismo.

Me miró inquisitivo.

—Si la quisieras, aunque solo fuera un poco, no hubieras hecho nada de todo lo que me has contado. O lo hubieras hecho, pero después lo habrías arreglado. Te has querido a ti, a tu orgullo. Y a ella solo le has dado las sobras de este amor tuyo, tan grande, en forma de reproche.

—¿Crees que me merezco que me digas esto después de todo lo que te acabo de contar?

—No digo que te lo merezcas. Solo que estaría bien que dejaras de engañarte, porque tú no la quieres. Tú quieres que ella te quiera a ti. Eso es lo que siempre has querido.

Se limitó a sacudir la cabeza. Cruzó en rojo y un coche le pitó. Se asustó, pero no se detuvo. Desapareció tras las puertas correderas del hotel.

Me fui directa a la habitación de Pablo. Lo hacía todos los días. Me sentaba en su escritorio y observaba. Los papeles en el mismo orden, la sudadera gris de capucha tirada a los pies de la cama, un calcetín gris desparejado al lado de la papelera. El calcetín tenía polvo. Las estanterías atestadas de libros de arte y un dragón de cerámica que le había traído mi padre de un viaje. Todos los días recogía del suelo el post-it en el que se leía: ¡¡¡RECOGER TRAJE TINTORERÍA!!! El papel amarillo ya no tenía pegamento, pero lo volvía a pegar en el marco de la ventana, donde él lo había dejado.

Yo le había ido a buscar el traje a la tintorería. El traje que llevaba un mes metido en la misma bolsa transparente dentro de su armario.

La gente muere y, a veces, cuando eso ocurre, sus trajes están en la tintorería. Yo había podido evitar al menos eso.

Me quedé sentada en la silla de Pablo un buen rato, luego abrí el ordenador y empecé a escribir.

Lo siento, ¿sabes?

En las etapas iniciales de un duelo, el fantasma de la autocompasión es muy difícil de vencer. A mí todo me llevaba a Pablo, a su ausencia. Estaba enfadada con todo y con todos. Y él había desaparecido. Ya no estaba. No podía entenderlo. O sí, entendía que yo ya no podía hacer nada para que volviera, que lo había perdido. Entonces vino la culpa por lo que sí podía haber hecho antes.

No podía soportar a nadie. Ni a mi madre, ni a mi padre. Los odiaba a los dos, como si volviera a ser una niña de diez años y me hubieran castigado. Los odiaba porque el odio es una buena anestesia del dolor.

Con Diego el sentimiento era más confuso, pero también él era culpable. Cuando lo dejé, la gente me preguntaba continuamente por él. Estoy segura de que pensaban que me estaba volviendo loca, y quizá tuvieran algo de razón. A mí me parecía que tenía toda la lógica del mundo. Sentía, simplemente, que por estar con Diego me había olvidado de mi hermano. Pero me preparé una respuesta más convincente para los demás.

—¿Lo dejaste?

—Hacía tiempo que las cosas no estaban bien.

Nadie pregunta ante una respuesta así y, sin embargo, yo sentía que había desatendido a mi hermano porque tenía un novio. Tenía que haber estado más pendiente de Pablo, solo así podría haber evitado lo que ocurrió.

De repente, un día le dije a Diego que no podía más. Le grité, teatral, que me agobiaba. Le dije que su modo de vida —un eufemismo que encubría el hecho de que él tuviera un hijo— no era lo que yo había querido para mí.

No me tomó en serio, hizo como que no me escuchaba. Pensó que tenía que tener paciencia por la situación. Pero a partir de entonces todo empezó a molestarme. A Lucas, en especial, no quería ni verlo. Le dije que su hijo era un malcriado.

Me convertí, de nuevo, en una niña de diez años asustada y caprichosa. Yo quería mucho a Lucas, pero de repente empecé a odiarlo. Quería ser madre de mis hijos, no de los de los demás.

Con rabia, empaqueté todas sus cosas en una noche. No tenía cajas, así que utilicé bolsas de basura. Lo puse todo —su ropa, sus juguetes— en el salón. Cuando lo vio, Diego, mudo, cogió las bolsas y se las llevó.

—No creo que me lo merezca, Laura. No sé por qué estás haciendo esto.

Entonces pasaron frente a mí, como esas imágenes que dicen que pasan por delante de tus ojos cuando estás a punto de morir, los años a su lado. Sobre todo los últimos meses, él cuidando de mí. Sus palabras siempre acertadas, su silencio cuando era mejor no decir nada. Su paciencia. Él. Cómo por la noche se despertaba al mínimo movimiento y me preguntaba si estaba bien. Cómo me hacía reír por las mañanas cuando insistía en prepararme aquellos enormes zumos de naranja que yo nunca lograba terminar. Cómo cuando yo estaba triste él no decía nada pero bajaba al súper y compraba algo de cenar. Él, que no sabía cocinar un huevo frito, y me lo veía entre sartenes y utensilios tratando de juntar ingredientes arriesgados. *¿Crees que se puede hacer tortilla de hinojo? Igual puedo pedir una pizza, también.*

Entonces, como un antídoto contra todas aquellas imágenes de mi cabeza, le dije que no estaba enamorada de él.

Hay gente que no puede dar ni recibir amor porque es cobarde y orgullosa. Así veía yo a mi padre, a mi madre, incluso a Pablo. A mí también. Todos andábamos en la cuerda floja, sin soltar nuestras absurdas defensas, amparándonos en discursos grandilocuentes, «yo te quise más» o «todo es por tu culpa». Discursos que enmascaraban nuestras fragilidades. La realidad era, y eso lo sabíamos, que éramos unos cobardes.

43

El descubrimiento de que mi hermano no era hijo de mi padre me llegó en el momento menos indicado. Pablo se había muerto. Pablo, que era la única persona que, en realidad, tenía que haberlo sabido, ya nunca lo sabría.

¿De qué me servía a mí ese dato, tantos años después? ¿Para escribir una novela sobre una familia maltrecha? ¿Para escribir esta novela?

Entonces entendí. Gael apareció cuando no tuve a nadie más a quien culpar. Era la pieza que faltaba.

Por eso me había marchado y dejado un piso lleno de cajas con un calcetín al lado de la papelera y un post-it que acumulaba polvo donde un día hubo pegamento. Por eso dejé también al hombre al que quería, el hombre que tenía un niño al que yo también quería.

Al final, yo no era mejor que mi padre o mi madre.

44

El exilio definitivo es la muerte. Para mí, en cierta manera, Nueva York empezó a significar eso mismo. Simbolizaba el pasado que no conocía, la materia oscura de la que estaba hecho el universo. El futuro que año tras año retrocede ante nosotros.

El futuro, esa palabra. *¿Qué vas a hacer con el resto de tu vida?*

Quizá, aunque nunca hubiera sido consciente de ello, Nueva York no era más que una de esas largas escalas en los aeropuertos. Una escala un poco particular, porque no sabía cuál era el siguiente tramo del vuelo. De manera que estaba ahí, con la mirada fija en las pantallas buscando el número de la puerta de embarque sin conocer el destino.

Llevaba más de tres meses viviendo en aquella ciudad gigantesca y me había habituado a su ruido infernal, a las sirenas de las ambulancias, a sus colas para absolutamente todo, a añadir un quince por ciento de propina.

Pero, sobre todo, a lo que me había acostumbrado era a que no me pasara nada.

Daba largos paseos. Cogía el metro a la salida del trabajo y me bajaba en cualquier parada. Apuntaba las rutas en una libreta que llevaba siempre encima.

Buen café el del Fika de 66 Pearl St., el lunes cierran el National Museum of Mathematics, cerca de Strand está el Ippudo, increíbles noodles, al lado de McNally Jackson hay un sitio donde sirven mojitos por solo ocho dólares..., anotaba por mi viejo hábito de caja negra, porque lentamente empezaba a despedirme de la ciudad y quería tener algo a lo que agarrarme cuando ya no estuviera ahí.

Iba acumulando listas. A veces tenía la ilusión de que un día apareciera de repente Diego y pudiera compartir aquello con él. Sí, que apareciera, como por arte de magia. Lo imaginaba delante de mi casa con sus maletas. Aquella imagen me asaltaba a menudo cuando volvía a casa. Al doblar la esquina, lo vería hablando con Hannah. Le habría dado un cigarro y habría reparado en el detalle de la flor seca dentro de la lata. *Laura, ¿has visto la flor?*

Como mi padre, pedía algo definitivo: unas maletas en la puerta. Y sin embargo, como él, era incapaz de hacer una cosa tan sencilla como una llamada de teléfono, para decir algo aún más sencillo: lo siento.

Me daba miedo la realidad, el hecho de que él, por ejemplo, tuviera ya otra vida. Prefería seguir haciendo lo mismo: imaginar maletas que no llegarían. Pensaba todo el tiempo en él, pero solo le había escrito un mensaje desde que estaba en Nueva York, *No sé dónde estás,* al que él no había contestado. Eso reafirmaba mi tesis de que posiblemente hubiera encontrado a alguien mejor que yo. Después de todo, era muy fácil encontrar a alguien mejor que yo.

Llevaba tres meses y yo tendría que estar mejor, me recriminaba, como si existiera un baremo que midiera la progresión del dolor y de la tristeza.

La vida sigue, te dicen, pero eso no es cierto. La vida sigue si logras superar el dolor.

El trabajo me gustaba, eso sí. Les había sugerido contratar el libro de un joven autor nicaragüense y lo habían hecho. Ultimaba los preparativos para la presentación del libro de Clarice Lispector en la galería de arte y, si podía, evitaba las llamadas telefónicas. Me las arreglaba bastante bien.

Mi padre continuaba con su ritmo de emails constantes. Si yo le decía que me gustaba un ensayo de Leslie Jamison, al cabo de poco me escribía: *Laura, ¿qué le pasa a esta chica? ¿Está deprimida? Llevo diez páginas ¡solo! y es para morirse.*

Si le decía que había ido al cine a ver *The end of the tour,* la película sobre la entrevista que David Lipsky le hizo a David Foster Wallace, comentaba: *Lo que es una broma infinita es que yo vaya a leer algún día* La broma infinita. *¡Vamos! Este tipo lo único que ha hecho bueno es poner dos títulos:* Hablemos de langostas *y* Algo supuestamente divertido que nunca volveré a hacer. *Lo demás, ¿quieres que te lo diga? Basura.*

Pero yo sabía que mi padre no había leído a David Foster Wallace. Hablaba de él como de Terrence Malick. Tendría referencias por algún artículo, pero él solo gastaba su energía con literatura que apoyara sus teorías vitales.

También hablábamos por teléfono. Cuando le conté que estaba organizando la presentación del libro de Lispector me interrumpió: el problema de Lispector era que en realidad nadie la entendía.

—Pero ¡qué dices, papá!

—Lo que oyes. Esa mujer era... A ver cómo te lo explico. Era demasiado elevada para el resto de los mortales. No te lo dirán los críticos de *The New York Times,* pero te lo digo yo que la he leído.

Yo continuaba sin hablarle de Gael. La única vez había sido en Barcelona. Por lo demás, Gael seguía siendo una incógnita para mí y quizá yo para él. Me veía en la biblioteca y no entendía qué estaba haciendo ahí, no solo en Nueva York, sino en sus clases, en las que, por cierto, prestaba cada vez menos atención. Sentía su mirada fija en mí, como preguntándome *¿Y ahora qué? ¿A qué estás esperando?*

Y yo esperaba, seguía esperando.

La razón lo apuntaba a él con una flecha de dirección única. La intuición, sin embargo, me decía que, como en las novelas de misterio, aquella era una pista falsa.

Me empeñaba en verlo al final del camino. Estaba ahí para que me contara, por ejemplo, por qué nunca había vuelto a por su hijo. Para que me respondiera la misma pregunta que le hacía mi madre en la postal que siempre guardé: *¿qué me dices de los padres que abandonan a sus hijos?*

Pero después estaba ese miedo. ¿Y si él no lo sabía? Aunque yo misma me respondía, acto seguido: ¿cómo no iba a saberlo?

Después de aquel día en el Maialino había retrocedido hacia el punto de timidez inicial. O de cobardía. Finalmente, la última semana de agosto fuimos juntos a un concierto de jazz. La propuesta había surgido de él, y tampoco había sido capaz, como en el caso del sándwich de pastrami, de decirle que no me gustaba el jazz. Me había llevado al Milton's, en la 118. Casi no habíamos podido hablar, la música en directo obstaculizaba cualquier tipo de interacción que fuera más allá de si los *mac and cheese* estaban buenos o si el saxofonista era un genio para su edad.

De vuelta, en el metro, me preguntó cómo iba con el ensayo sobre el exilio. «Bien», mentí, sin detalles.

—¿Estás disfrutando del curso? ¿Te está sirviendo? —me dijo cuando faltaba una parada.

—Sí, mucho.

—Me alegro. Por cierto, recuérdame cuándo era lo de Clarice Lispector.

—Es el 10 de septiembre, a las seis y media. Te mando la invitación por email.

—Iré. Si quieres, después puedes venir a casa y te enseño el despacho.

Lo despedí desde el andén. Me sonreía agarrado a la barra central. Su sonrisa amplia y luminosa. Esa sonrisa que me era tan familiar.

Dije adiós con la mano, me giré y traté de conservar su imagen en mi cabeza. Hubiera podido ser actor, me dije. En eso no se parecía a mi hermano. Tenía el magnetismo de los hombres que se saben deseados, que juegan con una aparente humildad para ser aún más atractivos. Era protector pero autoritario. Parecía la antítesis de mi padre en todos los sentidos pero, volví a pensar, compartía con él un detalle significativo: ambos eran especialistas en inventar una historia cuando la versión oficial, si es que la había, no les convencía.

Entendía que mi madre se hubiera enamorado de aquel hombre. Lo que seguía sin saber era qué había ocurrido verdaderamente entre ellos. Cuando me hablaba de ella, lo hacía con cariño. Pero había algo que no me cuadraba en su discurso; era como si él calibrara en todo momento qué tenía que decirme a mí, sin atreverse a expresar lo que realmente quería decir.

45

Una llamada insólita inauguró el mes de septiembre. A las dos de la mañana, el teléfono sonó y me desperté aterrada.

Cuando vi aquel nombre resplandeciendo en la pantallita, Román, volví atrás, a la oscuridad de un hotel de Ibiza. Descolgué, temerosa, pensando en qué más había podido ocurrir. En Barcelona eran las ocho de la mañana.

—¿Papá?

—Laura, me lo han denegado.

Tardé en reaccionar. Encendí la luz de la mesilla de noche. Aquello era completamente irreal.

—¡El puto visado, me lo han denegado! ¿Qué voy a hacer ahora, eh? ¿Qué narices voy a hacer?

—Papá...

—¡Esa mierda de isla de Alí Babá! ¿Qué hago, eh? ¿Me voy a Nueva York contigo a leer libros para gente deprimida? ¡Otro fracaso más!

—Papá, estaba durmiendo, aquí son las dos de la mañana. ¿Puedo llamarte luego y lo hablamos con calma?

Se hizo el silencio y me colgó.

Al día siguiente traté de llamarlo varias veces, pero no cogió el teléfono. En lugar de eso, me escribió un email:

ASUNTO: *Ya te llamaré porque ahora estoy muy cabreado*

¿Te acuerdas de todos los cursos que di hace un par de años en la Universidad de Tel Aviv? ¿El premio que me dieron al mérito de la excelencia investigadora? Bueno, pues en Yemen no puedes entrar si tienes un sello de Israel en tu pasaporte. Me dirás, pues cámbiate el pasaporte, pero ¿sabes qué? No me da la gana de seguirles el jueguecito.

No solo es por esto, ya te dije que la situación del país es nefasta. Contacté con Sanaa Tours, después de que buscara infructuosamente vuelos para llegar hasta Socotra, y me dijeron que en esos vuelos solo podían llegar periodistas. Pero ahora los han suspendido. Y además, me han denegado el visado. Todos estos meses de preparativos e ilusiones para nada.

Conclusión: hay que esperar a que la situación mejore. Y puedo esperar sentado.

Aquella noticia, que mi padre no pudiera marcharse a Socotra, me dio cierta tranquilidad. Siempre había apoyado sus aventuras, pero aquella última me parecía completamente descabellada, una huida hacia otro de sus espejismos. La última isla, el último reto. Sin embargo, no podía dejar de plantearme que, una vez vendida la casa de Ibiza, no tenía adónde ir. Es decir, tenía casa, al morir sus padres, a los que yo no había conocido, había heredado tres propiedades en Barcelona que mantenía alquiladas. Lo que no tenía era un proyecto, aquella ilusión que había encontrado en Socotra.

La idea de que mi padre estuviera solo me angustiaba. La de que se fuera a Socotra también.

46

Corrí, corrí y corrí. Me había olvidado en la oficina la caja con los folletos de Clarice Lispector que íbamos a repartir entre los asistentes a la presentación. Al llegar a la galería, Ethan me había preguntado por la caja y me quedé muda. Por suerte, habíamos llegado bastante antes para empezar a organizarlo, pero aún así había sido un contratiempo. No encontré ningún taxi: los taxis, dicen, son como los paraguas, están a todas horas menos cuando los necesitas, así que fui corriendo, sorteando los charcos, porque acababa de caer una tormenta de verano de esas que empantanan las calles de agua sucia.

Al llegar a la editorial me encontré con Teo, que tenía otra presentación y no podía ir.

—¿Tienes un minuto o es realmente tarde? —me dijo al verme.

—Bueno, no... A ver, sí, es tarde, pero, claro, dime —me quedé en el marco de la puerta de su despacho.

—Jenny, la chica a la que sustituyes, no va a volver. Nos llamó ayer para avisarnos y que tengamos tiempo para organizarnos. Es inglesa, y ha decidido volver a Londres para tener el niño allí.

—Ah...

—Y nos gustaría proponerte que te quedaras. Estamos muy contentos con lo que estás haciendo.

—¿Cómo? ¿En serio?

Se rio.

—¡Claro! ¿Qué te parece? Tú piénsatelo y dinos algo cuanto antes. Si pudiera ser la semana que viene, mejor.

Salí de la oficina feliz. Feliz. Un estado que no recordaba. No me detuve a analizarlo.

Encontré un taxi, por fin, cargando con la caja, y le escribí a mi padre.

Papá, ¡me han ofrecido quedarme en la editorial!

Sin pensarlo y movida por la euforia, le escribí también a Diego.

¿Sabes? En la editorial donde trabajo me han dicho si quiero quedarme.

Una vez que lo hube mandado, me arrepentí. ¿Por qué se lo había enviado?

Pero pronto lo olvidé. Me hacía ilusión que me hubieran ofrecido quedarme. Quizá, pensé, podría empezar de nuevo ahí, sin la amenaza del final de la baja por maternidad. Algo estable, mío. Algo que estuviera lejos.

¿Lejos de dónde?

Lejos de todo aquello que me quedaba.

Llegué sudada a la galería, con el pelo enmarañado, los pies marrones, las sandalias húmedas. Me di cuenta de que desentonaba entre toda aquella gente elegante, pero no me importó.

—Vaya, Laura, veo que has ido a la peluquería para la ocasión —se rio Ethan.

Empecé a repartir los folletos, una introducción a la obra de Lispector, a los libros que teníamos en la editorial y a la antología que presentábamos.

La gente estaba sentada ya, y algunos rezagados llegaron en ese momento. La presentadora resultó ser una conocida crítica de *The New York Times,* que yo había creído que era un hombre, así que cuando la vi emerger entre toda aquella multitud di gracias por no haber metido la pata.

Cuando cesaron los murmullos, aquella mujer diminuta, aparentemente tan temida por todos, empezó a hablar y lo hizo acerca de un relato incluido en nuestra antología. Se llamaba «La mujer más pequeña del mundo».

—Apenas mide cuarenta y cinco centímetros, y es descubierta en África por un explorador. Cuando la encuentra, él dice, tímidamente y con una delicadeza de la que su esposa jamás lo hubiera creído capaz, que la llamará Pequeña Flor. Es la mujer más pequeña del mundo. Cuando la ven en el periódico, todos quedan desconcertados. Sienten que el mundo no es tan estable como creían porque encierra dimensiones insospechadas. Su presencia atrae la caridad de algunos, pero también les recuerda cómo entre todos nos devoramos, que aún somos caníbales.

La gente estaba en silencio, expectante, como si en realidad aquella mujer, más que hacer un análisis sobre la obra de Lispector, estuviera contándonos un cuento.

—Esa es una historia de amor en la que hay, como en todas, devoradores y devorados. El amor esconde maldad, y todos somos criminales en algún momento. Porque la Pequeña Flor despierta distintos tipos de amor entre las personas que la ven. Ella se enamora del explorador, pero en la selva no existen los refinamientos crueles de la civilización. En la selva, amor significa no ser comido, amor es encontrar hermosa una bota, amor es que te guste el color raro de un hombre que no es negro, amor es reír ante un anillo que brilla. Pero la pequeñísima y delicada pigmea no tiene palabras para declarar su amor a aquel hombre. ¿Qué puede decirle si no conoce las palabras? ¿Cómo van a entenderse ante ese abismo que surge entre dos mundos irreconciliables? Había que inventar nuevas palabras para su amor, pequeño, salvaje y sin condiciones, que se detiene en las pequeñas cosas, cosas no complicadas.

Lo busqué entre la multitud y lo encontré hacia el final de la sala, apoyado contra una columna. Los brazos en cruz, los ojos azules que ahora eran grises. Sonrió a modo de saludo, pero pronto desvió la mirada hacia la mujer que seguía hablando del amor, que citaba ahora a Lispector: «Y consideró la crueldad de la necesidad de amar. Consideró la malignidad de nuestro deseo de ser felices. Consideró la ferocidad con que queremos jugar. Y el número de veces que mataremos por amor».

Lo miré fijamente hasta que me devolvió la mirada.

La mujer terminó y se dio paso a las preguntas del público, pero no hubo preguntas. Solo un aplauso discreto.

Nadie hizo demasiado caso a mis pobres folletos, que terminaron en la basura u olvidados en las sillas. Me miré los dedos de los pies, manchados por el agua de los charcos. Tanto correr para nada.

Después ayudé a servir las copas de vino sin perder de vista a Gael. Casi me daba la sensación de estar vigilándole mientras hablaba con un grupo de chicas jóvenes.

—Ha salido todo genial, gracias —me dijo Ellen—. Por cierto, ¿has hablado con Teo?

Sonreí, y ella se apresuró a decir:

—No es para que me des una respuesta ahora, solo quería saber si debía decírtelo o ya lo había hecho él. Eso: queremos que te quedes con nosotros.

Apareció un hombre, se llevó a Ellen y seguí dando vueltas por la exposición y bebiendo vino.

Me quedaba. Iba a hacerlo. Se lo dije a Ethan y brindamos.

—Por tu vida aquí —dijo.

Ellen se acercó sonriendo:

—¿Y? ¿Te quedas?

Me sobresalté cuando, al mirar la hora en el móvil, vi el mensaje. Diego.

Enhorabuena. ¿Es eso lo que quieres?

Lo borré rápidamente para no volver a verlo. Deseé no haberle escrito.

Me quedé un rato hablando con Ethan de los planes que podríamos hacer aquellos próximos fines de semana: ir a Fire Island, a Montauk o a Atlantic City. Luego volvió a decirme lo feliz que estaba de que me quedara y se marchó. Decidí hacer lo mismo. Ya me había olvidado de Gael, que ahora me estaba esperando. Me acerqué para despedirme.

—Vaya —se sorprendió—, pensaba que vendrías a casa a cenar.

47

Vivía en la calle 19, en un edificio bajo de ladrillos pintados de blanco. Unas macetas con flores rojas colgaban de las ventanas que daban al nivel de la calle.

—Aquí es. Lo de las plantas es una costumbre que cogí de tu madre. Ahora que ella no está, al menos sigo con esto de la jardinería —dijo antes de empezar a subir las escaleritas de la calle.

Era un apartamento de dos plantas que se comunicaban por una escalera de caracol desde el salón. Arriba estaba el dormitorio y había una mesa de estudio enorme, y abajo, un espacio abierto con unos sofás de piel bajo los ventanales que daban a la calle. Las estanterías abarrotadas de libros, sobre todo de fotografía. Me fijé en el de Helmut Newton y Alice Springs, *Us and them*. En la cubierta, Newton de perfil: Alice parecía fotografiar al que miraba la imagen.

—Es genial ese libro —dijo.

Reparé después en los cuadros que colgaban de una de las paredes. En su mayoría imágenes de Buenos Aires que nunca había visto: el puerto, calles empedradas.

Y de pronto mi madre, en una mesa baja del salón. La única foto que había en toda la casa era una fotografía de mi madre.

—Voy a buscar unas copas de vino y a poner un poco de música —dijo—. ¿Conoces a este cantante? —me acercó un vinilo. La imagen de la carátula no me sorprendió: un faro alumbraba la oscuridad de un mar embravecido. La luz atravesaba la niebla. Otro faro.

—Tú y tus faros, como las islas de mi padre: están por todas partes —bromeé.

Leí el título del álbum en voz alta: *We must become the pitiless censors of ourselves* (Debemos convertirnos en los despiadados censores de nosotros mismos).

—Adri me mandó una canción por email hará cosa de un año. Después me compré el vinilo. Cuando vi el faro me gustó más aún.

—Menudo título.

—Ya ves —dijo, irónico—. Hay una canción bonita, es sobre la luna.

Puso el vinilo y se sentó a mi lado en el sofá. Se volvió hacia mí hasta que nos quedamos uno delante del otro.

—Bueno, Laura. Retomemos nuestra conversación. Hay algo que te ha traído hasta aquí. Si no me lo dices, no puedo ayudarte.

Podría haberle dicho:

1. Estoy aquí porque quería saber quién eras.
2. Porque mi madre se fue cinco años de casa y se fue contigo.
3. Porque mi hermano se murió.
4. Porque mi hermano era tu hijo.
5. Porque mi padre te odia.
6. Porque te llevaste a mi madre.
7. Porque nunca volviste a buscar a tu hijo.
8. Porque podrías haberla ayudado y no lo hiciste.
9. Porque estás en el centro, aunque eso no significa nada.
10. Porque ella te espera y tú la esperas a ella.
11. Porque te odio.
12. Porque eres lo último que me quedaba. Aunque eso tampoco signifique nada.

Podría haberme hecho otra de mis listas. Haber subrayado los puntos más importantes que quería abordar. Como en un examen. Pero no dije nada de eso. Me quedé callada, di un sorbo a la copa y la dejé en la mesita baja de madera que teníamos delante. Me encogí de hombros y estuve tentada de decir *No lo sé,* pero me abstuve.

Sentía aquellos ojos clavados en mí, estudiándome, aunque no quisiera mirarme en ellos. Me distraje durante unos segundos con las fotografías de Buenos Aires que colgaban de las paredes. De repente, alargó la mano y, con suavidad, me volvió la barbilla hacia él para que le mirara.

Abrí los ojos con asombro.

—Laura, ¿por qué estás aquí? —repitió.

De repente sonó esa canción.

—Es esta —dijo.

Me quedé paralizada.

—¿Esta?

—La canción sobre la luna. Leí una entrevista con el cantante, decía que necesitaríamos un nuevo lenguaje para hablar de cómo nos relacionamos. Es como si las palabras estuvieran huecas, no significaran. Pero esta canción, en sí, es un canto a la luna o a alguien que está lejos. A ti que te gustan tanto las palabras, te gustará.

No la había vuelto a escuchar desde el día de la cremación. La canción que mi madre había escogido para decirle adiós a su hijo.

Sentí la presión de los dedos de Diego en mi mano. La rigidez de mi mandíbula. Casi ni me atrevía a respirar.

Estábamos nosotros cuatro, solo nosotros. Mi padre y mi madre. El féretro ya dentro.

Mi madre, con aquel reguero de lágrimas que parecía que fueran a filtrársele por las mejillas, hasta dentro, de donde procedían. Mi padre, sentado en un banquito metálico, con una rosa en la mano que había querido poner sobre el ataúd. La apretaba entre los dedos.

La llevaremos a casa. La secaremos, Laura.

Y aquella canción hipnótica era como un acertijo que solo ahora, en Nueva York, entendía. Otro mensaje en una botella. Absurdo y a destiempo. Fuera de lugar.

It's just you and me tonight.
If I was to fall, I won't fall so deep.

Caer profundo, pensé. Era eso; caer hasta que ya no podemos hacerlo más.

Volví a coger el vinilo. En la carátula, la luz atravesaba nítidamente la niebla. Mi madre estaba al otro lado, donde acababa el dibujo, esperando la luz en el lugar inadecuado.

La última canción que acompañó a Pablo no era sobre la luna, la tierra o todos nosotros. Era la metáfora de una separación. La de dos personas que se querían. Una pareja o, quién sabe, un padre y un hijo que nunca se habían conocido. Quizá, la canción fue, en aquel lenguaje sin palabras de mi madre, la manera de que Gael estuviera presente en aquel instante.

—Esta es la canción que mi madre escogió cuando metieron el ataúd de Pablo en el crematorio.

—Vaya, no lo sabía —dijo Gael sorprendido.

—Sí, la eligió ella —repetí—. ¿Habláis mucho los dos?

—No. Bueno, en realidad ella me escribe de vez en cuando. Le va bien, eso me tranquiliza.

—¿Sí? ¿Estás tranquilo?

—Laura...

—Vale, perdón. Vine aquí porque quería que me contaras algunas cosas.

—¿Qué cosas?

—No sé. Quería saber quién eras. Cómo eras.

Se quedó en silencio.

—Y ahora que ya lo has visto, ¿qué más quieres saber?

—Supongo que quería saber qué habías hecho con mi madre y por qué nunca volviste a por ella. O a por...

—Me encantaría tener una respuesta para eso, Laura —me cortó, tajante—. Pero tengo la misma que tú.

—No es verdad. Nosotros perdimos a una madre durante cinco años. Y cuando volvió ya no era ella.

—¿Y por qué todo esto no se lo has preguntado nunca a tu madre?

Aquella, claro, aquella era la pregunta del millón.

—¿Y tú qué sabes de lo que yo hablo con mi madre?

—Te lo acabo de decir, ella me escribe. Sé, por ejemplo, que desde que murió tu hermano no le has cogido el teléfono ni una sola vez. Me escribe para que le cuente cómo estás. Quiere saber si te has cortado el pelo, si has engordado un poco por fin, si sigues siendo igual de lista. Si aún eres tímida y no te atreves a preguntar nada en mis clases. Tu madre no está bien. Nunca lo ha estado. Que muriera Pablo no es culpa de nadie, estaba enfermo.

—Yo no pienso lo mismo.

—No pienses tanto, Laura, y piensa bien. Tienes edad para dejar de comportarte como si tuvieras quince años.

—Pero ¿tú qué sabes?

—¿Que qué sé yo? La verdad: algunas cosas más que tú.

—¿Y por qué, si tanto defiendes a mi madre, no vas a buscarla?

—La he ido a buscar muchas veces.

—¿Y Pablo, entonces?

Se quedó callado. Me miró con los ojos muy abiertos, sin entender.

—¿Se puede saber qué tengo yo que ver con Pablo? Lo conocí una vez en mi vida, Laura.

—¿Pero mi madre... y Pablo?

—Mira, Laura, yo sé que me he equivocado muchas veces. Quería a tu madre, a pesar de lo difícil que era la vida con ella. A pesar de que ella, como tu hermano, estaba enferma. Intenté que se medicara, pero bebía mucho. Tu madre no vino aquí para quedarse, vino porque tenía miedo de tu padre, porque quería recuperarse antes de volver para estar con vosotros.

—Pero ¿no sabes nada? ¿Mi madre no te dijo nada? —insistí.

—¿De qué no sé nada? No te entiendo, Laura.

Se me hizo un nudo en la garganta y fui consciente, de manera descarnada, de aquel convencimiento mío absurdo.

Empezó a hablar y a hablar, pero yo ya no le escuchaba, tan lejos me encontraba. Iba captando alguna frase suelta, trataba de seguir el discurso, pero estaba atrapada dentro de mi cabeza.

No recuerdo cuánto tiempo pasó, mucho, probablemente, pero cuando volví a la conversación Gael seguía hablando de mi madre.

—Fue y es la mujer de mi vida —concluyó.

—¿Y qué haces que no estás con ella entonces? —le dije levantando la voz.

—Las cosas no son tan fáciles.

—¿Tú crees?

Se quedó callado.

Luego volvió a mencionar lo enamorado que estaba de mi madre, como si yo, a esas alturas, pudiera hacer algo, decirle algo a ella. Todos hacíamos lo mismo. Jugábamos a aquel juego ridículo del teléfono estropeado, tratando de transmitir un mensaje a la persona que estaba en el último lugar de la cadena. Como si no fuera más fácil decírselo a ella sin intermediarios.

El mensaje nunca llegaba; se perdía en el camino. Ahí estábamos todos, convenciéndonos los unos a los otros pero no a quienes teníamos que convencer. Era otra vez esa incapacidad por empatizar con el dolor de los demás, como si cada uno tuviera el monopolio del dolor.

—Tu padre la trataba mal, la humillaba. La muñeca rota... Dios mío, nunca volvió a pintar. Tendrías que haberla visto cuando la fui a buscar para traerla aquí. No podía ni coger un avión sola.

—¿Tú la tratabas mejor?

—Vamos, Laura. Me ofende que lo pongas en duda.

—Al final la has dejado igual de sola que mi padre.

—No sigas por ahí —él mismo se quedó asombrado ante el cambio de tono de su voz.

Me levanté y le dije que tenía que marcharme.

—Laura, no te vayas, perdona —dijo agarrándome del brazo.

Por un instante, y por primera vez en mi vida, tuve ganas de hacerle daño físico a alguien. Sentía, con una claridad que me asustaba, que le quería zarandear, golpear. No sabía de dónde salía aquel instinto, pero era real.

—Creo que es mejor que me marche. Ya seguiremos la conversación.

Y de pronto solo quería irme, no volver a verlo más. Ni siquiera oírle hablar de sus exilios inútiles. Estaba cansada. No podía seguir escuchando los mismos argumentos que repetía mi padre, los mismos que me repetía yo. Los mismos que, supuse, repetiría mi madre.

Salió a acompañarme hasta la calle. Bajamos las escaleras y nos quedamos en silencio en la calle desierta. Entonces me abrazó. Pero aquel no era el abrazo de un padre, ni de un amigo. Y al cabo de pocos instantes, para mi asombro, ya no estaba enfadada sino que me agarraba a él con fuerza, como si fuera un salvavidas.

—Siento que no te he ayudado nada —murmuró.

Cuando nos separamos, volví a encogerme de hombros.

—No creo que hubieras podido.

Ambos de pie, desamparados: parecíamos un par de sobrevivientes de una catástrofe. Representábamos un mundo perdido para el otro, un mundo que queríamos recuperar, pero no teníamos las palabras. Las habíamos perdido también.

Gael no era Pablo. Yo no era mi madre. Por mucho que lo tocara, que me acercara a él, solo era un padre que no sabía que tenía un hijo. Que había tenido un hijo sin saberlo.

¿Para qué sirven los hijos muertos? ¿Y los padres que se han quedado sin hijo, aunque no lo sepan, siguen llamándose padres?

—Me voy, estoy cansada. Te veré en clase.

—Estoy aquí para lo que quieras. Nos vemos el jueves. No hace falta que me entregues el ensayo, tienes más tiempo si quieres.

Me importaba una mierda su ensayo. Asentí y me di la vuelta.

Aquella fue la última vez que le vi.

Me fui llorando. Con los pies sucios de barro. La presentación quedaba lejos, como si hubiera ocurrido en otro sitio, en otra ciudad. Nueva York era otra ilusión, como lo era Gael, como lo eran todas las cosas que no son reales y nos gustan porque están lejos y brillan. Pero de cerca son opacas y se apagan.

A medida que mis lágrimas se secaban mi mente se hacía más ágil. El resumen de toda aquella historia rocambolesca era que mi madre no le había dicho nada a Gael. ¿Cómo era posible que no lo hubiera hecho en cinco años? Nunca llegamos a conocer los porqués de las decisiones íntimas de los demás. Pero por primera vez en mi vida se me ocurrió que quizá mi madre, aunque de manera torpe y antinatural, había querido preservarnos de su propia inestabilidad. Había deseado que tuviéramos una familia completa, aunque la única familia que nos quedara fuera mi padre.

Pensé que tal vez ella se viera lejos, incómoda por haberse convertido en la pieza que no encajaba. Incapaz de seguir haciendo ese papel, el de madre. Lo había escogido a él, a Gael, y aquella elección había supuesto una ruptura con lo anterior. Y ahí estábamos nosotros.

Siempre la había visto a través del filtro del reproche porque me era difícil salir de mi propia necesidad, la de tener una madre.

¿Qué hubiera ocurrido si ella se lo hubiera dicho a Gael?

¿No hubiera ido él a buscar a su hijo?

Nada tenía remedio ya.

Seguí andando por la Novena. No me importaba estar llorando otra vez; nadie se fijaba en mí. Me daba rabia pensar que unas horas antes había estado feliz, con la posibilidad de quedarme a trabajar haciendo algo que verdaderamente me gustaba, y de repente había vuelto atrás. A la angustia, a la tristeza.

Pablo estaba muerto, seguía estándolo. No había nadie ni nada que pudiera hacer algo para remediarlo.

No había más misterios, solo silencio y gente que, como a veces me ocurría a mí, no sabía hacer las cosas. O no las hacía cuando tocaba.

Seguro que llegaría ese momento en que al recordar a Pablo sonreiría. Pero cumpliría años sin él, cuarenta, cincuenta y sesenta. Y seguiría estando triste. Otros me abrazarían, quizá incluso lo harían fuerte, muy fuerte. Pero la pena no se iría. La tristeza seguiría encerrada en ese lugar que nadie sería capaz de abrazar. No hay lugar para la pérdida. Está, pero no se ve.

Cuando llegué al portal de casa, me detuve al darme cuenta de que Hannah había desaparecido de debajo de los andamios. No estaban sus cartones, ni la silla de ruedas, ni su rosa, ya seca, como aquella que mi padre quiso secar después del crematorio. Solo había dejado el guante de boxeo, apoyado contra la pared. Me dio pena no haberme despedido de ella.

La luz de las farolas iluminaba la calle. *No apagaré la luz, Pablo.*

Cuando traspasaba el umbral del edificio, salió un hombre que cargaba a un niño dormido. La cabeza del niño estaba apoyada sobre su hombro. Lo miré. El padre me dio las buenas noches.

Abrí la puerta del apartamento. Encendí la luz y me quedé mirando mi cementerio de objetos. La caja roja. Mi pecera vacía.

Escribí un mensaje.

Quiero volver, te echo de menos.

Sumé horas. Seis. Allí serían las siete y media de la mañana.

La pantalla del teléfono se iluminó.

Solo dos palabras: *Entonces vuelve.*

48

Los colores desaparecen bajo el agua. El primero es el rojo que, a determinados metros debajo de la superficie, se ve negro.

—Si tiro un tomate al mar, ¿cuándo se transforma en negro, mamá?

—La palabra no es transformar.

Ahí, sentados los tres bajo la torre de Sa Sal Rossa, mi madre nos contó que los objetos rojos aparecen rojos en la superficie debido a que reflejan la luz roja. Como el agua clara absorbe la luz roja en la profundidad, los objetos aparecen oscuros o negros. Del mismo modo, un objeto azul en agua verde-amarill nta cerca de la costa podría parecer negro. La apariencia fantasmal de los buzos a una profundidad de veinte a treinta pies (seis a nueve metros) es otro ejemplo de la pérdida de la luz roja.

Días más tarde sorprendí a Pablo en la playa, al final de las casetas de los pescadores, con una caja de plástico llena de tomates cherry en la mano. Iba lanzando aquellas pequeñas pelotas rojas lo más lejos que podía.

Cuando me acerqué me dijo:

—Mañana me pondré las gafas de buceo y veré si se han vuelto negros.

Me limité a sonreír, porque sabía perfectamente que con lo miedoso que era ni siquiera llegaría a meter un dedo del pie en el agua, y menos ahí donde tiraba los tomates, que estaba oscuro por las rocas: Pablo no soportaba la idea de tocarlas.

Cerca del 50 % de la superficie de nuestro planeta se encuentra por debajo de los tres mil metros de profundidad. Se considera fondo marino aquel que se extiende por debajo de los doscientos metros hasta alcanzar las llanuras abisales, entre tres mil y seis mil metros. Las fosas marinas, claro, están mucho más oscuras, y es donde se alcanza la mayor profundidad del planeta.

Pero lo verdaderamente fascinante de aquellos misteriosos acantilados marinos era que escondían accidentes geográficos que jamás veríamos y que eran tan importantes como los que asomaban por encima del nivel del mar. La tierra conocida.

Los océanos cubren el 70 % de la Tierra o, dicho de otra manera, una superficie equivalente a la suma de dos veces la superficie de Marte y la Luna juntos. Sin embargo, sabemos más cosas de la Luna o de Marte que de nuestros océanos. De la misma manera, sabemos igual de poco de nuestras propias profundidades. También preferimos ir a Marte.

Habitamos ese 30 % conocido, nuestra tierra firme. Mientras que la verdadera vida ocurre dentro de nosotros, en ese terreno vasto, insondable y desconocido. No queremos saber nada de nuestros abismos. Quizá porque, como dijo Nietzsche, cuando miras mucho tiempo a un abismo, el abismo también mira dentro de ti.

49

Me marché de Nueva York a mediados de octubre. Había llegado a un punto en el que se hizo patente que quedarme era una manera como cualquier otra de seguir a oscuras. No sabía exactamente dónde estaba la superficie, pero después de haber hablado con Gael, o mejor dicho, de haber no hablado, descubrí que podía quedarme ahí indefinidamente pero que solo estaba postergando mi regreso.

Nueva York era como la luna; perfecta en su lejanía, pero vacía de realidad. Había simbolizado la esperanza absurda que ponemos en lo desconocido: en un hombre que no tenía nada que ver con mi vida. Sí con la de mi madre.

Decidí volver a Barcelona por muchos motivos, y uno de ellos fue mi padre. Después de que le denegaran la entrada a Socotra, habían vuelto sus emails insistentes:

Encima de la mesa del salón tenías un libro con un título fabuloso: La escala de los mapas. *¿Quieres que te cuente una cosa? Bueno, en realidad te la voy a contar igual. Pues dudo que la autora del libro, Belén Gopegui, conociera aquella novela de Lewis Carroll,* Silvia y Bruno, *en la que un personaje se burla de que el mapa más detallado existente en la tierra sea de un metro y medio por kilómetro. Dice que en su mundo han logrado hacer un mapa a escala real.*

Pero dime tú, ¿qué ocurriría si desplegáramos un mapa a escala real? Que no podríamos ver la luz del sol. ¿Te lo imaginas?

Por cierto, otra cosa: tengo una frase de estas que te gustan para subrayar. Albert Camus, cuando estuvo en Ibiza con su primera mujer, Simone Hié, dijo que Ibiza, como Argel, era un

«paisaje aplastado por el sol». ¿No es una definición perfecta?
Cuando se marchó escribió también: «En el breve instante del
crepúsculo reinaba algo fugaz y melancólico, sensible no a un
hombre solamente sino a todo un pueblo. Yo, por mi parte,
tenía ganas de amar como se tienen ganas de llorar».
¡Ganas de amar como se tienen ganas de llorar!
Tengo otra frase, las he juntado todas para ti. Es de su hija
Catherine: «Vivimos atrapados por aquello de lo que huimos».
¿Qué me dices?

Aquellos días, mi padre volvía a Ibiza como si esta fuera aquella antigua novia a la que hubiera que reconquistar. Anoté la frase de Catherine Camus en una de mis listas.

50

En la editorial me organizaron una despedida.

No me habían pedido demasiadas explicaciones cuando les dije que agradecía la propuesta de quedarme, pero que debía irme.

Volvimos a The Rusty Knot. Y Ellen hizo un brindis para que volviera pronto a Nueva York o para que ellos fueran a Barcelona. «Cualquiera de las opciones vale», dijo.

Brindamos, pero resonó en el tintineo de las copas de vino la esperanza hueca de los que saben que probablemente tarden mucho en verse. Me daba pena por Ethan, el único que no entendía que me marchara. Que no entendía que hubiera rechazado aquel trabajo soñado.

Ya de vuelta, cuando me acompañó andando hasta cerca de casa, me preguntó si al final había hecho esa llamada a Diego.

—Sí, pero entonces nadie contestó —hice una pausa—. Sin embargo, un día le escribí. Le dije que quería volver.

—¿Entonces vuelves por él?

—No sé muy bien por qué vuelvo. Por muchas cosas.

—Leí el relato de Husavik. No te lo quería decir. ¿Es verdad, murió tu hermano allí?

—No. Lo único cierto del relato es que está muerto.

—Ya... Bueno, lo sabía. Pero como hablas siempre de él en presente.

—Siento no habértelo contado.

—¿Nos llevarás a Ibiza a Amy y a mí?

Me reí.

—Claro.

Nos dimos un abrazo y me quedé mirando cómo desaparecía calle abajo.

Me puse los cascos del móvil y dejé que empezara a sonar música. En realidad, pensé, vuelvo por Diego. Por mí. En realidad, solo tengo una historia: la mía.

51

Aquella noche busqué una bolsa de basura para empezar a tirar algunos trastos que había ido acumulando. Pensé en Hannah. Qué le habría pasado. Adónde habría ido. El guante de boxeo había desaparecido también.

Cogí la pecera y metí dentro aquel libro que no se había movido ni un centímetro de su lugar en la estantería. *¿Qué vas a hacer con el resto de tu vida?* Leí los agradecimientos de las páginas finales por última vez: *A mis hijos, Laura y Pablo, por salvarme de tantas islas.*

No lo habíamos salvado de nada, ni él a nosotros. Tampoco había logrado que mi madre hiciera lo que él quería con el resto de su vida.

Cerré la bolsa. Bajé a la calle y la tiré al contenedor de basura.

52

—Me vuelvo —le dije a mi padre. Se hizo un breve silencio al otro lado de la línea.

—Entonces me tendré que buscar otra casa provisional. He ocupado tu salón, la habitación de Pablo. Por cierto, he vaciado el armario. Tienes la ropa en cajas.

—¿Por qué no me avisaste?

—Porque nunca iba a llegar el momento, Laura. ¿No crees que es mejor que demos su ropa?

Ahora me quedé callada yo durante unos segundos.

—¿Qué piensas hacer, papá?

—No lo sé. Por primera vez en mi vida no tengo planes. Socotra era mi plan. Buscaré otra isla, hay muchas, ya sabes —y rio—. O quizá debería comprarme una casita en la isla de la Decepción, que es un buen sitio. O quizá vuelva.

—¿Adónde?

—A Ibiza, dónde va a ser.

—¿Por qué?

—Porque es mi casa y no sé a qué otro sitio podría ir. Yo ya no soy de Barcelona; llevo cuatro meses aquí, pero a mí el cemento y el tráfico me agobian. Eso te lo dejo a ti.

—¿Lo has decidido en firme?

—No, solo lo estoy pensando. Pero no lo sé, quizá compre algo en el norte de la isla, lejos de casa. Pero cerca, ya me entiendes.

Lo entendía. Lejos pero cerca.

Justo cuando estábamos a punto de colgar, me lo dijo. Me dijo que esperaba que me hubiera servido de algo hablar con aquel desgraciado.

—¿Qué te piensas, que no até cabos? No era muy difícil... Pero bueno. Era algo que tenías que hacer.

—¿Por qué no me dijiste nada?

—¿Qué podía haberte dicho? ¿Que no tiene sentido? ¿Que ese tipo es un maldito imbécil que además no puede ayudarte? ¿Y trató mal a tu madre?

—¿Por qué no puede ayudarme?

—Porque nadie puede ayudarte, Laura. Lo que quieres no existe. A Pablo no van a devolvértelo. Tu hermano, aunque no biológico, era mi hijo. Lo cuidé lo mejor que pude, y os he querido siempre a los dos por igual. Tu hermano... tu hermano llevaba toda la vida sufriendo y nadie podía haber hecho que se quedara, ni siquiera tú.

—Pero ¿y qué tiene que ver todo esto que me estás diciendo con Gael...?

—Pues hija, es fácil. Es una ecuación bastante asequible, incluso para ti que odias las matemáticas. Se muere tu hermano, pones de patitas en la calle a tu novio y a su hijo, le dices a tu madre que no quieres volver a verla. Dejas de cogerme el teléfono. Eso sí, empiezas a fantasear con irte lejos, un trabajo en una ciudad que no te había interesado jamás...

—¿Y tú con Socotra...? —le recriminé.

—No estamos hablando de mí. Lo que intento decirte es que nadie puede ayudarte, pero si dejas de estar enfadada con el mundo igual alguien pueda hacerlo.

—Papá, todo hubiera sido mucho más fácil si en vez de ocultarnos a Pablo y a mí las cosas...

—Quizá tengas razón. Pero eso tampoco hubiera hecho que tu hermano estuviera aquí.

—O sí.

—Mira, Laura. Depende de ti salir adelante o no. Pero no es fácil ayudarte, cuesta ver qué es lo que verdaderamente quieres hacer.

—¿Por qué no me dijiste que no hacía falta que me fuera a Nueva York?

—Porque hubieras ido igual.

—Pero ¿tú sabías que Gael no sabía nada de que tenía un hijo?

—Lo suponía.

—¿Por qué?

—Porque nunca vino a buscarlo, porque no se plantó aquí y me partió la cara como yo temía que ocurriera.

—O sea que es una suposición.

—No. Lo sé. Adriana me lo corroboró a la vuelta.

—¿Cuándo vas a contarme toda la historia de una vez, sin omisiones?

—Yo no la sé, Laura. Esa historia la sabe tu madre, y te has tenido que ir hasta Nueva York, donde no está tu madre, a buscarla.

—Pero sí Gael.

—¿Y qué narices va a saber él de tu madre? ¿Qué narices sabemos nosotros de las razones de los demás? ¿Acaso sabes tú más cosas de mi vida que yo? Además, ¿qué estás esperando descubrir que no te permite seguir con tu vida? Y, por cierto —se hizo un silencio—, ¿has hablado con tu madre? ¿Le has dicho que al final no puedo irme a Socotra?

—Es impresionante, papá. Me das lecciones de cómo volver a empezar y llevas tantos años esperando que una mujer te llame. ¡No te va a llamar! Papá, ya basta. Le importa una...

Pero no llegó a escuchar la palabra «mierda». Ya me había colgado.

53

No me importa pasar tiempo en los aeropuertos. Me gustan. Todos estamos de paso. Hay mostradores de reclamación, listas de espera. Escalas y destinos finales. Vuelos que van a una ciudad vía otra, y esa vía no significa nada para los pasajeros. Una parada técnica. También están todos aquellos lugares a los que nunca iremos. Posibilidades, como todas esas personas con las que nos cruzamos. El azar.

Pero lo cierto es que la mayoría de los que estamos ahí tenemos ya un billete comprado. La seguridad de un destino final. Las pantallas están para soñar e imaginar unas vidas que en realidad no tenemos.

Llevaba una bolsa de mano y había pagado un exceso de equipaje prohibitivo. Me marchaba rápido, como si tuviera prisa. En realidad la tenía, aunque entonces aún no sabía que habría un hombre esperándome en el aeropuerto, que había traído consigo al niño de los ojos de pantera. Que se quedaría quieto, pero sonreiría al verme avanzar con el carro de las maletas. *Laura, estás aquí.* Como si fuera una pregunta o una afirmación. *Claro que está, papá.* Y nos quedaríamos los dos de pie, el uno frente al otro, sin saber qué decir hasta que él, siempre más rápido que yo, me abrazara.

Desde el JFK le escribí a mi padre para decirle que cogía el vuelo de las seis de la tarde. Me respondió: *No podré ir a buscarte pero te pago el taxi, que no quiero que gastes ahora que no tienes trabajo.*

Ya no estaba enfadado y seguía haciéndome de padre.
Quedaban casi tres horas para que saliera el avión. En
dos semanas lo había ido cerrando todo. Pero tenía un
email a medio escribir. Me senté en la barra de un bar y pedí
un vino blanco, decidida a terminarlo.

*Esto tenía que ser un trabajo sobre el exilio, pero no sé ni
por dónde empezar. Así que no voy a hacerlo. A empezar. O a
entregarte ningún trabajo. Solo voy a contarte algunas cosas
que sé acerca de gente que ha vivido exiliada toda su vida. Voy
a hablarte, otra vez, de mi madre, de la madre que yo conocí,
de la que volvió, de lo que queda de ella, ahora, en esa isla
pequeña en la que la viste por primera vez.*

*Adriana nunca me habló del exilio. Sus cuadros, sin em-
bargo, los que pintó hasta que pudo hacerlo, estaban llenos de
manchas negras, de fondos marinos inescrutables, de cielos
que derramaban sangre. Yo creo que el exilio lo llevaba dentro. Eras tú, siempre lejos o ahí donde ella no estaba, el que la
anclabas a ese mundo de ausencias. Su otra vida era mi padre.
Era yo. Incluso Pablo.*

*Durante años relacioné el amor con vuestra historia.
Ahora hablaríamos de ansiedad, pero en aquellos años simplemente decíamos miedo. Pues sí, Gael, yo te tenía miedo porque supongo que mi madre también te temía.*

Y los miedos también se heredan.

*Recuerdo la fotografía que tenía mi madre en el estu-
dio. La polaroid en la que aparecíais juntos tan increíblemente parecidos el uno al otro, ahí en el centro de todos los
demás recortes. Su primer novio, y otras fotos de cuando era
joven y feliz. Todo lo que ella había dejado de ser.*

*Mi padre y tú me recordáis a aquella historia del rey Sa-
lomón que ella nos contaba de niños, cuando Pablo y yo nos
peleábamos por cualquier juguete. Dos mujeres querían quedarse con un bebé y cada una estiraba por un brazo. El niño
se iba a romper, de manera que al final una de las dos cedió;
prefería quedarse sin el niño a verlo morir. Aquella era la que*

quería más al niño, según el rey Salomón. «Prefiere renunciar a él a verlo morir», explicó Adriana.

Es poético hablar del desamor con una copa de vino en la mano. Es poético contarle a la hija de tu amante o novia, como la quieras llamar, lo mucho que quieres a Adriana, pero lo cierto es que todo lo que has hecho por ella es aparecer en una exposición y besarla delante de su hija.

Mi madre es frágil. Se deja llevar por los acontecimientos. Es incapaz de tomar decisiones. Se marchó. Volvió. Pero siempre estaba separada de algo. Llevaba a cuestas esa herida abierta. La tuya. O la nuestra. No lo sé.

No te conozco, ni sé qué quieres de la vida, o si esperas algo más que seguir teniendo una foto de mi madre encerrada en un marco. Hablas en tus clases de que el exiliado no puede volver al lugar de donde se marchó. Pero los lugares, lo apunté en mi libreta, tú mismo lo has dicho, son también personas.

No creo que ni tú ni mi padre hayáis tratado bien a mi madre. En todo caso, la diferencia es que ella te quiere a ti. Tan simple como eso.

Pero basta de palabras. Solo hay un hecho, ¿sabes? Ella está ahí, sola, tú estás aquí, solo.

Así que vuelve. Llámala. Haz algo.

¿Qué más podría haberle dicho?

Vine aquí para saber si él también podía ser un poco mi padre, mi hermano. Para entender qué podía ocurrir entre dos personas, durante tantos años, para hacer las cosas tan mal.

Pero vine aquí por mí. Porque es más fácil irse que quedarse.

Y para escribirle a Gael este email que, en realidad, me estaba escribiendo a mí.

Así que «vuelve, llámala», me repetí para mis adentros. Mi madre.

Al final de todo estaba mi madre. Había sido así desde el principio.

Pero vine aquí porque un día una poeta escribió un verso que mi padre adulteró en una dedicatoria. Ese verso había guiado una historia, la de mi familia. Y había llegado a esta ciudad tratando de responder esa misma pregunta rota, coja, que nos había alcanzado —y nos seguiría alcanzando— a todos en algún punto: *¿qué vas a hacer con el resto de tu vida?*

54

El avión despegó y perdimos el contacto con el suelo. A través de las ventanas, me fijé en cómo se empequeñecían aquellos edificios, autopistas, puentes. Todo era agua alrededor de aquella ciudad, que era una isla.

Me sentía un poco perdida. Otra vez.

No sabía que en el aeropuerto, después de que aquel hombre me abrazara, cuando yo hubiera conseguido decir algunas palabras, aparecería mi padre de detrás de una columna. Escondido, como si aquello fuera un juego.

—Ya sé que no te gustan las sorpresas, pero nos hemos compinchado —estaba más delgado, con menos pelo. Como si me lo hubieran cambiado en aquellos cuatro meses. Me traía una maceta pequeña con una flor de color fucsia—. Como no te gustan las flores porque se mueren, he comprado en tu floristería esta plantita. Esta no se morirá, me han dicho que es muy resistente.

Se calló, como si hubiera dicho algo inconveniente.

Entonces el niño le dio la mano. Se pegó a él. Como se pegaba a Pablo. Porque los niños saben siempre a quien tienen que dar la mano. Mi padre le sonrió. Luego dijo:

—Aún no sabía qué hacer, así que me quedé a esperarte.

—Yo tampoco sé qué haré.

—De tal palo tal astilla —dijo Diego, que había estado mirándonos, mirándome.

—Bueno, no, en realidad hay un lugar. La isla de la Decepción. ¿Te acuerdas, Laura? Estoy pensando..., bueno, aún no sé lo que haré... pero, bueno. Es una opción...

—¿Otra vez? —me reí.

También él se rio. Lucas en una mano, y en la otra, aquella flor.

Fuimos hacia la salida todos. Todos, pensé. Qué palabra tan extraña.

55

Cuando llegamos al coche, aparcado junto a la Torre des Carregador, Lucas me tira de la manga y señala hacia el mar, hacia un pequeño montículo rocoso que sobresale cerca de nuestra pequeña isla, la isla de Sa Sal Rossa.

—¿Es una isla también?

Río.

—No lo sé. Puede que sí.

—¿Cuántas islas tiene Ibiza?

Pienso antes de responderle.

—Muchas, pero son pequeñas.

Y él se queda tranquilo y los dos entramos en el coche.

Siento la cajita, está dentro del bolsillo. Acaricio su superficie, como si fuera un talismán.

Antes de abrocharme el cinturón, le digo al hombre que tengo a mi lado, a Diego, que me espere tan solo un minuto, y sin darle tiempo a responderme yo ya corro.

Corro. Bajo por el camino empedrado, dejo atrás la torre de piratas, pongo atención en las piedras, las rocas, los guijarros. En poner el pie en el lugar adecuado.

Cuando llego a la playa, dejo atrás la barca varada en la arena y me adentro hacia las casas de pescadores. Voy al final, hacia la parte donde el agua es negra, cubierta de rocas. Donde un niño hace años tiraba tomates cherry para que cambiaran de color, porque el rojo es el primer color que desaparece.

Al llegar al final, saco la cajita del bolso y la miro por última vez.

Pienso en él, tan lejos, tan cerca. Que está en cada uno de los granos de arena de la playa. Sus huellas, las nuestras, en las barcas de los pescadores, en las inscripciones de esas barcas. En nuestra isla de enfrente. En todo lo que llamo nuestro y que quizá nunca lo ha sido.

Pienso en nosotros. Los cuatro. En las islas que caben dentro de las familias.

En lo que es, al final, una familia.

Una parte de mí sigue sin poder creerse que ya no esté. Que se haya apagado la luz.

Bueno, hazlo, pienso, *es ahora.*

Y dejo caer la caja roja ya vacía hasta que se hunde.

Ha contenido demasiadas historias. Es hora ya de que se cierre.

Quiero decirle que lo siento, si es que sirve para algo decir ese tipo de cosas en ese tipo de momentos. Pero esté donde esté, lo sabrá.

—Lo hice lo mejor que pude, Pablo. Yo nunca quise que te fueras.

Y lo digo en voz alta. Y suena como si fuera una oración que uno reza a la nada.

Después, lentamente, dejo atrás la caja, el embarcadero. Me están esperando. De vuelta a la torre me doy cuenta de que casi no queda luz. O sí, la del interior del coche. La ventanilla de atrás se baja, una cabecita rubia se asoma.

—¡Vamos a ir a cenar a la Pinocho! ¡Yo quiero una pizza!

Diego no me pregunta qué he ido a hacer. Lo sabe. Las cosas me cuestan un poco más que a los demás.

—Saldremos de esta —dice.

Arranca el coche y nos movemos. El movimiento produce dolor, pero es necesario moverse para continuar. Dejamos atrás la torre. La playa. No queda ninguna luz, solo oscuridad.

Agradecimientos

A mi madre. A mi familia.

A mis editoras: María y Carolina.

A Lolita, Pepa, Luz, Nora, Helena, Eva, Julieta. Por estos cuatro años de complicidad y reescritura, no solo de nuestras novelas sino también de nuestras vidas.

A Álvaro, por leerme y cuidarme siempre, aunque esté a diez mil kilómetros de distancia y a seis horas de diferencia horaria.

A Laura, por las noches en el San Telmo. A Rebecca, por hablarme con tanto entusiasmo de una isla, la suya. A David, porque un día me mandó un vídeo y en él un niño rubio corría por la playa.

A mi primo Miguel, por leerme y reírse siempre un poquito de mí.

A Lara, Jacoba y Pili, amigas queridas y primeras lectoras.

A María, a Rocío. A Ionan y a Ángela, por todo el cariño.

A Techy por acompañarme a su isla.

A Jordi, que una vez me regaló un mapa y ese mapa se perdió en un tren. Y porque me enseñó que todo lo que no suma resta.

Pero quería darle las gracias especialmente a Caco, que a veces me pedía que escribiera algo sobre él. Yo siempre le respondía lo mismo, que la felicidad escribe en blanco. Así que gracias, Caco, por la felicidad y por agarrarme fuerte de la mano.

Este libro se terminó
de imprimir en
Sabadell, Barcelona,
en el mes de
marzo de 2018